원본 『진달내꽃』『진달내쏫』 서지 연구

엄동섭 Eom, Dong-sub

배재고등학교와 중앙대학교 국어국문학과 및 대학원을 졸업했다. 저서에 『新詩論 동인 연구』(2007)가 있으며, 근대서지학회를 중심으로 문학서지 연구를 수행하고 있다. 현재 창현고등학교 교사로 재직 중이다.

웨인 드 프레메리 Wayne de Fremery

서울대학교에서 한국학으로 석사학위를, 하버드대학교 동아시아과에서 1920년대 한국 시에 대한 논문으로 박사학위를 받았다. 현재 서강대학교 국제한국학과 교수로 재직하며 근현대 한국문학과 문화를 가르치고 있다.

원본 『진달내꽃』 『진달내쏫』 서지 연구

초판인쇄 2014년 3월 15일
초판발행 2014년 3월 25일
지 은 이 엄동섭 · 웨인 드 프레메리
펴 낸 이 박성모
펴 낸 곳 소명출판
출판등록 제13-522호
주소 서울시 서초구 서초동 1621-18 란빌딩 1층
전화 02-585-7840
팩스 02-585-7848
전자우편 somyong@korea.com
홈페이지 www.somyong.co.kr

ISBN 978-89-5626-967-2 94810
ISBN 978-89-5626-980-1 (세트)

값 35,000원

근대서지총서 05

원본 『진달내꽃』 『진달내쏫』 서지 연구

엄동섭 · 웨인 드 프레메리

우연이 반복되면 인연이 되고, 인연이 반복되면 운명이 된다는 말이 있다. 우연은 '배재(培材)'에서 비롯되었고, 그 우연은 『진달내꽃』 원본을 구득하는 한편 최철환 선생님을 통해 『진달내쏫』 실물을 관람하는 인연으로 이어졌다. 그리고 근대서지학회의 오영식 선생님과 신연수 국장님, 소명출판의 박성모 사장님과의 오랜 통교는 그 인연을 운명으로 바꾸기에 충분했다. 필자들이 이 책을 꾸밀 수 있었던 것은 순전히 이분들의 덕택이다. 늘 감사하는 마음으로 근대문학의 서지 연구에 정진할 것을 약속드린다.

2013년 10월

엄동섭 · 웨인 드 프레메리

차례

『진달내꽃』과 『진달내솟』의 이본異本적 차이점

1. 『진달내솟』의 발견과 이본 연구의 진행 과정

2011년도 등록문화재 조사 과정에서 권영민 교수에 의해 지금까지 알려진 김소월의 시집 『진달내꽃』과는 다른 판본인 『진달내솟』의 존재가 학계에 공식적으로 보고되었다.[1] 필자(엄동섭)가 제기했던 이본의 존재 가능성이 확증된 것이다.[2] 사실 십여 년 전부터 『진달내솟』이 존재한다는 소문은 수집가들 사이에서 심심치 않게 회자되어 왔다. 또한 소장자의 면면도 알려졌었는데, 그 당사자는 권 교수에게 자료 공개를 허락한 윤길수 씨이다. 윤길수 소장본은 책표지, 판권지 등이 온전하여 서지 사항을 비교적 정확하게 확인할 수 있다. 한편 권 교수는 상태가 완전하지는 않지만 윤길수 소장본과 동일한 판본이 한국현대시박물관에 소장되어 있음을 밝히기도 했다.[3]

『詩人』지의 요청으로 「시집으로 보는 한국 근현대시사(1) 1920년대의 창작시집」을 집필할 때까지만 해도 필자는 『진달내솟』의 실물을 확인할 수 없었다. 책의 존재는 인지했지만 자료가 공개되지 않았기 때문이다. 그러기에 『詩人』지에는 "『진달내꽃』(총판매소 漢城圖書株式會社)의 이본으로 『진달내솟』(총판매소 中央書林)이 존재한다"라는 요지 정도만을 밝히게 된 것이다. 그런데 글을 발표하고 얼마 지나지 않아 같은 학회(근대서지학회)에 속해 있는 최철환 선생으로부터 『진달내솟』을 구득했다는 연락을 받게 되었다. 필자(엄동섭)가 소장하고 있는 『진달내꽃』과 대비해보자는 취지였다. 필자는 최 선생에게 한 가지 사항에 대해 양해를 구한 뒤 만날 약속을 정하였다. 양해의 내용은 웨인 드 프레메리 선생의 동석 여부에 관한 것이었다.

1 권영민, 「김소월의 시집 『진달래꽃』의 두 가지 판본」, 『문학사상』 454호, 2010.8, 18~27쪽.

2 엄동섭, 「시집으로 보는 한국 근현대시사(1) : 1920년대의 창작시집」, 『詩人』 12호, 2010.5, 114~116쪽.

3 현재 『진달내솟』은 권영민 교수가 언급한 2곳과 필자들이 열람한 최철환 소장본을 합하여 3곳에 소장된 것으로 파악된다. 그 중 윤길수 소장본은 2011년 2월 25일 『진달내꽃』 3종과 더불어 등록문화재 제470호로 등록되었다. 하지만 『2011년도 등록문화재 등록조사보고서』(문화재청, 2012.2, 25쪽)에서도 밝혔듯이 윤길수 소장본은 책등이 완전히 유실되었기 때문에 책등 일부가 남은 최철환 소장본과 서지적 측면에서 상보적 관계성을 갖는다.(엄동섭, 「2011년도 등록문화재 등록조사보고서에 대한 검토」, 『근대서지』 제5호, 2012.6, 229~236쪽 참조)

그 당시 드 프레메리 선생은 하버드 대학에서 한국 근대문학을 주제로 박사학위 논문을 준비하던 중이었다.[4] 필자와 드 프레메리 선생은 근대서지학회 창립식에서 첫인사를 나눈 후, 연구 영역이나 방법에서 소통하는 점이 많아 여러 차례 만남을 이어오고 있었다. 필자는 그에게 『진달내꽃』을 위시한 1920년대 시집의 본문 촬영을 부탁받은 이후로 반드시 원전을 확인하려는 그의 철저한 연구 태도를 이해하고 깊은 호감을 갖게 되었다. 그런데 2010년 초 드 프레메리 선생은 필자에게 소월 시집의 원전에 대한 문제점을 전언한 적이 있다. 그는 필자 소장본 『진달내꽃』과 문학사상사 영인본, 그리고 김용직 · 오하근 · 권영민 교수 등이 편찬한 전집들을 대교하여 인쇄 및 표기에 있어서 몇 가지 차이점을 발견한 것이다. 그 대표적인 사례가 「半달」과 「江村」에 나타난 표기상의 문제였다. 먼저 드 프레메리 선생은 필자 소장본 『진달내꽃』과 문학사상사 영인본이 동일본임에도 불구하고 「半달」 3연 4행(본문 84쪽)의 표기에 차이가 있음을 피력했다. 마지막 구절인 '옷지듯한다'의 '옷'이 『진달내꽃』에는 거꾸로 오식되었는데, 문학사상사 영인본에는 정상적으로 인쇄되어 있다는 것이었다. 또한 「江村」 10행(본문 226쪽)의 경우 『진달내꽃』에는 '선배'로, 문학사상사 영인본과 전집 등에는 '선비'로 다르게 표기되어 있음을 지적하기도 했다. 필자는 이러한 사실을 확인한 뒤 드 프레메리 선생이 제기한 문제에 대해 공감할 수 있었고, 소월 시집의 원전에 관해 몇 차례 의견을 교환하였다. 그 결과 필자들은 영인본이 임의로 왜곡되었을 가능성과 전집 편찬의 텍스트로 원본이 아닌 영인본이 사용되었을 가능성에 대해 의견의 일치를 보았다. 동시에 『진달내쏫』 원본에 대한 확인의 필요성을 통감하기도 했다.

이런 통교와 의견 교환이 있었기에 최 선생에게 그의 동석에 대해 양해를 구했던 것이다. 최 선생이 흔쾌히 동의해서 2010년 6월 말에 세 사람은 『진달내꽃』과 『진달내쏫』의 원본을 동시에 대비할 수 있었다. 최 선생 소장본은 속표지 부분만 훼손되었을 뿐 책표지, 책등, 목차, 본문, 판권지가 온전한 상태여서 서지 확인이나 본문 대비에 큰 어려움이 없다고 판단되었다. 먼저 책 제목, 장정, 판권지 기록 등의 차이점을 검토한 후, 드 프레메리 선생이 지적했던 「半달」과 「江村」의 인쇄 및 표기 상태를 확인했다. 그 결과 『진달내꽃』과 『진달내쏫』 간에도 차이점이 발견되었다. 「半달」의 경우, 마지막 행이 한 칸 내려져 있고 '옷지듯한다'의 '옷'이 거꾸로 인쇄된 『진달내꽃』과는 달리, 『진달내쏫』은 행 배열이 고르게 맞추어져 있고 '옷'도 정상적으로 인쇄되어 있었다. 두 책이 단순히 책 제목, 장정, 판권지 등의 서지사항 이외에 본문에서도 차이가 있음이 확인되는 순간이었다. 또한 「江村」의 경우, '선비'로 표기

4 웨인 드 프레메리 선생은 2011년 하버드 대학에서 「How Poetry in 1920s Korea」로 박사학위를 취득했다.

된 영인본이나 전집과는 달리 『진달내쏫』 역시 『진달내꽃』과 마찬가지로 '선배'로 표기되어 있었다. '선배' 아닌 '선비'의 표기를 통해 영인본과 전집에 문제점이 있음을 확신하게 된 것이다.

필자와 드 프레메리 선생은 두 책에 대한 보다 면밀한 검토가 필요함을 절감하고 최 선생에게 재차 양해를 구할 수밖에 없었다. 두 이본의 차이점을 검증하고, 영인본 및 전집 편찬의 문제점 등을 규명할 때까지 『진달내쏫』의 공개를 보류해 달라고 부탁한 것이다. 이번에도 최 선생은 선뜻 청을 들어주었고, 『진달내쏫』의 영인본이 편찬된다면 자신의 소장본을 그 저본으로 제공하겠다는 말까지 덧붙여 주었다. 권 교수가 「김소월의 시집 『진달래꽃』의 두 가지 판본」에서 언급한, 『진달내쏫』을 소장한 두 명의 개인 중 책 공개를 허락하지 않은 소장자가 바로 최 선생인 것이다. 최 선생의 후의에 힘입어 필자들은 이본의 대비 및 영인본과 전집 편찬의 문제점에 대해 심화된 공동 연구를 진행할 수 있었다.

연구 수행 결과 『진달내꽃』과 『진달내쏫』은 앞표지, 책등, 속표지의 양식과 판권지의 기록 일부가 다르고, 목차와 본문 22군데에서 표기의 차이가 있음을 확인할 수 있었다.

한편 원본과 영인본과의 대조를 통해서는 현재 유통되고 있는 영인본들의 저본이 『진달내꽃』임을 확인할 수 있었다. 『진달내꽃』[5]과 『진달내쏫』[6]의 소장처가 극히 한정된 탓에 연구자들 대부분은 영인본을 연구 자료로 활용하고 있는 형편이다. 그러나 검토 결과 4종의 영인본 모두 『진달내꽃』 본문의 표기를 임의적으로 왜곡한 것은 물론 일부의 경우에는 판권지 기록까지 바꾼 것이 확인되었다. 그렇기 때문에 텍스트의 허구성이 연구에 미칠 부정적인 영향을 걱정하지 않을 수 없었다. 「『진달내꽃』 영인본과 김소월 전집에 대한 비판적 검토」에서 자세히 언급하겠지만, 이러한 영인본의 문제점은 김소월 전집에서도 고스란히 재생산되고 있다.

이 글의 목적은 『진달내꽃』과 『진달내쏫』의 이본 대비를 통해 원전을 확정하고, 현재 유통되고 있는 영인본과 전집의 문제점을 지적함으로써 소월 시의 정전을 편찬하는 작업에 단초를 제공하는 데 있다. 참고로 이 글의 저술에 사용된 원본은 『진달내꽃』의 경우 필자(엄동섭) 소장본[7]을, 『진달내쏫』의 경우 최철환 소장본[8]을 이용했음을 덧붙인다.

5 『진달내꽃』의 소장처로는 현재 배재학당역사박물관, 부천의 개인 소장자, 이기문, 조남순, 하동호, 화봉문고, 필자 등 7곳이 확인되었고, 이외에 몇 군데 더 있을 것으로 추정된다.

6 『진달내쏫』의 소장처로는 현재 윤길수, 최철환, 한국현대시박물관 등 3곳이 확인되고 있다.

7 필자 소장본의 경우 책표지가 손상되었기 때문에 앞표지, 뒤표지, 책등의 사진 이미지는 배재학당역사박물관 소장본을 이용했다. 소장처의 호의에 감사한다.

8 최철환 소장본의 경우 속표지가 훼손되었기 때문에 이것의 사진 이미지는 한국현대시박물관 소장본을 이용했다. 소장처의 호의에 감사한다.

2. 앞표지와 책등

『진달내꽃』과 『진달내쏫』은 국반판의 양장본 시집이라는 점에서 동일하지만, 앞표지와 책등에 있어서는 서로 다른 시집으로 여겨질 만큼 큰 차이를 보인다. 표지의 색상과 책 제목의 표기 및 서체가 확연히 다르고, 표지 그림과 책등 그림은 『진달내꽃』에만 나타나기 때문이다.

분류	대비항목		진달내꽃	진달내쏫
앞표지	판형		국반판	국반판
	표지		양장	양장
	색상		적갈색	회녹색
	책 제목	표기	꽃내달진 集詩 作月素金	集詩月素金 쏫내달진 -1925-
		표기방식	도서명(꽃내달진)과 저자명(作月素金)이 우에서 좌로 표기됨	도서명(쏫내달진)과 저자명(集詩月素金)은 우에서 좌로, 발행연도(-1925-)는 좌에서 우로 표기됨
		서체	필기체	활자체
	표지 그림		진달래꽃과 괴석 그림	없음
뒤표지	표기		무표기	무표기
책등	책 제목	표기	詩集 진달내꽃 金素月作	(진달)[9]내쏫 賣文社
		표기방식	세로로 표기됨	세로로 표기됨
		서체	필기체	활자체
	책등 그림		'진달내꽃'과 '金素月作' 사이에 진달래꽃 한 송이가 그려짐	'(진달)내쏫'과 '賣文社' 사이에 경계 표시로 '='이 표기됨

9 본고의 저본이 된 최철환 소장본의 경우 책등의 상단부와 하단부 일부가 손상되어 '내쏫'과 '賣文社'의 판독만 가능하다. 윤길수 소장본은 책등이 모두 유실되었기 때문에 현재로서는 『진달내쏫』 책등의 표기 내용을 전부 알기 어려운 실정이다.

사진 1 『진달내꽃』 앞표지[10]

사진 2 『진달내쏫』 앞표지[11]

10 배재학당역사박물관 소장본
11 최철환 소장본

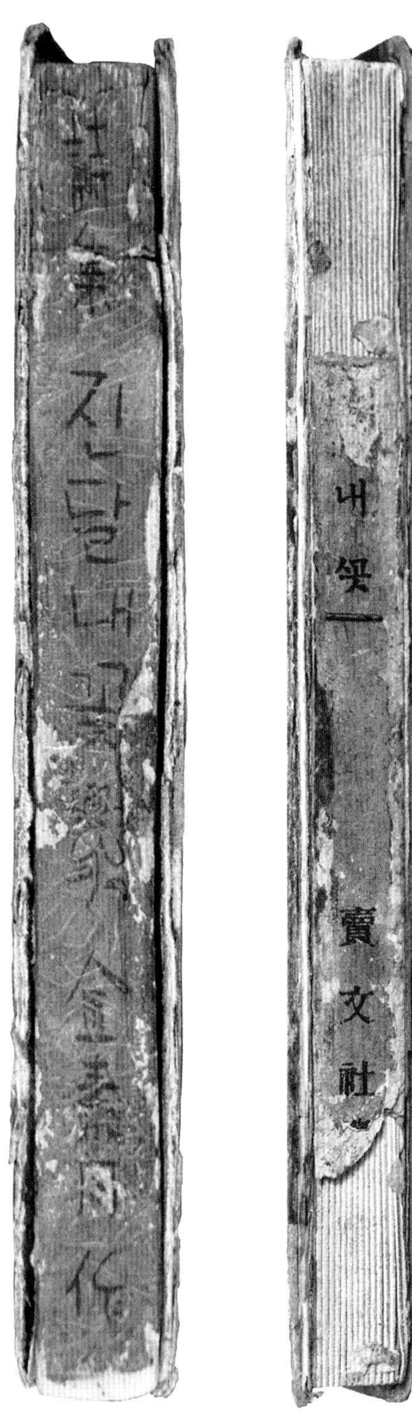

사진 3 『진달내꽃』 책등(왼쪽)[12]

사진 4 『진달내쏫』 책등(오른쪽)[13]

12 배재학당역사박물관 소장본
13 최철환 소장본

3. 속표지

속표지의 제목은 두 책 모두 '진달내쏫'으로 표기되어 있다. 하지만 '素月作'과 '진달내쏫'의 상대적인 배열 위치가 다르고, '진달내쏫'의 활자체와 잉크 색 등에서 차이가 발견된다.

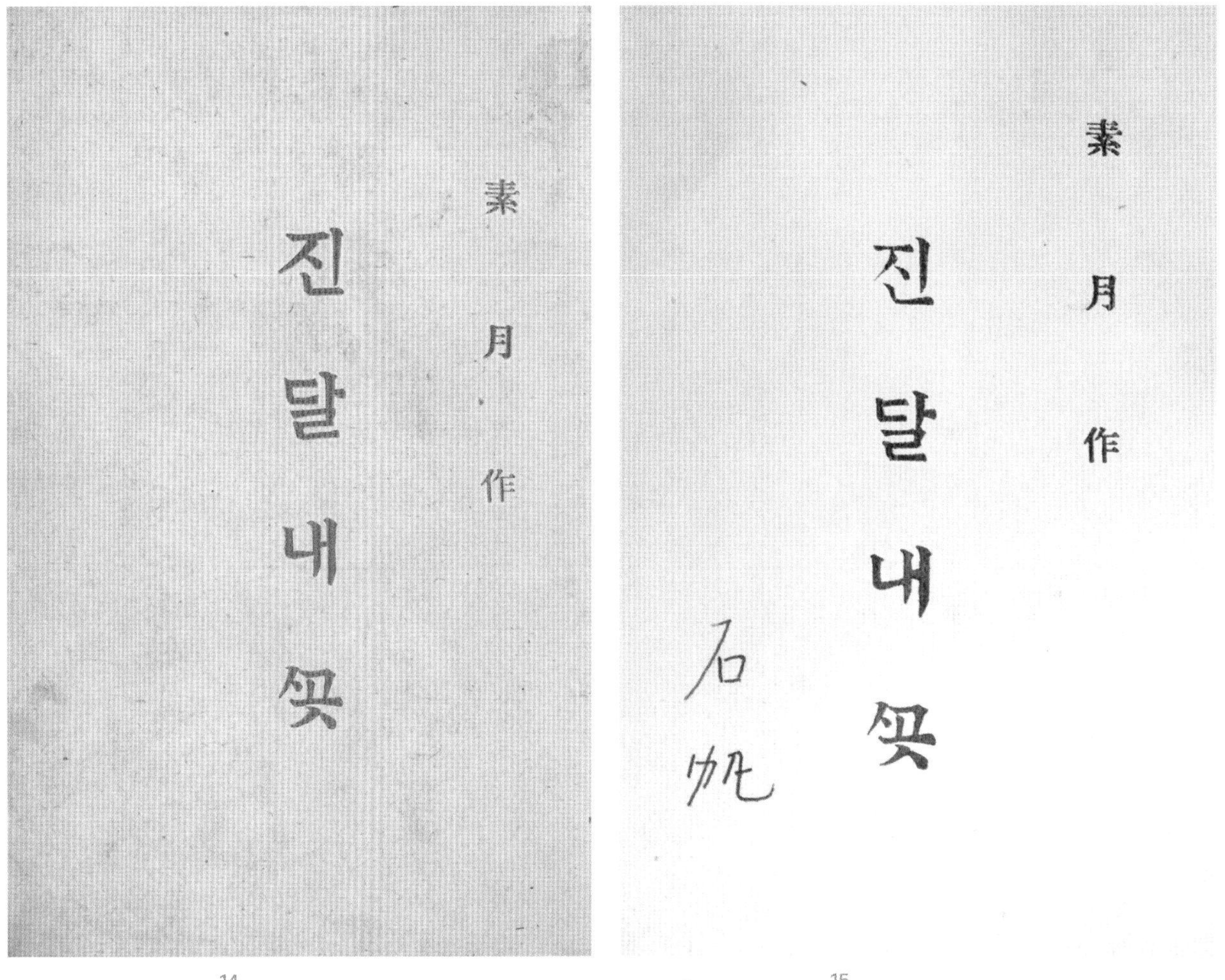

사진 5 『진달내꽃』 속표지[14]

사진 6 『진달내쏫』 속표지[15]

14 엄동섭 소장본

15 한국현대시박물관 소장본

분류	대비항목		진달내꽃	진달내쏫
속표지	제목	표기	진달내쏫 素月作	진달내쏫 素月作
		표기방식	적색 잉크의 활자체로 표기됨	감색 잉크의 활자체로 표기됨
		서체	'진달내쏫'에서 '진'의 활자체가 상이함	

4. 목차와 본문

『진달내꽃』과 『진달내쏫』은 목차와 본문의 인쇄용지를 각각 갱지와 모조지로 사용한 점에서 차이점을 보인다. 한편 목차의 제목만 보자면 「旅愁(一)」과 「旅愁(二)」(목차 9쪽)가 각각 독립되어 있어서 시집의 총 수록 편수를 127편으로 집계하기가 십상이다. 하지만 본문에는 '旅愁'라는 한 제목 아래 '一'(본문 169쪽)과 '二'(본문 170쪽)로 나뉘어져 있기 때문에 「旅愁」는 2연으로 구성된 한 편의 작품으로 보는 것이 타당하다.

분류	대비항목	진달내꽃	진달내쏫
목차	지질	갱지	모조지
	쪽수	12쪽	12쪽
	수록편수	127편	127편
본문	지질	갱지	모조지
	쪽수	234쪽	234쪽
	수록편수	126편	126편

『진달내꽃』과 『진달내쏫』은 목차와 본문 22군데에서 표기상 차이가 확인된다.

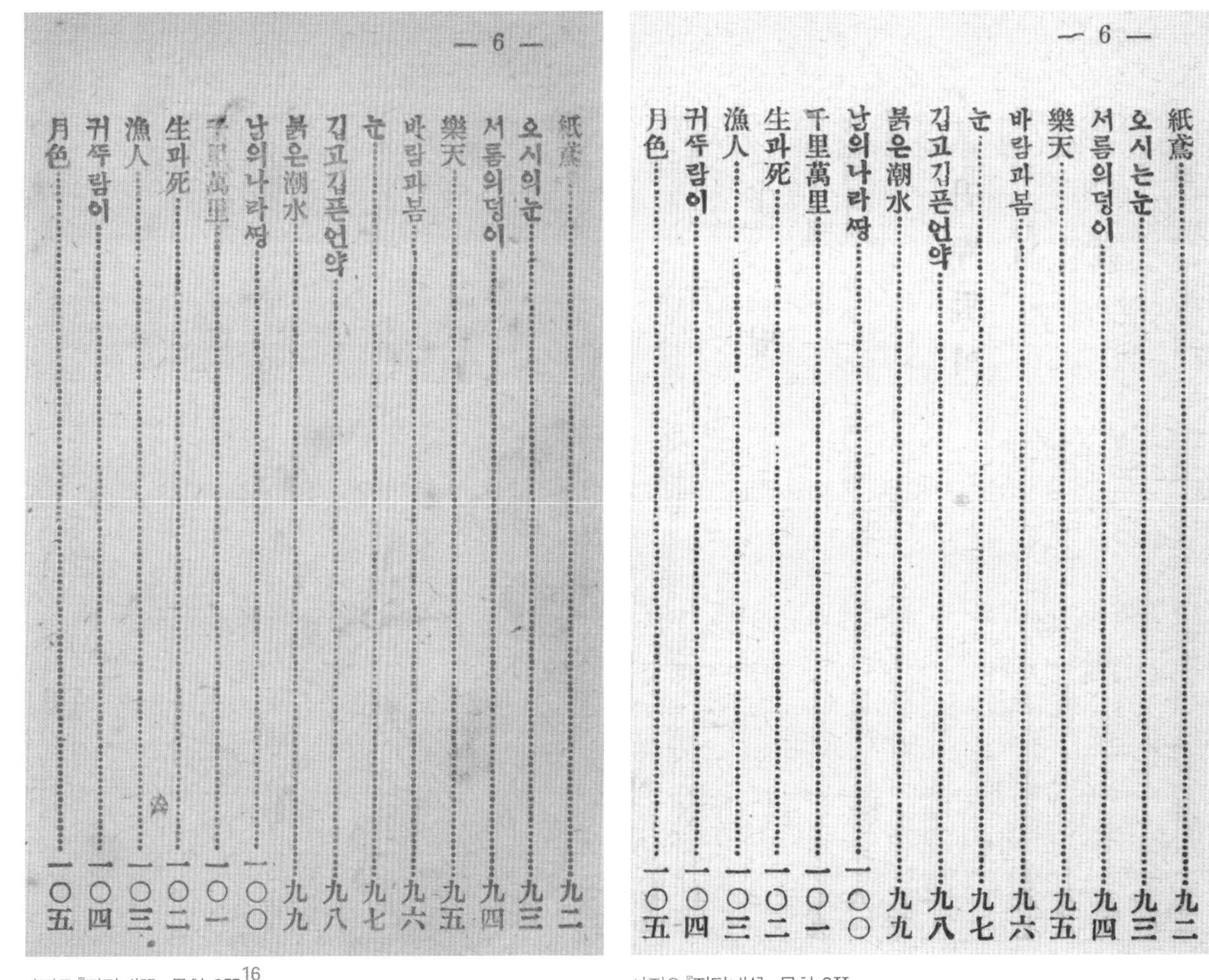

— 6 —

紙鳶	九二
오시의눈	九三
서름의덩이	九四
樂天	九五
바람과봄	九六
눈	九七
깁고깁픈언약	九八
붉은潮水	九九
남의나라땅	一〇〇
千里萬里	一〇一
生과死	一〇二
漁人	一〇三
귀뚜람이	一〇四
月色	一〇五

사진7 『진달내꽃』 목차 6쪽[16]

— 6 —

紙鳶	九二
오시는눈	九三
서름의덩이	九四
樂天	九五
바람과봄	九六
눈	九七
깁고깁픈언약	九八
붉은潮水	九九
남의나라땅	一〇〇
千里萬里	一〇一
生과死	一〇二
漁人	一〇三
귀뚜람이	一〇四
月色	一〇五

사진8 『진달내쏫』 목차 6쪽

① 『진달내꽃』에는 「오시의눈」으로, 『진달내쏫』에는 「오시는눈」으로 인쇄되어 있다.

쪽수	시 제목	대비항목	진달내꽃	진달내쏫
목차 6쪽		시 제목	「오시의눈」	「오시는눈」

16 사진7에서 사진44까지의 이미지 중 홀수 번호(『진달내꽃』)는 엄동섭 소장본을, 짝수 번호(진달내쏫)는 최철환 소장본을 사용함.

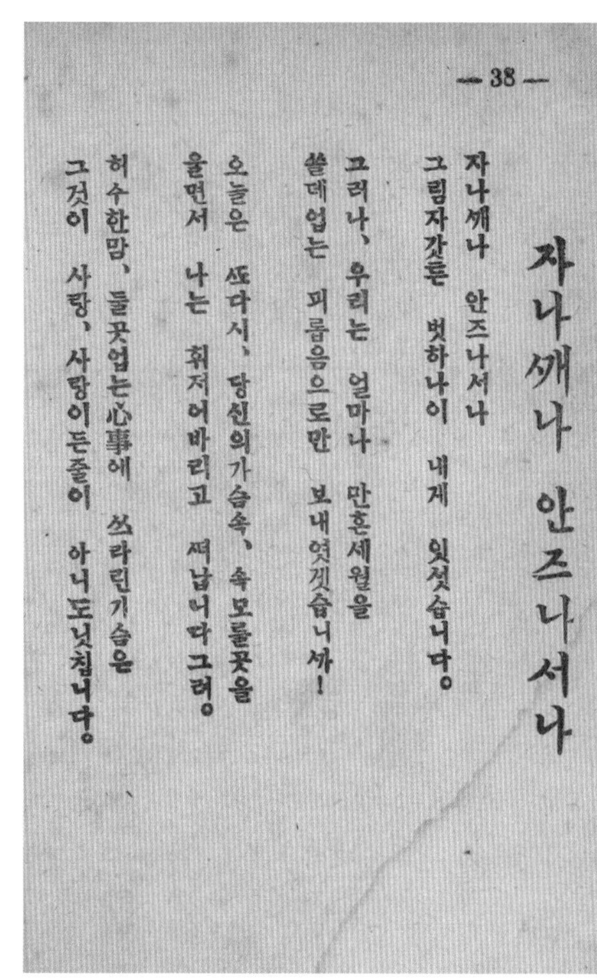

— 38 —

자나깨나 안즈나서나

자나깨나 안즈나서나
그림자갓튼 벗하나이 내게 잇섯슴니다。

그러나、우리는 얼마나 만흔세월을
쓸데업는 괴롭음으로만 보내엿겟슴니까!

오늘은 쏘다시、당신의가슴속、속모를곳을
울면서 나는 휘저어바리고 떠납니다그려。

허수한맘、둘곳업는心事에 쓰라린기슴은
그것이 사랑、사랑이든줄이 아니도닛칩니다。

사진9 『진달내꽃』 본문 38쪽

— 38 —

자나깨나 안즈나서나

자나깨나 안즈나서나
그림자갓튼 벗하나이 내게 잇섯슴니다。

그러나、우리는 얼마나 만흔세월을
쓸데업는 괴롭음으로만 보내엿겟슴니까!

오늘은 쏘다시、당신의가슴속、속모를곳을
울면서 나는 휘저어바리고 떠납니다그려。

허수한맘、둘곳업는心事에 쓰라린가슴은
그것이 사랑、사랑이든줄이 아니도닛칩니다。

사진10 『진달내꼿』 본문 38쪽

② 「자나깨나 안즈나서나」의 4연 1행이 『진달내꽃』에는 '기슴'으로, 『진달내꼿』에는 '가슴'으로 인쇄되어 있다.

쪽수	시 제목	대비항목	진달내꽃	진달내꼿
38쪽	자나깨나 안즈나서나	4연 1행	쓰라린기슴은	쓰라린가슴은

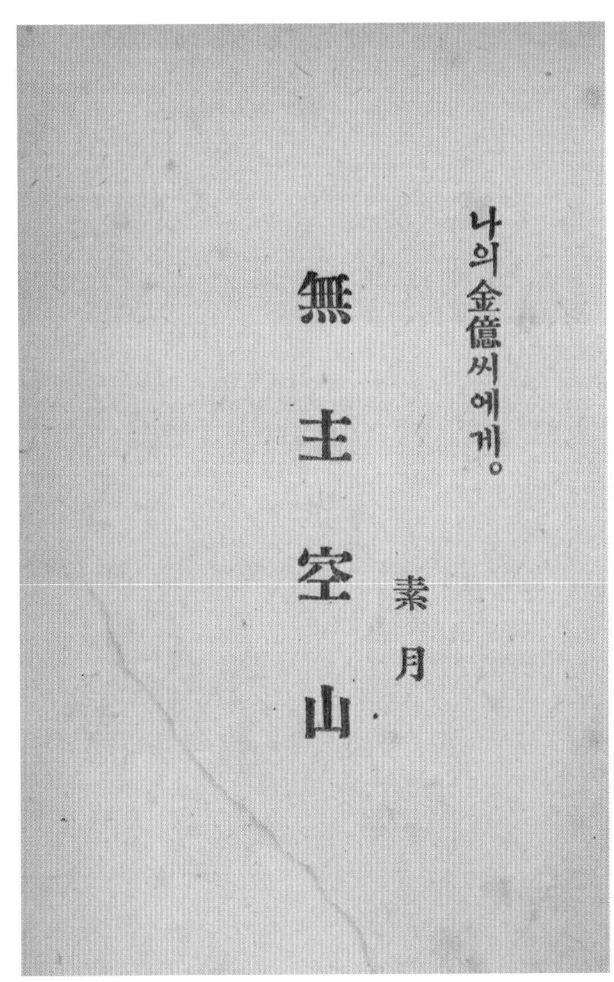

나의金億씨에게。

無主空山

素月

사진 11 『진달내꽃』 본문 41쪽

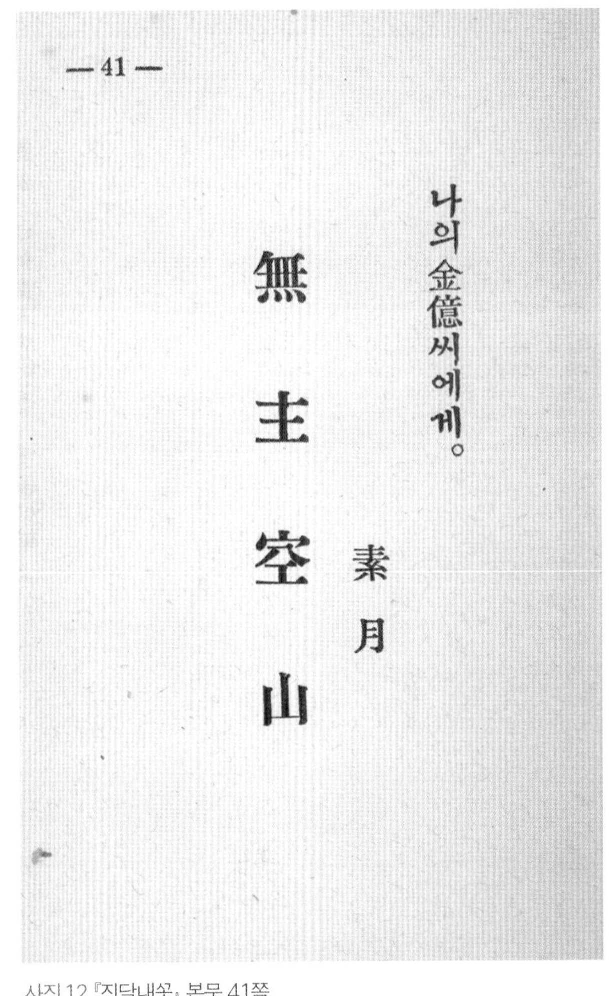

— 41 —

나의金億씨에게。

無主空山

素月

사진 12 『진달내쏫』 본문 41쪽

③ 제4장 제목인 '無主空山'의 쪽수가 『진달내꽃』에는 표기되지 않았으나, 『진달내쏫』에는 '-41-'로 인쇄되어 있다.[17]

④ 제4장 제목인 '無主空山'과 '素月'의 상대적인 배열 위치가 다르다. 『진달내쏫』 '素月'의 활자가 상대적으로 위쪽에 배열되어 있다.[18]

쪽수	시 제목	대비항목	진달내꽃	진달내쏫
41쪽		면수	무표기	-41-
		제4장 제목	空 素 月 山·	空 素 月 山

17 『진달내쏫』의 제4장을 제외하면 『진달내꽃』과 『진달내쏫』 모두 각 장의 제목이 제시된 면에는 쪽수가 표기되어 있지 않다.
18 '無主空山'과 '素月'의 상대적인 배열 위치가 상이한 점은 속표지의 경우와 그 양상이 동일하다.(이 책 13~14쪽 참조)

— 49 —

萬里城

밤마다 밤마다
온하로밤!
싸핫다 허럿다
긴萬里城!

— 49 —

萬里城

밤마다 밤마다
온하로밤!
싸핫다 허럿다
긴萬里城!

사진 13 진달내꽃』 본문 49쪽

사진 14 『진달내쏫』 본문 49쪽

⑤ 「萬里城」 4행의 행 배열이 『진달내꽃』에는 정상적인 배열보다 한 칸 올려 인쇄되어 있으나, 『진달내쏫』에는 정상적으로 나란히 인쇄되어 있다.

쪽수	시 제목	대비항목	진달내꽃	진달내쏫
49쪽	萬里城	4행	싸핫다 허럿다 긴萬里城!	싸핫다 허럿다 긴萬里城!

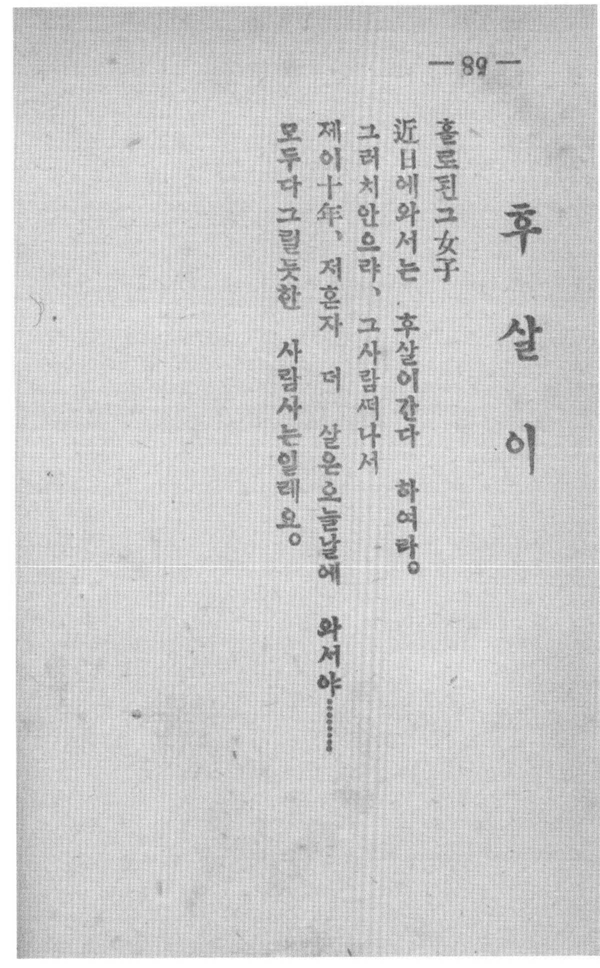
— 8ϛ —

후살이

홀로된그女子
近日에와서는 후살이간다 하여라。
그러치안으랴、그사람써나서
제이十年、저혼자 더 살은오늘날에 와서야……
모두다그릴듯한 사람사는일레요。

사진 15 『진달내꽃』 본문 58쪽

— 58 —

후살이

홀로된그女子
近日에와서는 후살이간다 하여라。
그러치안으랴、그사람써나서
이제十年、저혼자 더 살은오늘날에 와서야……
모두다그릴듯한 사람사는일레요。

사진 16 『진달내쏫』 본문 58쪽

⑥ 「후살이」의 쪽수 표기가 『진달내꽃』에는 '-8ϛ-'로, 『진달내쏫』에는 '-58-'로 인쇄되어 있다.

⑦ 「후살이」의 4행이 『진달내꽃』에는 '제이'로, 『진달내쏫』에는 '이제'로 인쇄되어 있다.

쪽수	시 제목	대비항목	진달내꽃	진달내쏫
58쪽	후살이	쪽수	-8ϛ-	-58-
		4행	제이十年、	이제十年、

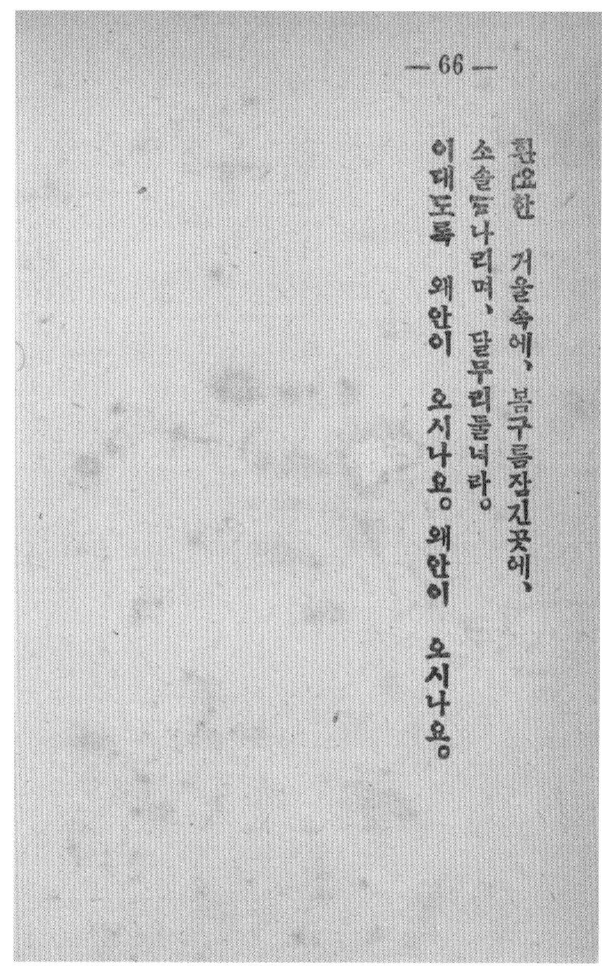

— 66 —

환(요한 거울속에、봄구름잠긴곳에、
소솔ㅍ나리며、달무리둘녀라。
이대도록 왜안이 오시나요。왜안이 오시나요。

사진 17 『진달내꽃』 본문 66쪽

— 66 —

환연한 거울속에、봄구름잠긴곳에、
소솔비나리며、달무리둘녀라。
이대도록 왜안이 오시나요。왜안이 오시나요。

사진 18 『진달내쏫』 본문 66쪽

⑧ 「愛慕」의 3연 2행이 『진달내꽃』에는 '환(요한'으로, 『진달내쏫』에는 '환연한'으로 인쇄되어 있다.

⑨ 「愛慕」의 3연 3행이 『진달내꽃』에는 '소솔ㅍ나리며、'로, 『진달내쏫』에는 '소솔비나리며、'로 인쇄되어 있다.

쪽수	시 제목	대비항목	진달내꽃	진달내쏫
66쪽	愛慕	3연 2행	환(요한	환연한
		3연 3행	소솔ㅍ나리며、	소솔비나리며、

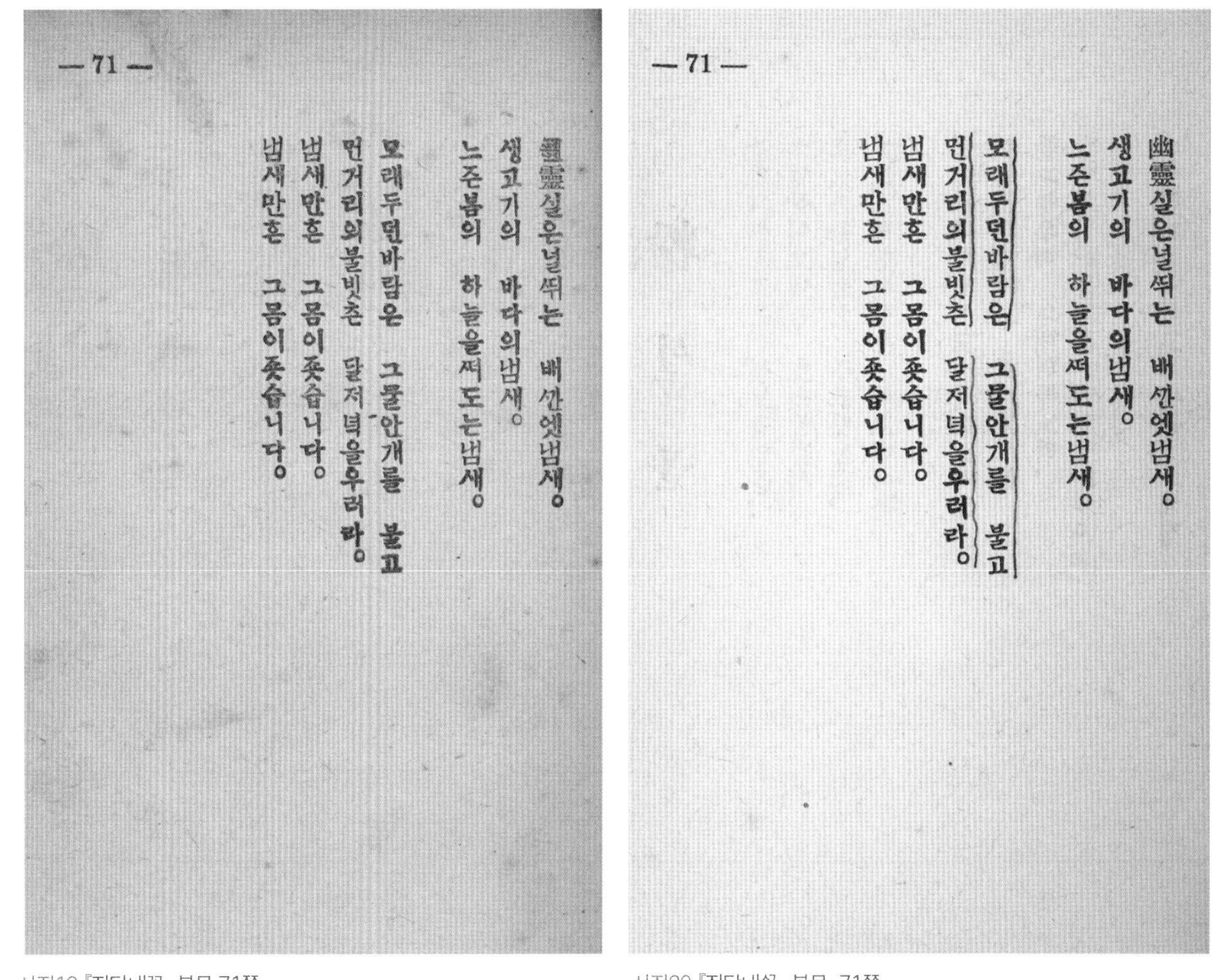

— 71 —

䨩靈실은널쒸는 배산엣냄새。
생고기의 바다의냄새。
느즌봄의 하늘을써도는냄새。
모래두던바람은 그물안개를 불고
먼거리의불빗츤 달저녁을우러라。
냄새만흔 그몸이좃습니다。
냄새만흔 그몸이좃습니다。

사진19 『진달내꽃』 본문 71쪽

— 71 —

幽靈실은널쒸는 배산엣냄새。
생고기의 바다의냄새。
느즌봄의 하늘을써도는냄새。
모래두던바람은 그물안개를 불고
먼거리의불빗츤 달저녁을우러라。
냄새만흔 그몸이좃습니다。
냄새만흔 그몸이좃습니다。

사진20 『진달내쏫』 본문 71쪽

⑩ 「女子의냄새」의 3연 2행이 『진달내꽃』에는 '䨩靈실은'으로, 『진달내쏫』에는 '幽靈실은'으로 인쇄되어 있다.

쪽수	시 제목	대비항목	진달내꽃	진달내쏫
71쪽	女子의냄새	3연 2행	䨩靈실은널쒸는	幽靈실은널쒸는

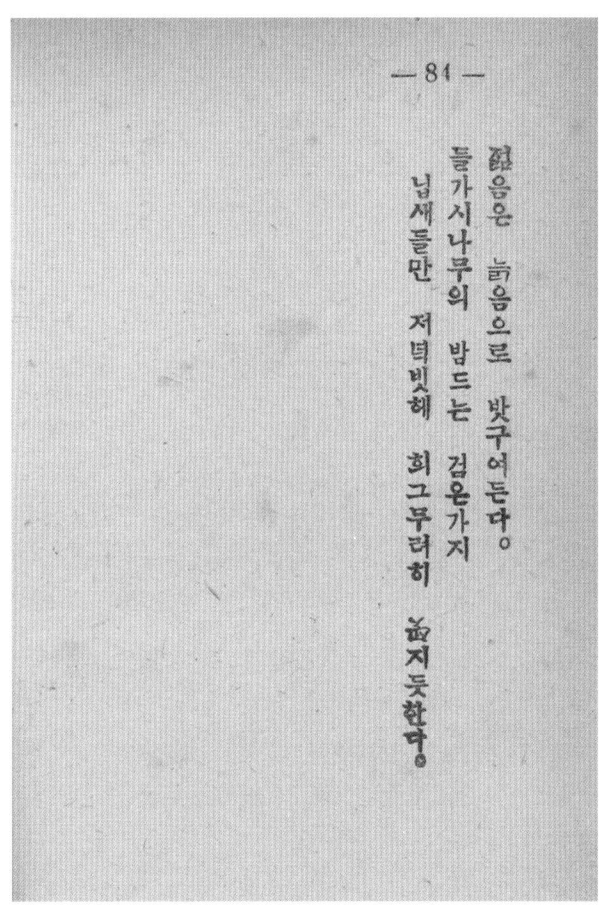

— 84 —

젊음은 늙음으로 밧구여든다。
들가시나무의 밤드는 검은가지
닙새들만 저녁빗헤 희그무려히 ᄭᅩᆾ지듯한다。

사진21 『진달내ᄭᅩᆾ』 본문 84쪽

— 84 —

젊음은 늙음으로 밧구여든다。
들가시나무의 밤드는 검은가지
닙새들만 저녁빗헤 희그무려히 ᄭᅩᆺ지듯한다。

사진22 『진달내ᄭᅩᆺ』 본문 84쪽

⑪ 「半달」 3연 4행의 행 배열이 『진달내ᄭᅩᆾ』에는 정상적인 배열보다 한 칸 내려져 인쇄되어 있으나, 『진달내ᄭᅩᆺ』에는 정상적으로 나란히 인쇄되어 있다.

⑫ 「半달」의 3연 4행이 『진달내ᄭᅩᆾ』에는 'ᄭᅩᆾ지듯한다。'로, 『진달내ᄭᅩᆺ』에는 'ᄭᅩᆺ지듯한다。'로 인쇄되어 있다.

쪽수	시 제목	대비항목	진달내ᄭᅩᆾ	진달내ᄭᅩᆺ
84쪽	半달	3연 4행	들가시나무의(하략) 닙새들만(하략)	들가시나무의(하략) 닙새들만(하략)
			ᄭᅩᆾ지듯한다。	ᄭᅩᆺ지듯한다。

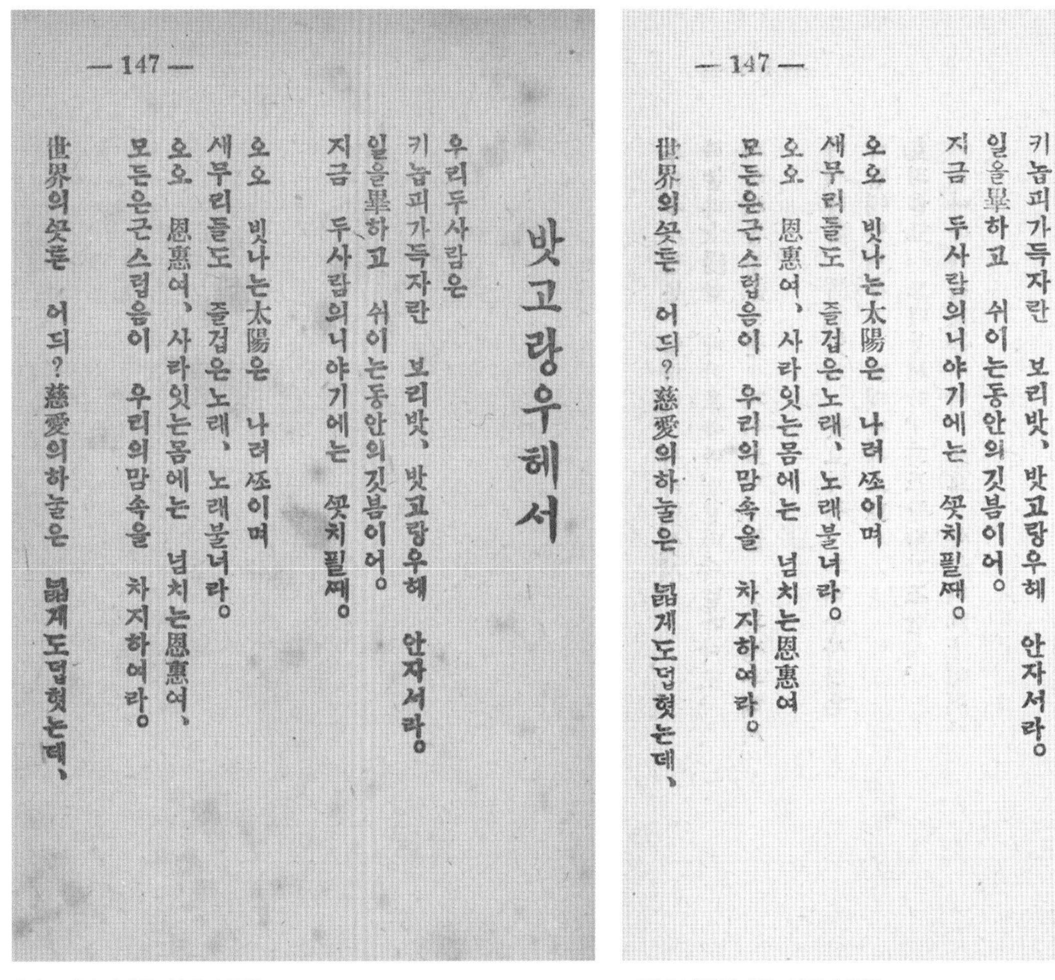

— 147 —

밧고랑우헤서

우리두사람은
키놉피가득자란 보리밧、밧고랑우헤 안자서라。
일을畢하고 쉬이는동안의깃븜이어。
지금 두사람의니야기에는 쏫치필때。

오오 빗나는太陽은 나려쪼이며
새무리들도 즐겁은노래、노래불너라。
오오 恩惠여、사라잇는몸에는 넘치는恩惠여、
모든은근스럽음이 우리의맘속을 차지하여라。

世界의쏫든 어듸? 慈愛의하눌은 넓게도덥혓는데、

— 147 —

밧고랑우헤서

우리두사람은
키놉피가득자란 보리밧、밧고랑우헤 안자서라。
일을畢하고 쉬이는동안의깃븜이어。
지금 두사람의니야기에는 쏫치필때。

오오 빗나는太陽은 나려쪼이며
새무리들도 즐겁은노래、노래불너라。
오오 恩惠여、사라잇는몸에는 넘치는恩惠여
모든은근스럽음이 우리의맘속을 차지하여라。

世界의쏫든 어듸? 慈愛의하눌은 넓게도덥혓는데、

사진23 『진달내꽃』 본문 147쪽

사진24 『진달내씃』 본문 147쪽

⑬ 「밧고랑우헤서」의 2연 3행에 『진달내꽃』에는 모점(、)이 인쇄되어 있으나, 『진달내씃』에는 모점(、)이 인쇄되어 있지 않다.

쪽수	시 제목	대비항목	진달내꽃	진달내씃
147쪽	밧고랑우헤서	2연 3행	넘치는恩惠여、	넘치는恩惠여

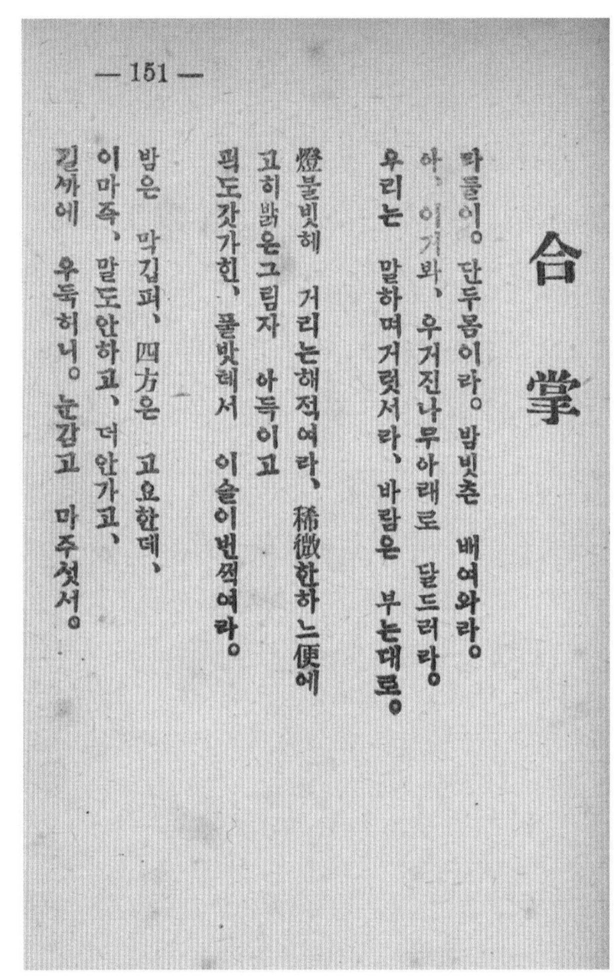

— 151 —

合掌

라들이。 단두몸이라。 밤빗츤 배여와라。
아、이거봐、우거진나무아래로 달드러라。
우리는 말하며거렷서라、바람은 부는대로。

燈불빗헤 거리는해적여라、稀微한하 느便에
고히밝은그림자 아득이고
퍽도갓가힌、풀밧헤서 이슬이번쩍여라。

밤은 막깁퍼、四方은 고요한데、
이마즉、말도안하고、더안가고、
길까에 우둑허니。 눈감고 마주섯서。

사진25 『진달내꽃』 본문 151쪽

— 151 —

合掌

들이라。 단두몸이라。 밤빗츤 배여와라。
아、이거봐、우거진나무아래로 달드러라。
우리는 말하며거렷서라、바람은 부는대로。

燈불빗헤 거리는해적여라、稀微한하 느便에
고히밝은그림자 아득이고
퍽도갓가힌、풀밧헤서 이슬이번쩍여라。

밤은 막깁퍼、四方은 고요한데、
이마즉、말도안하고、더안가고、
길까에 우둑허니。 눈감고 마주섯서。

사진26 『진달내솟』 본문 151쪽

⑭ 「合掌」의 1연 1행이 『진달내꽃』에는 '라들이。'로, 『진달내솟』에는 '들이라。'로 인쇄되어 있다.

쪽수	시 제목	대비항목	진달내꽃	진달내솟
151쪽	合掌	1연 1행	라들이。	들이라。

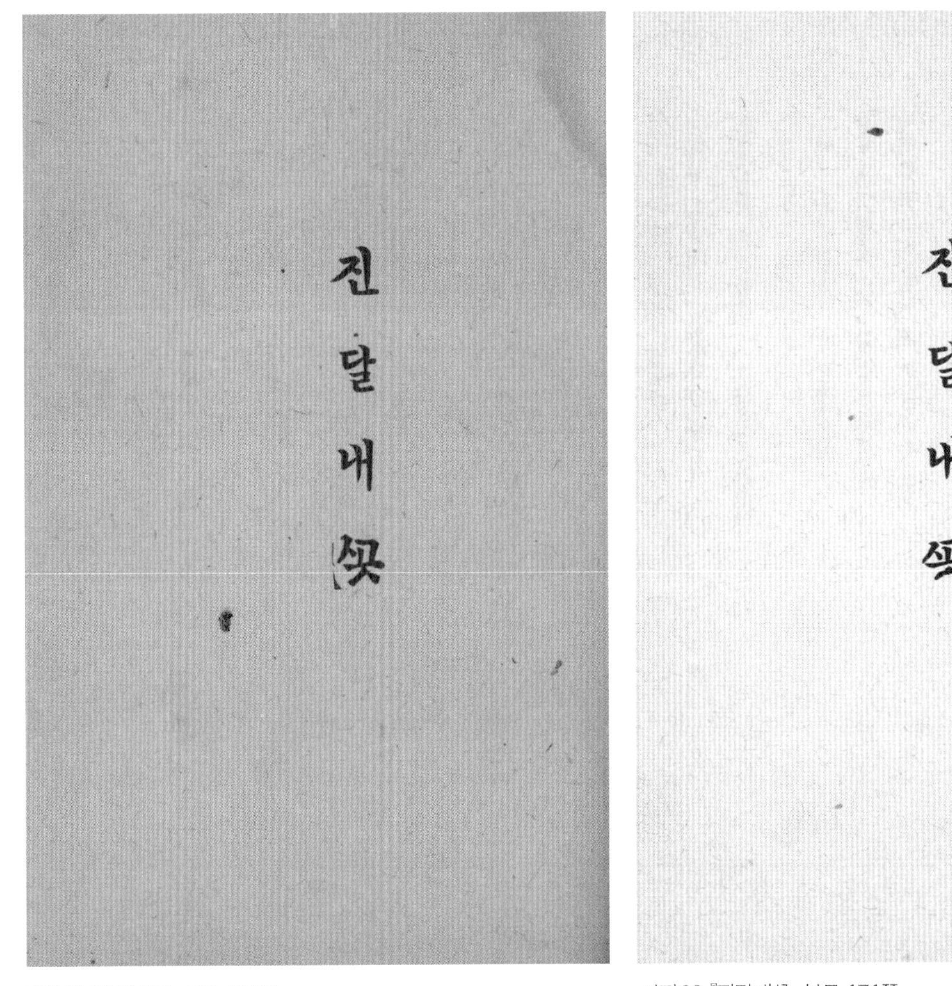

사진27 『진달내꽃』 본문 171쪽

사진28 『진달내쏫』 본문 171쪽

⑮ 『진달내꽃』과 『진달내쏫』의 제13장 제목인 '진달내쏫'의 '쏫' 활자체가 상이하다.

쪽수	시 제목	대비항목	진달내꽃	진달내쏫
171쪽		제13장 제목	진달내쏫	진달내쏫

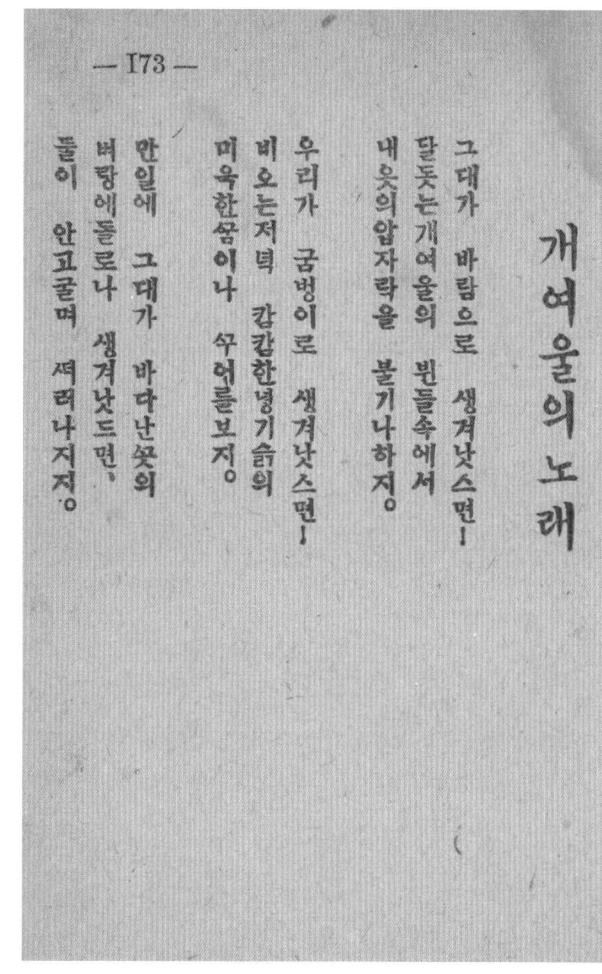

— I73 —

개여울의 노래

그대가 바람으로 생겨낫스면!
달돗는개여울의 뷘들속에서
내옷의압자락을 불기나하지。

우리가 굼벙이로 생겨낫스면!
비오는저녁 캄캄한녕기슭의
미욱한ᄭᅮᆷ이나 ᄭᅮ어를보지。

만일에 그대가 바다난ᄭᅳᆺ의
벼랑에돌로나 생겨낫드면,
둘이 안고굴며 ᄯᅥ러나지지。

사진29 『진달내꽃』 본문 173쪽

— 173 —

개여울의 노래

그대가 바람으로 생겨낫스면!
달돗는개여울의 뷘들속에서
내옷의압자락을 불기나하지。

우리가 굼벙이로 생겨낫스면!
비오는저녁 캄캄한녕기슭의
미욱한ᄭᅮᆷ이나 ᄭᅮ어를보지。

만일에 그대가 바다난ᄭᅳᆺ의
벼랑에돌로나 생겨낫드면,
둘이 안고굴며 ᄯᅥ러나지지。

사진30 『진달내꼿』 본문 173쪽

⑯ 「개여울의노래」의 쪽수 표기가 『진달내꽃』에는 '-I73-'으로, 『진달내꼿』에는 '-173-'으로 인쇄되어 있다.

쪽수	시 제목	대비항목	진달내꽃	진달내꼿
173쪽	개여울의노래	쪽수	-I73-	-173-

사진 31 『진달내꽃』 본문 177쪽

사진 32 『진달내쏫』 본문 177쪽

⑰ 「길」의 쪽수 표기가 『진달내꽃』에는 '77-'로, 『진달내쏫』에는 '-177-'로 인쇄되어 있다.

쪽수	시 제목	대비항목	진달내꽃	진달내쏫
177쪽	길	쪽수	77-	-177-

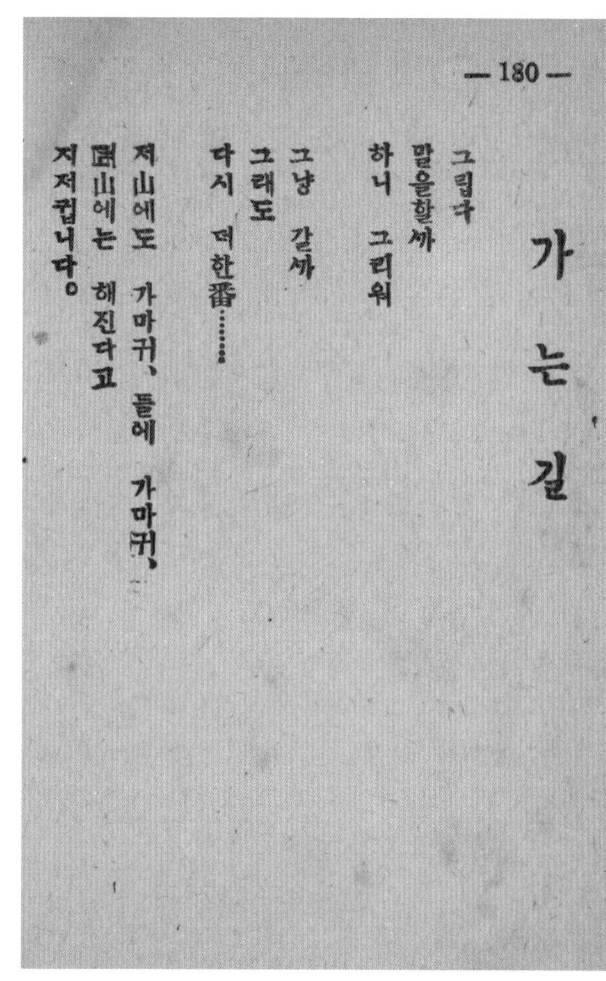

— 180 —

가는길

그립다
말을할까
하니 그리워

그냥 갈까
그래도
다시 더한番……

저山에도 가마귀, 들에 가마귀,
西山에는 해진다고
지저귑니다。

사진33 『진달내꽃』 본문 180쪽

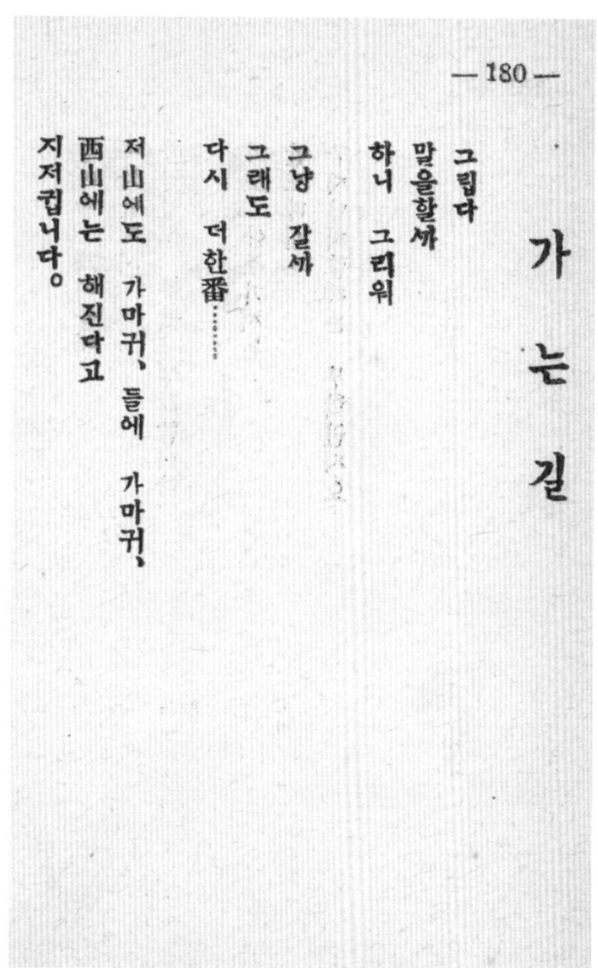

— 180 —

가는길

그립다
말을할까
하니 그리워

그냥 갈까
그래도
다시 더한番……

저山에도 가마귀, 들에 가마귀,
西山에는 해진다고
지저귑니다。

사진34 『진달내쏫』 본문 180쪽

⑱ 「가는길」의 3연 2행이 『진달내꽃』에는 '西山에는'으로, 『진달내쏫』에는 '西山에는'으로 인쇄되어 있다.

쪽수	시 제목	대비항목	진달내꽃	진달내쏫
180쪽	가는길	3연 2행	西山에는	西山에는

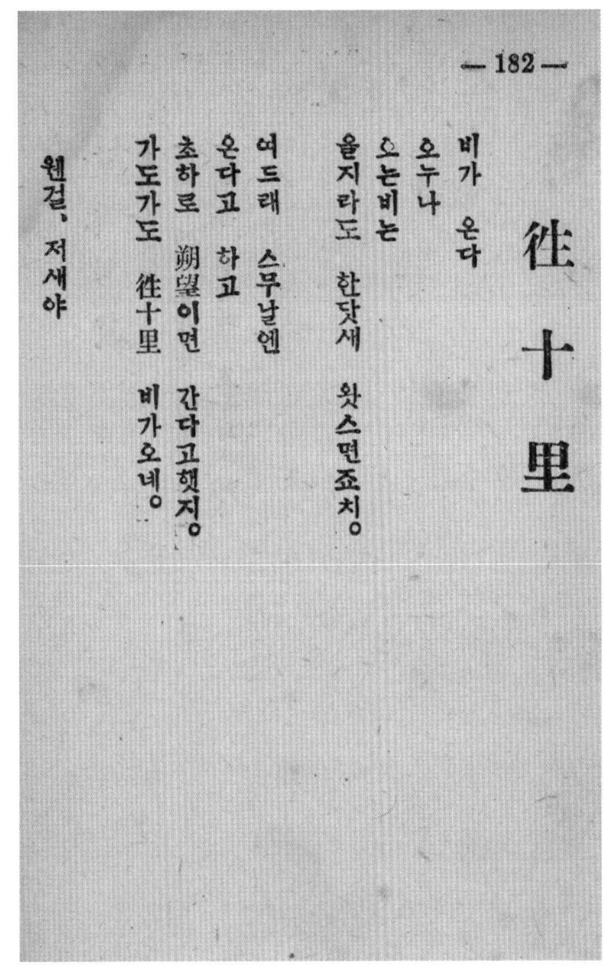
— 182 —

往十里

비가 온다
오누나
오는비는
울지라도 한닷새 왓스면죠치。

여드래 스무날엔
온다고 하고
초하로 朔望이면 간다고햇지。
가도가도 往十里 비가오네。

웬걸、저새야

사진35 『진달내꽃』 본문 182쪽

— 182 —

往十里

비가 온다
오누나
오는비는
울지라도 한닷새 왓스면죠치。

여드래 스무날엔
온다고 하고
초하로 朔望이면 간다고햇지。
가도가도 往十里 비가오네。

웬걸、저새야

사진36 『진달내쏫』 본문 182쪽

⑲ 「往十里」 3연 1행의 행 배열이 『진달내꽃』에는 정상적인 배열보다 한 칸 내려져 인쇄되어 있으나, 『진달내쏫』에는 정상적으로 나란히 인쇄되어 있다.

쪽수	시 제목	대비항목	진달내꽃	진달내쏫
182쪽	往十里	3연 1행	웬걸、저새야 울냐거든	웬걸、저새야 울냐거든

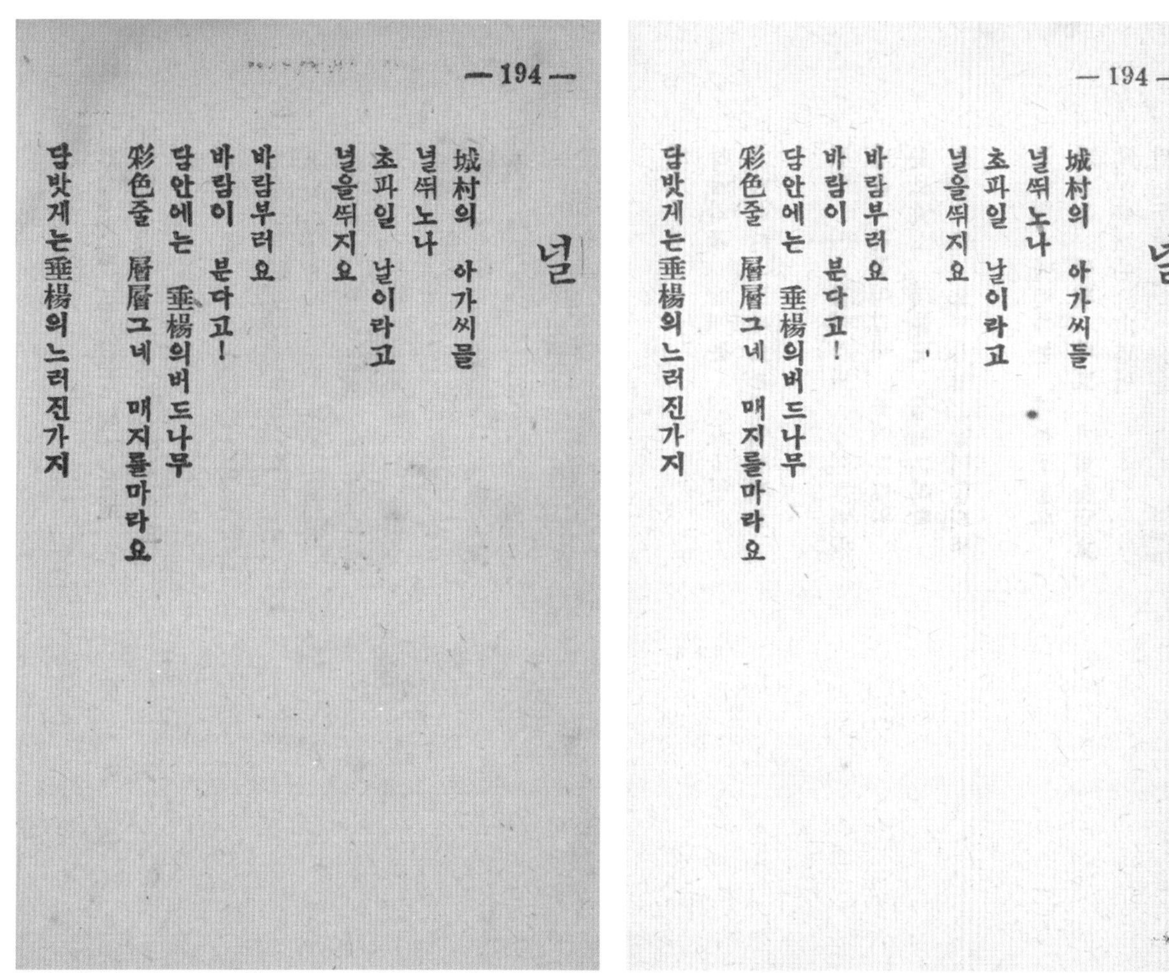

— 194 —

널

城村의 아가씨믈
널뛰노나
초파일 날이라고
널을뛰지요

바람부러요
바람이 분다고!
담안에는 垂楊의버드나무
彩色줄 層層그네 매지를마라요

담밧게는垂楊의느러진가지

사진37 『진달내꽃』 본문 194쪽

— 194 —

널

城村의 아가씨들
널뛰노나
초파일 날이라고
널을뛰지요

바람부러요
바람이 분다고!
담안에는 垂楊의버드나무
彩色줄 層層그네 매지를마라요

담밧게는垂楊의느러진가지

사진38 『진달내쏫』 본문 194쪽

⑳ 「널」의 1연 1행이 『진달내꽃』에는 '아가씨믈'로, 『진달내쏫』에는 '아가씨들'로 인쇄되어 있다.

쪽수	시 제목	대비항목	진달내꽃	진달내쏫
194쪽	널	1연 1행	아가씨믈	아가씨들

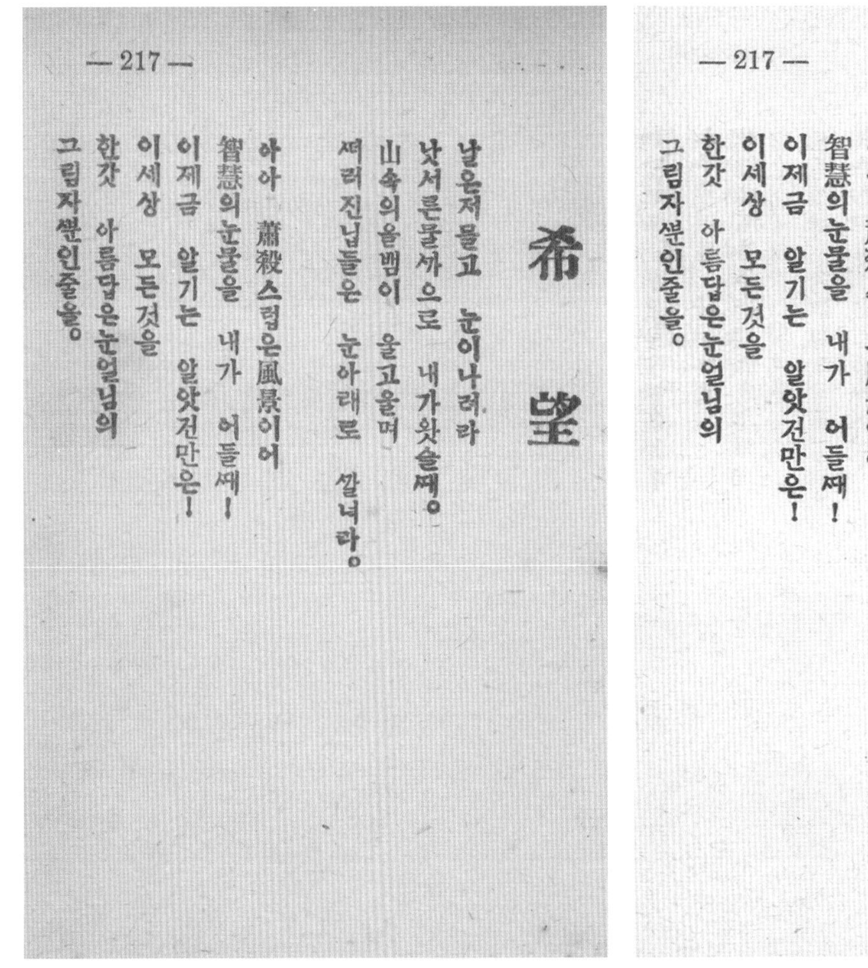

— 217 —

希望

날은저물고 눈이나려라
낫서른물ᄭᅡ으로 내가왓슬때。
山속의올뱀이 울고울며
ᄯᅥ러진닙들은 눈아래로 ᄲᅡᆯ녀라。

아아 蕭殺스럽은風景이어
智慧의눈물을 내가 어들때!
이제금 알기는 알앗건만은!
이세상 모든것을
한갓 아름답은눈얼님의
그림자ᄲᅮᆫ인줄을。

사진39 『진달내꽃』 본문 217쪽

— 217 —

希望

날은저물고 눈이나려라
낫서른물ᄭᅡ으로 내가왓슬때。
山속의올뱀이 울고울며
ᄯᅥ러진닙들은 눈아래로 ᄲᅡᆯ녀라

아아 蕭殺스럽은風景이어
智慧의눈물을 내가 어들때!
이제금 알기는 알앗건만은!
이세상 모든것을
한갓 아름답은눈얼님의
그림자ᄲᅮᆫ인줄을。

사진40 『진달내꼿』 본문 217쪽

㉑ 「希望」의 1연 4행에 『진달내꽃』에는 고리점(。)이 인쇄되었으나, 『진달내꼿』에서는 고리점(。)이 인쇄되어 있지 않다.

쪽수	시 제목	대비항목	진달내꽃	진달내꼿
217쪽	希望	1연 4행	ᄲᅡᆯ녀라。	ᄲᅡᆯ녀라

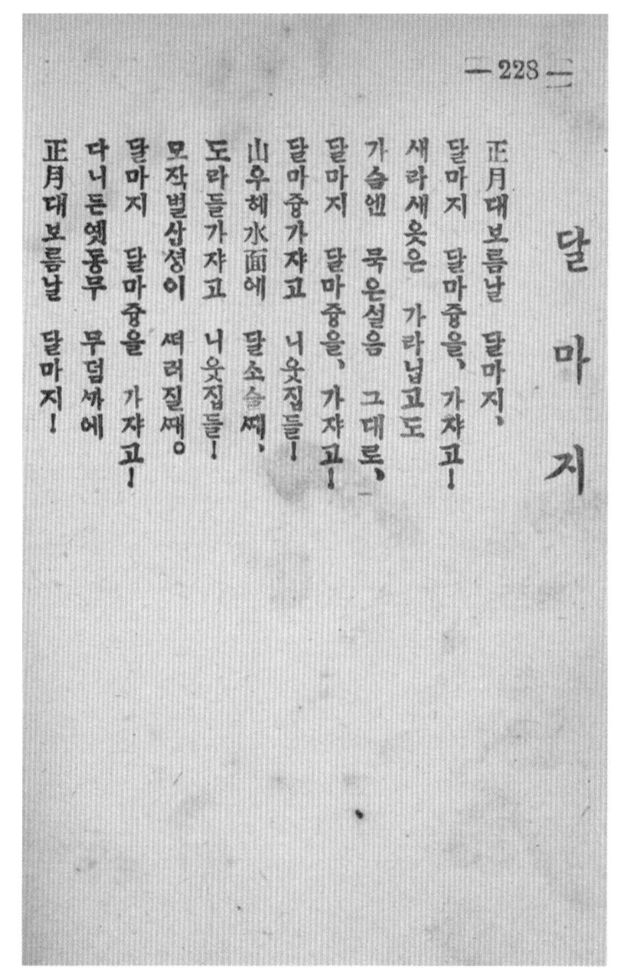

— 228 —

달 마 지

正月대보름날 달마지,
달마지 달마중을, 가쟈고!
새라새옷은 가라닙고도
가슴엔 묵은설음 그대로,
달마지 달마중을, 가쟈고!
달마중가쟈고 니웃집들!
山우헤水面에 달소슬제,
도라들가쟈고 니웃집들!
모작별삼성이 써러질때。
달마지 달마중을 가쟈고!
다니든옛동무 무덤싸에
正月대보름날 달마지!

사진41 『진달내꽃』 본문 228쪽

— 228 —

달 마 지

正月대보름날 달마지、
달마지 달마중을、가쟈고!
새라새옷은 가라닙고도
가슴엔 묵은설음 그대로、
달마지 달마중을、가쟈고!
달마중가쟈고 니웃집들!
山우헤水面에 달소슬제、
도라들가쟈고、니웃집들!
모작별삼성이 써러질때。
달마지 달마중을 가쟈고!
다니든옛동무 두덤싸에
正月대보름날 달마지!

사진42 『진달내쏫』 본문 228쪽

㉒ 「달마지」의 8행에 『진달내꽃』에는 모점(、)이 인쇄되어 있지 않으나, 『진달내쏫』에는 모점(、)이 인쇄되어 있다.

쪽수	시 제목	대비항목	진달내꽃	진달내쏫
228쪽	달마지	8행	도라들가쟈고	도라들가쟈고、

지금까지 『진달내꽃』과 『진달내쏫』의 목차와 본문을 대비하여 22군데의 차이점을 제시했다. 이것을 적시하면 다음과 같다.[19]

연번	쪽수	시 제목	대비항목	『진달내꽃』	『진달내쏫』	이본관계
1	목차 6쪽		시 제목	「오시의눈」	「오시는눈」	오자
2	본문 38쪽	자나깨나 안즈나서나	4연 1행	쓰라린기슴은	쓰라린가슴은	오자
3	본문 41쪽		쪽수	무표기	-41-	쪽수 표기
4	본문 41쪽		제4장 제목	『진달내꽃』보다 『진달내쏫』에서 '素月'의 활자가 상대적으로 위쪽에 배열됨		활자배열
5	본문 49쪽	萬里城	4행	행배열이 올라감	행배열을 맞춤	행배열
6	본문 58쪽	후살이	쪽수	-8ς- 숫자의 좌우가 바뀌고 거꾸로 뒤집혀 인쇄됨	-58-	오식
7	본문 58쪽	후살이	4행	제이十年、	이제十年、	오식
8	본문 66쪽	愛慕	3연 2행	환요한 우측으로 눕혀져 인쇄됨	환연한	오식
9	본문 66쪽	愛慕	3연 3행	소솔[illegible]나리며、 좌측으로 눕혀져 인쇄됨	소솔비나리며、	오식
10	본문 71쪽	女子의냄새	3연 2행	[illegible]靈실은널쒸는 좌측으로 눕혀져 인쇄됨	幽靈실은널쒸는	오식
11	본문 84쪽	半달	3연 4행	행배열이 내려감	행배열을 맞춤	행배열
12	본문 84쪽	半달	3연 4행	[illegible]지듯한다。 거꾸로 뒤집혀 인쇄됨	쏫지듯한다。	오식
13	본문 147쪽	밧고랑우헤서	2연 3행	넘치는恩惠여、	넘치는恩惠여	문장부호
14	본문 151쪽	合掌	1연 1행	라들이。	들이라。	오식
15	본문 171쪽		제13장 제목	진달내쏫 '쏫'의 활자체가 다름	진달내쏫	활자체
16	본문 173쪽	개여울의노래	쪽수	-I73- 숫자 '1'이 영문자 'I'로 인쇄됨	-173-	오자
17	본문 177쪽	길	쪽수	77-	-177-	탈자
18	본문 180쪽	가는길	3연 2행	[illegible]山에는 우측으로 눕혀져 인쇄됨	西山에는	오식
19	본문 182쪽	往十里	3연 1행	행배열이 내려감	행배열을 맞춤	행배열
20	본문 194쪽	널	1연 1행	아기씨믈	아가씨들	오자

19 『진달내쏫』의 본문 75쪽 「서울밤」의 8행 말미에 마침표가 없다(『2011년도 등록문화재 등록조사보고서』, 30쪽)는 지적이 있으나, 면밀하게 살펴보면 '。(고리점)'의 사용 흔적이 확인된다. 이는 인쇄가 불분명한 탓이지 이본적인 차이는 아닌 것이다.

21	본문 217쪽	희망	1연 4행	짤녀라。	짤녀라	문장부호
22	본문 228쪽	달마지	8행	도라들가쟈고	도라들가쟈고、	문장부호

『진달내꽃』과 『진달내쏫』은 18항목(목차 1곳, 작품 15편, 장 제목 2곳)에서 22군데의 차이점이 확인된다. 시집의 총 수록 편수가 126편임을 감안할 때, 이는 결코 적은 수치가 아니다. 작품만을 대상으로 하더라도 약 12% 정도가 이본 관계에 있기 때문이다. 제4장의 쪽수가 『진달내쏫』에만 표기된 점(3), 제4장의 제목인 '無主空山'과 작가명인 '素月'의 상대적인 배열 위치가 다른 점(4), 제13장의 제목인 '진달내쏫'의 활자체가 상이한 점(15), 문장부호(13, 21, 22)의 쓰임이 다른 점 등을 제외하면, 『진달내쏫』은 『진달내꽃』에서 나타나는 오자(1, 2, 16, 20), 오식(6, 7, 8, 9, 10, 12, 14, 18), 탈자(17) 등 13곳이 수정되었으며, 행배열(5, 11, 19)도 바로잡힌 양상을 보인다.

5. 판권지

『진달내꽃』과 『진달내쏫』은 판권지 기록은 모두 5곳에서 차이점이 확인된다. ①도서명(진달내꽃/진달내쏫)의 표기 차이, ②도서명의 활자체 차이, ③발행소(賣文社)의 활자체 차이, ④총판매소(中央書林/漢城圖書株式會社)의 표기 차이, ⑤총판매소의 배열 방식 차이 등이 그것이다.

大正十四年十二月二十三日印刷
大正十四年十二月二十六日發行
(定價壹圓二十錢)

진달내꽃

著作兼發行者 京城府蓮建洞一二一番地 金廷湜
印刷者 京城府堅志洞三十二番地 魯基禎
印刷所 京城府堅志洞三十二番地 漢城圖書株式會社
發行所 京城府蓮建洞一二一番地 賣文社 振替京城一三八三二
總販賣所 京城府堅志洞三十二番地 漢城圖書株式會社 振替京城七六六〇番 電話光化門一四七九番

사진43 『진달내꽃』 판권지

大正十四年十二月二十三日印刷
大正十四年十二月二十六日發行
(定價壹圓二十錢)

진달내쏫

著作兼發行者 京城府蓮建洞一二一番地 金廷湜
印刷者 京城府堅志洞三十二番地 魯基禎
印刷所 京城府堅志洞三十二番地 漢城圖書株式會社
發行所 京城府蓮建洞一二一番地 賣文社 振替京城一三八三二
總販賣所 京城府鍾路二丁目四十二番地 中央書林 振替京城七四五一番 電話光化門一六三七番

사진44 『진달내쏫』 판권지

분류	대비항목	진달내꽃	진달내쏫
판권지	표제	진달내꽃	진달내쏫
		①도서명의 표기 및 ②활자체가 상이함	
	인쇄연월일	大正十四年十二月二十三日	大正十四年十二月二十三日
	발행연월일	大正十四年十二月二十六日	大正十四年十二月二十六日
	정가	一圓二十錢	一圓二十錢
	저작 겸 발행자	金廷湜 京城府蓮建洞一二一番地	金廷湜 京城府蓮建洞一二一番地
	인쇄자	魯基禎 京城府堅志洞三十二番地	魯基禎 京城府堅志洞三十二番地
	인쇄소	漢城圖書株式會社 京城府堅志洞三十二番地	漢城圖書株式會社 京城府堅志洞三十二番地
	발행소	賣文社 京城府蓮建洞一二一番地	賣文社 京城府蓮建洞一二一番地
		③賣文社의 '社'자 활자체가 상이함	
	총판매소	漢城圖書株式會社 京城府堅志洞三十二番地 振滯京城七六六○番 電話光化門一四七九番	中央書林 京城府鍾路二丁目四十二番地 振滯京城七四五一番 電話光化門一六三七番
		④총판매소가 각각 漢城圖書株式會社와 中央書林으로 상이하고, ⑤『진달내꽃』의 경우 총판매소가 발행소보다 상단에 표기됨	

6. 결론

진달내꽃』과 『진달내쏫』은 앞표지, 책등, 속표지, 목차, 본문, 판권지 등 책의 모든 부분에서 다양한 차이점이 확인된다. 앞표지의 경우 판형이 양장으로 된 국반판인 점은 동일하지만, 표지의 색상과 책 제목의 표기 및 서체는 확연히 다르다. 책등도 책 제목의 표기 방식과 서체가 상이하며, 책등 그림은 『진달내꽃』에만 나타난다. 속표지의 제목은 두 책 모두 '진달내쏫'으로 표기되었지만, 활자체와 잉크 색에서 차이가 있다. 그리고 제목과 '素月作'의 상대적인 배열 위치도 다르다.

『진달내꽃』과 『진달내쏫』의 목차와 본문은 인쇄용지가 구별되며, 인쇄 상의 차이점도 22군데에 이른다. 두 책은 활자 표기(오자와 오식) 13군데, 활자체 및 활자 배열 2군데, 쪽수 표기 1군데, 행 배열 3군데, 문장부호 3군데 등에서 이본적 차이점이 발견된다. 그중 활자체 및 활자 배열과 쪽수 표기가 상이한 점, 문장부호의 쓰임이 다른 점 등을 제외하면 나머지 16군데는 『진달내꽃』에 인쇄된 오자와 오식, 행 배열이 『진달내쏫』에서 바로잡힌 양상을 띤다. 한편 『진달내꽃』과 『진달내쏫』의 판권지 기록은 인쇄일자 및 발행일자가 동일한 반면 도서명의 표기, 도서명의 활자체, 발행소의 활자체, 총판매소의 명칭, 총판매소의 인쇄 배열 방식 등 5군데에서 다른 점이 나타난다.

서지 연구의 일차적인 주안점은 인쇄 및 발행 기록에 있다. 지금까지 『진달내꽃』과 『진달내쏫』이 다양한 차이점을 가지고 출판된 경위나 두 책의 간행 상 선후 관계를 밝힐 만한 어떠한 근거도 확인된 것은 없다. 현재로서는 『진달내꽃』과 『진달내쏫』의 인쇄 및 발행 기록이 동일하다는 점만 유효할 뿐이다. 그렇기 때문에 두 책은 일단 '동시에' 간행된 이본으로 간주해야 할 것이다.[20]

20 항간에 『진달내쏫』을 초판본으로, 『진달내꽃』을 후쇄본으로 보려는 주장이 있으나, 그 입장의 논리적 근거는 매우 미약하다. 이 문제에 대한 자세한 논의는 엄동섭, 「『진달내꽃/진달내쏫』 초판본의 서지적 검토」(『근대서지』 제2호, 2010.12, 189~230쪽)와 웨인 드 프레메리, 「How Peotry Mattered in 1920s Korea」(Ph. D. diss, Harvard University, 2011)의 5장을 참조하기 바란다.

『진달내꽃』[1] 영인본과 김소월 전집에 대한 비판적 검토

1. '원본 아닌' 『진달내꽃』 영인본의 문제점

지금까지 출간된 『진달내꽃』 영인본은 모두 4종이 있다. 문학사상사 간행본(初刊稀貴 韓國現代詩 原本全集 20, 1970년대 후반), 태학사 간행본(韓國現代詩資料集成 9, 1982), 동서문화원 간행본(韓國近代詩人叢書 1, 1990), 김용직 주해본(『원본 김소월 시집』, 깊은샘, 2007) 등이 그것이다. 영인이란 인쇄물의 원본을 복제하는 것을 말한다. 따라서 목차, 본문, 판권지 등을 대비해 보면 복제물의 원본이 어떤 판본인지를 쉽게 판별할 수 있다. 본고와 관련하여 목차의 경우 「오시의 눈」(목차 6쪽)을, 본문의 경우 제13장 제목인 '진달내쏫'(본문 173쪽)을 비교해 본 결과 영인본들의 표기방식은 『진달내꽃』과 동일했다. 또한 『진달내꽃』과 『진달내쏫』은 판권지 내용에서 확실한 차이를 보이는데, 영인본들의 판권지 기록은 『진달내꽃』과 일치하기도 한다. 이러한 사실들은 『진달내꽃』이 영인본들의 저본임을 입증하기에 충분하다.[2] 문제는 영인본 모두 그 저본인 『진달내꽃』을 원본대로 복제하지 않았다는 점에 있다. 원본에 임의대로 손을 댄 흔적들이 곳곳에서 발견되기 때문에 이들 4종 모두 엄밀한 의미의 영인본으로 볼 수 없는 것이다. 먼저 『진달내꽃』과 『진달내쏫』의 목차와 본문에서 차이점이 확인된 22군데 및 판권지 기록 일부를 영인본들과 대비하여 문제점을 지적해보도록 한다.

『진달내꽃』과 영인본의 목차 및 본문을 대비해보면, 38~39쪽의 표에서 확인할 수 있듯이 문학사상사 간행본은 16곳(1, 3, 4, 5, 7, 8, 9, 10, 11, 13, 14, 15, 16, 18, 20, 21), 태학사 간행본과 동서문화원 간행본은 15곳(1, 3, 4, 5, 7, 8, 9, 10, 11,

1 영인본의 경우 『진달내꽃』이 그 저본으로 사용되었기 때문에 이 표제를 사용하기로 한다.
2 앞표지와 책등을 비교할 수도 있지만, 『진달내꽃』 영인본에는 앞표지와 책등의 이미지가 제시되지 않았기 때문에 대비 항목에서 제외하기로 한다.

연번	편차	시 제목	대비항목	진달내꽃	진달내쏫
1	목차		6쪽 시제목	「오시의눈」	「오시는눈」
2	본문	자나쌔나 안즈나서나	38쪽 4연 1행	쓰라린기슴은	쓰라린가슴은
3		(제4장)	41쪽 쪽수	무표기	-41-
4		(제4장)	41쪽 제목의 배열	'素月'이 상대적으로 아래쪽에 배열됨	'素月'이 상대적으로 위쪽에 배열됨
5		萬里城	49쪽 4행	행배열이 올라감	행배열을 맞춤
6		후살이	58쪽 쪽수	-85-	-58-
7		후살이	58쪽 4행	제이十年、	이제十年、
8		愛慕	66쪽 3연 2행	환요한	환연한
9		愛慕	66쪽 3연 3행	소솔[illegible]나리며、	소솔비나리며、
10		女子의냄새	71쪽 3연 2행	[illegible]靈실은널뛰는	幽靈실은널뛰는
11		半달	84쪽 3연 4행	행배열이 내려감	행배열을 맞춤
12		半달	84쪽 3연 4행	[illegible]지듯한다。	쏫지듯한다。
13		밧고랑우헤서	147쪽 2연 3행	넘치는恩惠여、	넘치는恩惠여
14		合掌	151쪽 1연 1행	라들이。	들이라。
15		(제13장)	171쪽 제목의 활자체	진달내쏫	진달내쏫
16		개여울의노래	173쪽 쪽수	-I73-	-173-
17		길	177쪽 쪽수	77-	-177-
18		가는길	180쪽 3연 2행	[illegible]山에는	西山에는
19		往十里	182쪽 3연 1행	행배열이 내려감	행배열을 맞춤
20		널	194쪽 1연 1행	아가씨믈	아가씨들
21		희망	217쪽 1연 4행	쌀녀라。	쌀녀라
22		달마지	228쪽 8행	도라들가쟈고	도라들가쟈고、
23	판권지		책 제목	진달내꽃	진달내쏫
24			인쇄연월일	大正十四年十二月二十三日	大正十四年十二月二十三日
25			발행연월일	大正十四年十二月二十六日	大正十四年十二月二十六日
26			총판매소	漢城圖書株式會社	中央書林

13, 14, 15, 16, 20, 21), 김용직 주해본은 13곳(1, 3, 4, 5, 7, 10, 11, 13, 14, 15, 16, 20, 21)만이 『진달내꽃』과 일치할 따름이다. 문학사상사 간행본은 6곳(2, 6, 12, 17, 19, 22), 태학사 간행본과 동서문화원 간행본은 7곳(2, 6, 12, 17, 18, 19, 22), 김용직 주해본은 9곳(2, 6, 8, 9, 12, 17, 18, 19, 22)에서 『진달내꽃』과 표기상 다른 점이 발견된다.

문학사상사	태학사	동서문화원	김용직
「오시의눈」	「오시의눈」	「오시의눈」	「오시의눈」
쓰라린가슴은	쓰라린가슴은	쓰라린가슴은	쓰라린가슴은
무표기	무표기	무표기	무표기
『진달내꽃』과 동일	『진달내꽃』과 동일	『진달내꽃』과 동일	『진달내꽃』과 동일
행배열이 올라감	행배열이 올라감	행배열이 올라감	행배열이 올라감
-58-	-58-	-58-	-58-
제이十年、	제이十年、	제이十年、	제이十年、
환[illegible]한	환[illegible]한	환[illegible]한	환연한
소솔[illegible]나리며、	소솔[illegible]나리며、	소솔[illegible]나리며、	소솔비나리며、
[illegible]靈실은널쒸는	[illegible]靈실은널쒸는	[illegible]靈실은널쒸는	幽靈실은널쒸는
행배열이 내려감	행배열이 내려감	행배열이 내려감	행배열이 내려감
숫지듯한다。	숫지듯한다。	숫지듯한다。	숫지듯한다。
넘치는恩惠여、	넘치는恩惠여、	넘치는恩惠여、	넘치는恩惠여、
라들이。	라들이。	라들이。	라들이。
『진달내꽃』과 동일	『진달내꽃』과 동일	『진달내꽃』과 동일	『진달내꽃』과 동일
-173-	-173-	-173-	-173-
-177-	-177-	-177-	-177-
[illegible]山에는	西山에는	西山에는	西山에는
행배열을 맞춤	행배열을 맞춤	행배열을 맞춤	행배열을 맞춤
아가씨믈	아가씨믈	아가씨믈	아가씨믈
쌀녀라。	쌀녀라。	쌀녀라。	쌀녀라。
도라들가쟈고、(모점 흔적)	도라들가쟈고、(모점 흔적)	도라들가쟈고、(모점 흔적)	도라들가쟈고、
진달내꽃	진달내꽃	진달내꽃	진달내꽃
十四年十二月二十三日	十四年十二月二十三日	十四年十二月二十三日	昭和十四年十二月二十三日
十四年十二月二十六日	十四年十二月二十六日	十四年十二月二十六日	昭和十四年十二月二十六日
漢城圖書株式會社	漢城圖書株式會社	漢城圖書株式會社	漢城圖書株式會社

다음은 『진달내꽃』 원본의 표기가 영인본에서 왜곡된 9곳의 양상을 다시 정리한 것이다.

연번	시 제목	대비항목	진달내꽃	문학사상사	태학사	동서문화원	김용직
2	자나깨나 안즈나서나	본문 38쪽 4연 1행	쓰라린기슴은	쓰라린가슴은	쓰라린가슴은	쓰라린가슴은	쓰라린가슴은
6	후살이	본문 58쪽 쪽수	-8S-	-58-	-58-	-58-	-58-
8	愛慕	본문 66쪽 3연 2행	환ㄱ요한	환ㄱ요한	환ㄱ요한	환ㄱ요한	환연한
9	愛慕	본문 66쪽 3연 3행	소솔ㅍ나리며、	소솔ㅍ나리며、	소솔ㅍ나리며、	소솔ㅍ나리며、	소솔비나리며、
12	半달	본문 84쪽 3연 4행	[illegible]지듯한다	쏫지듯한다	쏫지듯한다	쏫지듯한다	쏫지듯한다
17	길	본문 177쪽 쪽수	77-	-177-	-177-	-177-	-177-
18	가는길	본문 180쪽 3연 2행	囯山에는	囯山에는	西山에는	西山에는	西山에는
19	往十里	본문 182쪽 3연 1행	행배열이 내려감	행배열을 맞춤	행배열을 맞춤	행배열을 맞춤	행배열을 맞춤
22	달마지	본문 228쪽 8행	도라들가쟈고	도라들가쟈고、(모점 흔적)	도라들가쟈고、(모점 흔적)	도라들가쟈고、(모점 흔적)	도라들가쟈고、

* 연번은 38~39쪽의 연번을 원용함.

혹자들은 9곳 모두 오식을 수정했고, 탈자를 보완했으며, 행 배열의 오류를 잡았기 때문에 영인본에 큰 무리가 없지 않느냐고 강변할지도 모른다. 하지만 영인본 편찬의 목적은 실물로 대하기 어려운 인쇄 자료를 원전 그대로 제공하는 데 있다. 교열은 영인본 간행자의 몫이 아니라 전집 편찬자나 연구자가 담당해야 할 책무인 것이다. 그런데 왜곡된 9곳과 사정은 비슷하지만 고쳐지지 않은 사례도 다수 발견된다. 「오시의눈」·「널」의 오자, 「후살이」·「女子의냄새」·「合掌」의 오식, 「萬里城」·「半달」의 행 배열 등은 원본과 똑같이 영인되어 있다. 동일한 조건임에도 불구하고 어느 경우에는 손을 대고, 어느 경우에는 고치지 않았다는 점은 왜곡이 임의적으로 이루어졌다는 반증일 수밖에 없다.

한층 세밀하게 검토해 보면 위에서 제시한 9곳 이외에도 영인본들은 가획과 가필, 탈획, 음운의 탈락, 활자의 교체 등 다양한 양상으로 원본을 훼손하고 있다. 41쪽의 표는 『진달내꽃』과 『진달내쏫』의 표기가 동일함에도 불구하고, 영인본에서 자의적인 원본 훼손이 이루어진 사례들이다.

연번	시 제목	대비항목	진달내꽃	진달내쏫	문학사상사	태학사	동서문화원	김용직
1	粉얼골	본문 73쪽 3연 4행	소래도업시	소래도업시	소리도업시	소리도업시	소리도업시	소리도업시
2	새벽	본문 120쪽 7행	외롭은숨의베개 흐렷는가	외롭은숨의베개 흐렷는가	외롭은숨의베개、 흐렷는가	외롭은숨의베개、 흐렷는가	외롭은숨의베개、 흐렷는가	외롭은숨의베개、 흐렷는가
3	녀름의달밤	본문 126쪽 3연 2행	푸른달빗치	푸른달빗치	푸른말빗치	푸른말빗치	푸른말빗치	푸른말빗치
4	녀름의달밤	본문 127쪽 6연 1행	일하신아기아바지	일하신아기아바지	일히신아기아바지	일히신아기아바지	일히신아기아바지	일히신아기아바지
5	바라건대는 우리에게우리의보 섭대일쌍이 잇섯더면	본문 146쪽 3연 4행	가슴에 팔다리에。	가슴에 팔다리에。	기슴에 팔다리에。	기슴에 팔다리에。	기슴에 팔다리에。	기슴에 팔다리에。
6	진달내쏫	본문 190쪽 3연 1행	가시는 거름거름	가시는 거름거름	가시는 거름겨름	가시는 거름겨름	가시는 거름겨름	가시는 거름겨름
7	春香과李道令	본문 197쪽 4연 3행	차자차자	차자차자	차차차자	차차차자	차차차자	차차차자
8	春香과李道令	본문 197쪽 5연 1행	누이님	누이님	누이니	누이니	누이니	누이니
9	無信	본문 210쪽 2연 1행	멧기슭	멧기슭	메기슭	메기슭	메기슭	메기슭
10	江村	본문 226쪽 10행	선배、	선배、	선비,	선비,	선비,	선비,

영인본에서 가획하여 원본을 훼손한 사례는 「녀름의 달밤」, 「진달내쏫」, 「春香과李道令」 등에서 확인된다. 「녀름의 달밤」의 3연 2행은 '달빗'을 가획하여 '말빗'으로 고쳤으며, 「진달내쏫」의 3연 1행은 '거름거름'을 가획하여 '거름겨름'으로 그 표기를 바꾸어놓고 있다. 전집 편찬자들이 이러한 영인본의 오류들을 바로 잡기는 했지만, 「春香과李道令」은 가획으로 인해 오독이 발생했다. 「春香과李道令」의 4연 3행은 "烏鵲橋차자차자 가기도햇소"이다. 그런데 영인본에서는 '차자차자'의 두 번째 음절 '자'에 가획이 이루어져 '차차차자'로 표기되어 있다. 그렇기 때문에 "본문 표기를 그대로 따를 경우 '차차 찾아'로 볼 수 있으며, '서두르지 않고 천천히 찾아'의 뜻으로 풀이할 수 있다"[3] 라는 식의 오독이 발생하게 된 것이다. 더불어 선명하게 인쇄되지 않은 부분을 가필한 경우(문학사상사 영인본의 본문 110쪽, 198쪽, 199쪽, 200쪽, 201쪽, 202쪽, 203쪽, 207쪽, 208쪽, 209쪽, 212쪽)도 도처에서 발견된다. 물론 판독이 어려운 글자를 잘 보이게 하기 위해서였겠지만, 원문에 가필이 행해질 경우 「春香과李道令」처럼 오독의 문제를 발생시킬 가능성이 매우 높다. 영인본이라고 해도 인쇄 상태가 선명하지 않은 부분은 가필하기보다는 주석을 달아 원문을 밝혀주는 것이 바람직할 것이다.

탈획의 양상은 「녀름의 달밤」, 「바라건대는 우리에게우리의보섭대일쌍이 잇섯더면」 등에서 확인된다. 「녀름의

3 권영민 엮음, 『김소월시전집』, 문학사상사, 2007, 298쪽.

달밤」의 6연 1행에서는 '일하신아기아버지'의 '하'가 탈획되어 '일히신'으로, 「바라건대는 우리에게우리의보섭대일쌍이 잇섯더면」의 3연 4행에서는 '가슴에 팔다리에。'의 '가'가 탈획되어 '기슴에'로 표기되어 있다. 또한 음운의 탈락은 「春香과李道令」, 「無信」 등에서 나타난다. 「春香과李道令」의 5연 1행은 "그래 올소 누이님 오오 내누님"으로 시작한다. 시작 의도대로 이 구절은 3연 1행의 "그래 올소 내누님 오오 누이님"을 대칭적으로 변주한 것이다. 그런데 5연 1행의 '누이님'이 영인본에서는 'ㅁ'이 탈락된 채 '누이니'로 표기되어 있다. 「無信」의 경우도 마찬가지여서 2연 1행의 '멧기슭'이 영인본에서는 'ㅅ'이 없이 '메기슭'으로만 제시되고 있다. 이러한 탈획과 음운의 탈락은 영인본 편찬자가 의도한 것인지 아니면 영인할 때의 인쇄 오류 때문인지 밝히기 어렵다. 하지만 다음에서 살펴볼 활자의 교체 문제는 다분히 고의적인 행위여서 비판을 면하기 어렵다고 본다.

가필이 아니라 아예 활자를 교체한 사례는 「粉얼골」과 「江村」 등에서 확인된다. 「粉얼골」의 '소래'와 「江村」의 '선배' 표기가 영인본에서는 '소리'와 '선비'로 바뀌어 있다. 영인본들에 사용된 '리'와 '비'의 활자 모양은 『진달내꽃』에서 사용된 활자와 확연하게 다른 것이다. 이러한 사례들을 통해 영인본 편찬 시에 활자까지 교체해 원본을 훼손했음을 알 수 있다.

한편 영인 상태가 표기와 해석에 영향을 미친 사례로는 「새벽」과 「달마지」를 들 수 있다. 『진달내꽃』 원본에는 「새벽」의 '외롭은숢의벼개 흐렷는가'와 「달마지」의 '도라들가쟈고'에 모점(、)이 찍혀있지 않다. 그러나 영인본에는 '벼개'와 '흐렷는가' 사이, 그리고 '도라들가쟈고' 다음에 모점의 흔적이 나타난다. 이것은 정상적인 모점이 아니라 영인할 때 덧묻은 것인데도 거의 모든 전집에서 문장부호로 오인되고 있는 실정이다.

그러면 영인본들에서 원본의 훼손이 동일하게 나타나는 원인은 무엇일까? 그 이유를 한마디로 말한다면 모든 영인본들이 『진달내꽃』의 원본을 제대로 복제하지 않았기 때문이다. 앞에서 밝힌 것처럼 최초 영인본인 문학사상사 영인본은 가획과 가필, 탈획과 음운의 탈락, 활자의 교체 등 다양한 방법으로 원본을 훼손한 채 간행되었다. 그런데 이러한 문학사상사 영인본의 왜곡 양상은 나머지 3종의 영인본에서 동일하게 발견되며, 판독을 위해 가필한 부분까지도 일치하고 있다. 판권지에 연호가 삭제된 점[4] 역시 동일 판본이라는 또 다른 증좌가 된다. 즉 태학사와 동서문화원 간행본 및 김용직 주해본은 『진달내꽃』 원본을 임의로 왜곡한 문학사상사 간행본을 재영인했기 때문에 그 오류들을 그대로 답습할 수밖에 없었다.

4 김용직 주해본(『원본 김소월 시집』)의 판권지에 보이는 '昭和'라는 연호는 주해자 또는 출판사가 임의대로 삽입한 것이다.

영인본을 재영인한 사태와 맞물린 또 다른 문제점은 오류가 확대 재생산되고 있다는 사실이다. 『진달내꽃』의 원문과 영인본에 나타난 왜곡 양상을 대비해 보면,[5] 최초 영인본인 문학사상사 간행본은 16곳을, 태학사 간행본과 동서문화원 간행본은 17곳을, 김용직 간행본은 19곳을 고쳐서 영인본을 편찬했다는 사실을 알 수 있다. 태학사와 동서문화원 간행본은 문학사상사 간행본에 1곳(「가는길」)을, 김용직 주해본은 다시 태학사와 동서문화원 간행본에 2곳(「愛慕」 2군데)을 추가로 왜곡한 것이다. 영인이 진행되면 될수록 오류가 시정되는 것이 아니라 그 양상이 점차 심화되고 있다. 즉 『진달내꽃』 원본의 훼손은 가장 최근에 영인된 김용직 주해본에서 가장 심하게 나타난다. 앞에서 언급한 19곳 이외에도 임의대로 본문을 왜곡한 곳이 더 발견되며, 판권지 기록까지 자의적으로 바꿔 놓고 있기 때문이다.

시 제목	대비항목	진달내꽃	문학사상사	태학사	동서문화원	김용직
비난수하는맘	본문 161쪽 3연 4행	밤에매든든이슬은 곳다시	밤에매든든이슬은 곳다시	밤에매든든이슬은 곳다시	밤에매든든이슬은 곳다시	밤에매든 이슬은 곳 다시

「비난수하는맘」의 3연 4행은 『진달내꽃』과 다른 영인본에서는 '밤에매든든이슬은 곳다시'로 표기되었지만, 김용직 주해본에서는 '밤에매든 이슬은 곳 다시'로 나타난다. 김용직 교수가 이 구절을 '밤에 매든 이슬은 곳다시 : 밤에 맺은 이슬 곧 다시'[6]로 주해한 것으로 보아 원본을 임의로 훼손한 것이 틀림없다. '매든든'에서 세 번째 음절 '든'을 삭제하고 '곳다시'를 띄어쓰기하여 영인본을 편찬했기 때문이다. 그런데 김 교수는 자신이 편저한 『김소월전집』에서는 『진달내꽃』의 원문대로 '밤에매든든이슬은 곳다시'[7]로 정리해놓고 있다. 김용직 주해본의 문제점을 단적으로 지적하면, 서문에서 '엄격하게 원본 중심의 소월 시집이 되도록' 책을 엮었다고 천명했음에도 불구하고 실상은 그렇지 않다는 점에 있다.

이 책을 엮는 데 주안점이 된 것은 크게 두 가지였다. 우선, 소월의 시를 원형 그대로 복원 제시하자는 것이 그 하나였다. 소월이 『진달래꽃』을 내기까지 아직 우리 주변에는 맞춤법통일안이 미처 확정되지 못하고 있었다. 그 후 나온 소월의 사화집은 그것을 지양시키지 않으면 안 되었다. 된 시옷들이 고쳐지고 구식철자가 맞춤법통일안에 따라 새로운 표기로 수정되었다. 그런데 그 과정에서 몇몇 작품의 원형이 훼손되었다. 가령 「자주구름」의 머리에 나오는 '물고흔 자주구름'이 숭문사판 『소월 시집』에서는 '물고운 자주구름'이 되어 있다. 『진달래꽃』에 실린 「예전엔 미처 몰랐어요」의 첫줄 '봄 가을

5 이본 간의 차이점이 확인된 22군데와 가획, 가필, 탈획, 음운의 탈락, 활자의 교체 등을 통해 원본이 훼손된 10군데 등 총 32곳을 대비의 대상으로 삼았다.
6 김용직 주해, 『원본 김소월 시집』, 깊은샘, 2007, 161쪽.
7 김용직 편저, 『김소월전집』, 서울대학교출판부, 2001(재판), 143쪽.

없이 밤마다 돋는 달도'가 '돗는 달을'로 나타난다. 숭문사판 『소월 시집』이나 『소월 시초』는 모두가 김억이 엮은 것이다. 이것은 작품의 원형이 시인과 가장 가까운 사람에 의해서도 변형, 훼손될 수 있음을 뜻한다. 시 원형을 훼손하는 일은 한 시인의 작품 세계를 기능적으로 이해, 평가하는데 저해 요인이 될 뿐 도움이 되는 바 없다. 이런 관점에서 우리는 이 시집을 엄격하게 원본 중심의 소월 시집이 되도록 했다.

다음 우리는 이 책을 소월의 처녀시집 『진달래꽃』 중심으로 편찬했다. 『진달래꽃』에 수록된 소월의 시는 그 이전의 것과 뚜렷이 구별된다. 소월은 그 이전 여기저기에 실린 그의 작품을 이 시집에서 매우 정성스럽게 다듬었다. 그 결과 『진달래꽃』에 실린 그의 작품은 가장 소월 시다운 것들이 되었다. 이런 사실에 유의하여 우리는 이 시집에서 『진달래꽃』을 소월 시 원형 제시의 제일 근거로 삼았다.[8]

김 교수의 지적대로 김억이 『素月詩抄』(박문서관, 1939)나 『진달래꽃』(숭문사, 1950)을 간행하는 과정에서 소월 시의 원형을 변형, 훼손한 것은 주지의 사실이다. 그러나 영인 주해본 『원본 김소월 시집』 역시 '시 원형을 훼손하는 일은 한 시인의 작품 세계를 기능적으로 이해, 평가하는 데 저해 요인이 될 뿐 도움이 되는 바 없다. 이런 관점에서 우리는 이 시집을 엄격하게 원본 중심의 소월 시집이 되도록 했다'라는 서문의 내용이 무색할 정도로 많은 문제를 범하고 있다.

이러한 점은 판권지 기록의 오기에서 점입가경에 이른다. 문헌서지의 가장 중요한 요소 중 하나는 간행 기록이다. 문학사상사 · 태학사 · 동서문화원 간행본은 판권지의 발행연월일 기록 중 연호 부분이 지워진 채 편찬되었다. 그런데 문학사상사 간행본의 앞표지에는 '初刊稀貴 韓國現代詩 原本全集 20 1939年版'이라는 기록이 있다. 판권지에 연호인 '大正'이 표기되지 않은 탓에 '十四年'을 昭和 14년, 즉 1939년으로 착각하여 오기한 것이다. 이러한 간행 기록의 오류는 김용직 주해본에 와서 한층 심각한 문제를 파생시킨다. 태학사 · 동서문화원 간행본은 판권지에 연호가 표기되어 있지 않아서 간행 기록이 불분명할 따름이지만, 『원본 김소월 시집』의 판권지에는 '昭和'라는 연호가 분명하게 기록되어 있기 때문이다. 더구나 '昭和'를 인쇄하는 데 사용된 활자는 『진달내꽃』의 판권지에 사용된 것과 활자체가 상이하기도 하다. 이러한 오기가 문학사상사 간행본을 재영인하면서 그 책의 앞표지에 표기된 '1939年 版'이란 기록을 따랐기 때문에 발생한 것인지, 아니면 단순한 실수 때문인지는 확실치 않다. 다만 『진달내

8 김용직 주해, 『원본 김소월 시집』, 7~8쪽.

꽃』의 간행연도가 '大正 十四年'인 1925년이 분명한 이상, 『원본 김소월 시집』은 판권지 기록을 왜곡했다는 점에서 마땅히 비판받아야만 한다.

지금까지 간행된 영인본들은 임의적인 왜곡을 통해 원문을 훼손했으며, 반복적인 재영인을 통해 오류를 심화시켰기 때문에 더 이상 진정성 있는 1차 자료가 될 수 없다. 이것이 『진달내꽃』과 『진달내쏫』을 정확하게 복제한, 새로운 영인본이 간행되어야 하는 이유이다.

2. '정본 없는' 김소월 전집의 문제점

지금까지 조동일 · 윤주은,[9] 오세영,[10] 김용직,[11] 김종욱,[12] 전정구,[13] 오하근,[14] 권영민[15] 등이 10여 종 이상의 김소월 전집을 편찬했다. 하지만 이 전집들을 비판적으로 분석해보면, 앞 장에서 지적한 영인본의 오류가 고스란히 재생산되고 있음을 알 수 있다. 『진달내꽃』 원본을 저본으로 삼지 않고, 영인본을 바탕으로 하여 전집의 편찬이 이루어졌기 때문이다. 이러한 전집들의 문제점을 검토하는 이유는 진정성 있는 '정본 김소월 전집'의 편찬에 단초를 제공하기 위함이다. 연구자별로 2권 이상의 전집이 간행된 경우에는 마지막 판본을 검토의 대상으로 선정했다. 즉 윤주은의 『김소월詩전집』, 오세영의 『꿈으로 오는 한 사람』, 김용직의 『김소월전집』(2001, 재판), 김종욱의 『正本 素月全集 상 · 하』, 전정구의 『素月 金廷湜 全集 1』, 오하근의 『원본 김소월전집』, 권영민의 『김소월시전집』 등을 대비의 텍스트로 삼았다. 다만 이본 간의 차이점이 확인된 22군데 중에서 쪽수 표기 및 장제목의 배열과 관련된 5곳(『진달내꽃/진달내쏫』의 본문 41쪽의 2곳, 58쪽, 173쪽, 177쪽)은 논외로 하기로 한다.

『진달내쏫』에 수록된 126편의 시들 중, 절반 이상인 67편 정도를 개작하여 시집에 수록할 정도로 소월은 끊임없이 개작에 몰두한 시인이다. 전집 편찬자들 역시 소월의 이러한 시작 특성을 반영하여 『진달내꽃』을 원전으로 확정하고, 그 이본을 확인하여 개작 과정을 검토하는 방향으로 전집을 구성하였다. 전집 편찬은 『진달내꽃』의 원본 표기(4, 10, 11, 12, 16)를 원칙으로 하되 오자(1, 2, 15), 오식(5, 6, 7, 9, 13), 행 배열의 오류(3, 8, 14) 등을 교열하는 수준에서 이루어졌다. 이러한 편찬의 대지(大旨)는 대체로 『진달내쏫』의 표기와 일치하지만, 자료 공개가 이루어지지 않

9 조동일 · 윤주은, 『金素月詩 全書』, 文化出版社, 1979; 조동일 · 윤주은, 『素月詩全書 니젓든맘』, 學文社, 1980; 윤주은 편, 『밧고랑우에서』, 교문사, 1986; 윤주은 편저, 『김소월詩전집』, 학문사, 1994.

10 吳世榮 편저, 『金素月全集 · 評傳 꿈으로 오는 한 사람』, 文學世界社, 1981.

11 金容稷 편, 『金素月 全集 못잊어 생각나겠지요』, 文章社, 1981; 김용직 편저, 『김소월전집』, 서울대학교출판부, 1996(초판), 2001(재판).

12 김종욱 편, 『원본 소월전집 상 · 하』, 弘盛社, 1982; 金鍾旭 訓釋, 『正本 素月全集 상 · 하』, 명상, 2005.

13 全廷球 편, 『素月 金廷湜 全集 1-3』, 韓國文化社, 1993.

14 오하근 편저, 『원본 김소월전집』, 집문당, 1995; 오하근 편, 『정본 김소월 전집』, 집문당, 1995.

15 권영민 엮음, 『김소월시전집』, 문학사상사, 2007.

연번	시 제목	대비항목	진달내꽃	진달내꼿	문학사상사	윤주은
1		목차 6쪽 시제목	「오시의눈」	「오시는눈」	「오시의눈」	「오시는눈」
2	자나쌔나 안즈나서나	본문 38쪽 4연 1행	쓰라린기슴은	쓰라린가슴은	쓰라린가슴은	쓰라린가슴은
3	萬里城	본문 49쪽 4행	행배열이 올라감	행배열을 맞춤	행배열이 올라감	행배열을 맞춤
4	후살이	본문 58쪽 4행	제이十年、	이제十年	제이十年、	제이十年,
5	愛慕	본문 66쪽 3연 2행	환요한	환연한	환요한	환연한
6	愛慕	본문 66쪽 3연 3행	소솔[illegible]나리며、	소솔비나리며、	소솔[illegible]나리며、	소솔비나리며,
7	女子의냄새	본문 71쪽 3연 2행	[illegible]靈실은널쒸는	幽靈실은널쒸는	[illegible]靈실은널쒸는	幽靈실은널쒸는
8	半달	본문 84쪽 3연 4행	행배열이 내려감	행배열을 맞춤	행배열이 내려감	행배열을 맞춤
9	半달	본문 84쪽 3연 4행	[illegible]지듯한다。	꼿지듯한다。	꼿지듯한다。	꼿지듯한다.
10	밧고랑우헤서	본문 147쪽 2연 3행	넘치는恩惠여、	넘치는恩惠여	넘치는恩惠여、	넘치는 恩惠여,
11	合掌	본문 151쪽 1연 1행	라들이。	들이라。	라들이。	라들이.
12	(제13장)	본문 171쪽 13장 제목의 활자체	진달내꼿	진달내꼿	진달내꼿	미표기
13	가는길	본문 180쪽 3연 2행	[illegible]山에는	西山에는	[illegible]山에는	西山에는
14	往十里	본문 182쪽 3연 1행	행배열이 내려감	행배열을 맞춤	행배열을 맞춤	행배열을 맞춤
15	널	본문 194쪽 1연 1행	아가씨믈	아가씨들	아가씨믈	아가씨들
16	희망	본문 217쪽 1연 4행	깔녀라。	깔녀라	깔녀라。	깔녀라.
17	달마지	본문 228쪽 8행	도라들가쟈고	도라들가쟈고、	도라들가쟈고、(모점 흔적)	도라들가쟈고,

은 까닭에 『진달내꼿』의 표기 내용은 전집에 반영될 수 없었다. 그래서 「후살이」의 '제이十年、'이나 「合掌」의 '나들이。'의 경우 전집들의 표기와 해석에서 많은 혼란을 빚게 된 것이다.

이처럼 전집 편찬자들이 『진달내꽃』의 오자나 오식 등을 체계적으로 교열하여 정전을 확정하려고 한 점은 충분히 인정된다. 그러나 지금까지 간행된 전집들의 저본이 『진달내꽃』 원본이 아닌 영인본이었다는 사실만은 지적하지 않을 수 없다. 「자나쌔나 안즈나서나」의 4연 1행의 경우 『진달내꽃』에는 '쓰라린기슴은'으로, 문학사상사 영인본에서 '쓰라린가슴은'으로 표기되어 있다. 물론 '쓰라린기슴은'의 '기'는 '가'의 오자이기는 하지만, 문학사상사 영인본의 표기는 『진달내꽃』 원문을 임의대로 왜곡한 것이다. 전집들도 '쓰라린가슴은'으로 표기하고 있는데, 문제는 아무런 교열 사항을 제시하지 않았다는 점이다. 만약 전집 편찬자 중 누군가가 『진달내꽃』 원본을 보았다면, 영인본과의 차이점을 지적하고, 그 교열 사항을 적시했을 것이다. 또한 「半달」의 경우도 마찬가지이다. 3연 4행의 마지

오세영	김용직	김종욱	전정구	오하근	권영민
「오시는 눈」	「오시는 눈」	「오시는눈」	「오시는눈」	「오시는눈」	「오시의 눈」[16]
쓰라린가슴은	쓰라린가슴은	쓰라린가슴은	쓰라린가슴은	쓰라린가슴은	쓰라린가슴은
행배열을 맞춤	행배열을 맞춤	행배열을 맞춤	행배열이 올라감	행배열을 맞춤	행배열을 맞춤
제이十年,	제이十年,[17]	제이十年,[18]	제이十年,	제이十年,[19]	제이十年,[20]
환연한	환연한	환연한	환연한[21]	환연한	환연한
소솔비나리며,	소솔비나리며,	소솔비나리며,	소솔비나리며,	소솔비나리며,	소솔비나리며,
幽靈실은널쒸는	幽靈실은널쒸는	幽靈실은널쒸는	幽靈실은널쒸는	幽靈실은널쒸는	幽靈실은널쒸는
행배열이 내려감	행배열을 맞춤	행배열을 맞춤	행배열이 내려감	행배열을 맞춤	행배열이 내려감
쏫지듯한다.	쏫지듯한다.	쏫지듯한다.	쏫지듯한다.	쏫지듯한다.	쏫지듯한다.
넘치는 恩惠여,	넘치는 恩惠여,	넘치는 恩惠여,	넘치는 恩惠여,	넘치는 恩惠여,	넘치는 恩惠여,
라들이.	라들이.[22]	라들이.	라들이.	라들이.	라들이.[23]
진달내쏫	진달내 쏫	진달내쏫	진달내쏫	미표기	진달내쏫
西山에는	西山에는	西山에는	西山에는	西山에는	西山에는
행배열을 맞춤	행배열을 맞춤	행배열을 맞춤	행배열을 맞춤	행배열을 맞춤	행배열을 맞춤
아가씨들	아가씨들	아가씨들	아가씨들	아가씨들	아가씨들
짤녀라.	짤녀라.	짤녀라.	짤녀라.	짤녀라.	짤녀라.
도라들가쟈고,	도라들가쟈고,	도라들가쟈고,	도라들가쟈고,	도라들가쟈고,	도라들가쟈고,

막 구절인 '쏫지듯한다'의 '쏫'이 『진달내꽃』에는 거꾸로 오식되었는데, 문학사상사 영인본에는 정상적으로 인쇄되어 있다. 전집들도 원문에 대한 아무런 언급 없이 '쏫지듯한다'로 표기하고 있는 실정이다. 모든 편저자들이 '원문대로' 혹은 '원본 그대로' 전집을 편찬했다고 밝히고 있으나, 「자나쌔나 안즈나서나」와 「半달」의 사례에서 보듯이 그 누구도 『진달내꽃』 원본을 확인하지는 않은 것 같다.

전집 편찬자들이 원본 없이 '정본(定本/正本)'을 구축하려고 했음은 다음의 사례(48~49쪽의 표)에서도 확연하게 드러난다. 원본을 작위적으로 왜곡한 영인본의 문제점들이 전집에서도 그대로 재생산되고 있기 때문이다.

전집들이 『진달내꽃』 원본이 아닌 문학사상사 영인본의 왜곡된 오기들을 답습하고 있다고 보는 이유는 다음과 같다. 첫째, 「粉얼굴」, 「새벽」, 「無信」, 「江村」 등의 경우처럼 『진달내꽃』의 표기가 정확함에도 불구하고 모든 전집들이 영인본의 왜곡된 표기를 따르고 있기 때문이다. 어떠한 교열 원칙도 제시되지 않은 채 영인본의 표기를 아무

16 각주에서 '오시는눈'의 오식임을 밝혔다.(『김소월시전집』, 12쪽)
17 각주에서 '제이'를 '이제'로 교열했다.(『김소월전집』, 61쪽)
18 미주에서 '제이'를 '이제'로 교열했다.(『正本 素月全集 상』, 182쪽)
19 붙임에서 '제이'를 '이제'로 교열했다.(『원본 김소월전집』, 434쪽)
20 현대어 표기에서 '제이'를 '이제'로 교열했다.(『김소월시전집』, 115쪽)
21 부록에서 '환연한'과 '소솔비'로 교열했다고 밝혔다.(『素月 金廷湜 全集 1』, 188쪽)
22 각주에서 '나들이. 두음법칙을 지키지 않은 평안도식 표기'로 해석했지만, 원본과 대비할 때 오독임이 분명하다.(『김소월전집』, 138쪽)
23 각주에서 '나들이'로 해석했지만, 원본과 대비할 때 오독임이 분명하다.(『김소월시전집』, 241쪽)

연번	시 제목	대비 항목	진달내꽃	진달내꼿	문학사상사	윤주은
1	粉얼골	본문 73쪽 3연 4행	소래도업시	소래도업시	소리도업시	소리도업시
2	새벽	본문 120쪽 7행	외롭은숢의벼개 흐렷는가	외롭은숢의벼개 흐렷는가	외롭은숢의벼개、흐렷는가	외롭은숢의벼개, 흐렷는가
3	녀름의달밤	본문 126쪽 3연 2행	푸른 달빗치	푸른 달빗치	푸른 말빗치	푸른 달빗치
4	녀름의달밤	본문 127쪽 6연 1행	일하신아기아바지	일하신아기아바지	일히신아기아바지	일하신아기아바지
5	바라건대는 우리에게우리의보섭대일쌍이 잇섯더면	본문 146쪽 3연 4행	가슴에 팔다리에。	가슴에 팔다리에。	기슴에 팔다리에。	가슴에 팔다리에.
6	진달내꼿	본문 190쪽 3연 1행	가시는 거름거름	가시는 거름거름	가시는 거름겨름	가시는 거름거름
7	春香과李道令	본문 197쪽 4연 3행	차자차자	차자차자	차자차자	차차차자
8	春香과李道令	본문 197쪽 5연 1행	누이님	누이님	누이니	누이니
9	無信	본문 210쪽 2연 1행	멧기슭	멧기슭	메기슭	메기슭
10	江村	본문 226쪽 10행	선배、	선배、	선비、	선비,

의심 없이 받아들이고 있는 것이다. 둘째, 영인본의 오기가 일부 편찬자들에 의해 교열된 경우(「녀름의달밤」, 「바라건대는 우리에게우리의보섭대일쌍이 잇섯더면」, 「진달내꼿」, 「春香과李道令」)에는 교열했다는 사실 자체가 『진달내꽃』 원본을 확인하지 않았다는 결정적인 증거가 된다. 그 교열의 양상은 『진달내꼿』의 원문에 근사하기는 하지만, 만약 전집 편찬자들이 『진달내꽃』 원본을 확인했다면 이러한 교열 행위 자체가 불필요했을 것이다.

이러한 사례들이 시사하는 바는 전집 편찬자 중 그 누구도 『진달내꽃』 원본을 확인하지 않았다는 점이다. 어찌 보면 연구자들도 '원본 아닌' 영인본들의 피해자일 수 있다. 하지만 소월이 자기 작품에 대해 갖고 있었던 애정이나 엄정성에 대해서는 모두들 인정하면서도 『진달내꽃』 원본을 확인하지 않은 채 전집을 편찬했다는 사실만은 비판받아야 한다. 여기서 비판하고자 하는 것은 전집의 오류가 많고 적음이 아니라, 전집 편찬의 자세이다. 즉 '원본 없이' 이루어진 연구 태도 그 자체인 것이다.

오세영	김용직	김종욱	전정구	오하근	권영민
소리도업시	소리도업시	소리도업시	소리도업시	소리도업시	소리도업시
외롭은숢의벼개, 흐렷는가	외롭은숢의벼개, 흐렷는가	외롭은숢의벼개, 흐렷는가	외롭은숢의벼개, 흐렷는가	외롭은숢의벼개, 흐렷는가	외롭은숢의벼개, 흐렷는가
푸른 달빗치	푸른 말빗치[24]	푸른 말빗치[25]	푸른 말빗치	푸른 말빗치[26]	푸른 말빗치[27]
일하신아기아바지	일하신아기아바지	일하신아기아바지	일하신아기아바지[28]	일히신아기아바지[29]	일하신아기아바지
가슴에 팔다리에.	가슴에 팔다리에.	기슴에 팔다리에[30]	가슴에 팔다리에.[31]	기슴에 팔다리에.[32]	가슴에 팔다리에.
가시는 거름거름	가시는 거름겨름	가시는 거름거름	가시는 거름거름[33]	가시는 거름겨름[34]	가시는 거름겨름[35]
차착차자	차착차차	차자차자	차자차자[36]	차차차자[37]	차차차자[38]
누이니	누이니[39]	누이니	누이님[40]	누이니[41]	누이니[42]
메기슴	메기슴	메기슴	메기슴	메기슴	메기슴
선비,	선비,	선비,	선비,	선비、	선비,

24 각주에서 '푸른 달 빗치'의 오식임을 밝혔다.(『김소월전집』, 119쪽)
25 각주에서 '푸른 달빛이'의 오식임을 밝혔다.(『正本 素月全集 상』, 367쪽)
26 붙임에서 '말빗치'를 '달빗치'로 교열했다.(『원본 김소월전집』, 435쪽)
27 각주에서 "『김소월전집』(김용직)의 경우 '푸른 달빛이'의 오식으로 본다"고 밝혔다.(『김소월시전집』, 205쪽)
28 부록에서 '일히신'을 '일하신'으로 교열했다고 밝혔다.(『素月 金廷湜 全集 1』, 190쪽)
29 붙임에서 '일히신'을 '일하신'으로 교열했다.(『원본 김소월전집』, 435쪽)
30 미주에서 '가슴'의 오식임을 밝혔다.(『正本 素月全集 상』, 413쪽)
31 부록에서 '기슴'을 '가슴'으로 교열했다고 밝혔다.(『素月 金廷湜 全集 1』, 191쪽)
32 붙임에서 '기슴'을 '가슴'으로 교열했다.(『원본 김소월전집』, 435쪽)
33 부록에서 '거름거름'을 '거름거름'으로 교열했다고 밝혔다.(『素月 金廷湜 全集 1』, 193쪽)
34 붙임에서 '거름거름'을 '거름거름'으로 교열했다.(『원본 김소월전집』, 435쪽)
35 각주에서 '거름거름'의 오식임을 밝혔다.(『김소월시전집』, 289쪽)
36 부록에서 '차차차자'를 '차자차자'로 교열했다고 밝혔다.(『素月 金廷湜 全集 1』, 193쪽)
37 붙임에서 '차자차자'를 '차자차자'로 교열했다.(『원본 김소월전집』, 436쪽)
38 각주에서 "본문 표기를 그대로 따를 경우 '차차 찾아'로 볼 수 있으며, '서두르지 않고 천천히 찾아'의 뜻으로 풀이할 수 있다"라고 해석했지만, 원문과 대비할 때 오독임이 분명하다.(『김소월시전집』, 298쪽)
39 각주에서 "崇文社 판 이하, 모두 '누이님'으로 나온다. 그러나 원형을 두면 '올소 누이니'가 한 의미 단위일 수 있고, 그것이 다시 '오오 내누님'과 이어져 독특한 의미구조와 가락을 자아낸다"라고 해석했지만, 원문과 대비할 때 오독임이 분명하다.(『김소월전집』, 174쪽)
40 부록에서 '누이니'를 '누이님'으로 교열했다고 밝혔다.(『素月 金廷湜 全集 1』, 193쪽)
41 붙임에서 '누이니'를 '누이님'로 교열했다.(『원본 김소월전집』, 436쪽)
42 각주에서 '누이님'의 오식임을 밝혔다.(『김소월시전집』, 299쪽)

3. 결론

지금까지 소월 연구에 사용된 『진달내꽃』의 모든 영인본은 원본을 정확하게 복제하지 않았다는 문제점을 안고 있다. 최초 영인된 문학사상사 간행본은 원본을 임의대로 왜곡했으며, 다른 영인본들은 이러한 문학사상사 간행본을 재영인했을 따름이다. 따라서 문학사상사 간행본의 오류가 답습되었을 뿐만 아니라 왜곡의 양상이 한층 더 심화될 수밖에 없었다. 이런 점에서 기성의 영인본은 엄밀한 1차 자료로서의 자격을 갖지 못한다. 전집의 경우도 그 편찬의 저본을 『진달내꽃』 원본이 아닌 영인본으로 삼았기 때문에 원초적으로 정본(定本/正本)이 될 수 없는 한계를 지닌다.

이 글의 목적은 비판을 위한 비판에 있지 않다. 현재 유통되고 있는 영인본과 전집의 문제점을 지적함으로써 소월 시의 정전을 편찬하는 작업에 단초를 제공하고자 할 따름이다. 이 책에 함께 묶여진 새로운 『진달내꽃』과 『진달내쏫』의 영인본을 바탕으로 진정성 있는 김소월 전집이 편찬되기를 기대한다.

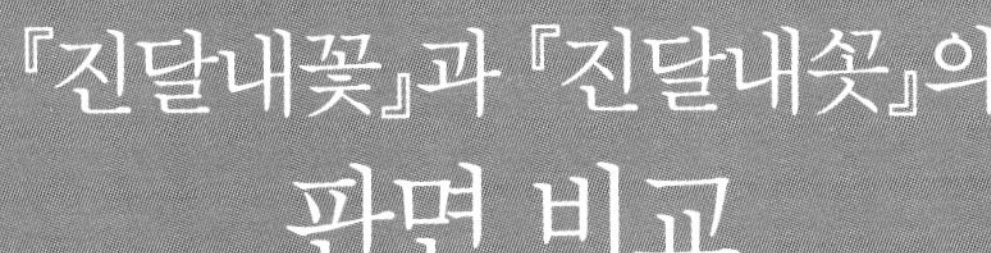

『진달내꽃』과 『진달내쏫』의 판면 비교

일러두기

1. 짝수면은 『진달내꽃』, 홀수면은 『진달내쏫』의 원본 이미지이다.
2. 두 시집은 실물 크기로 영인하였다.
3. 판면 비교에 사용된 원본의 소장처는 다음과 같다.
   소장처의 호의에 감사드린다.
   『진달내꽃』 앞표지, 본문 159~160쪽, 책등 : 배재학당역사박물관
   『진달내꽃』 속표지, 목차, 본문, 판권지 : 엄동섭
   『진달내쏫』 앞표지, 책등, 목차, 본문, 판권지 : 최철환
   『진달내쏫』 속표지 : 한국현대시박물관

진달내꽃
詩集
金素月 作
詩集 진달내꽃 金素月作

金素月詩集
진달내ᄭᅩᆺ
—1925—
내ᄭᅩᆺ
賣文社

素月作
진달내ᄭᅩᆺ

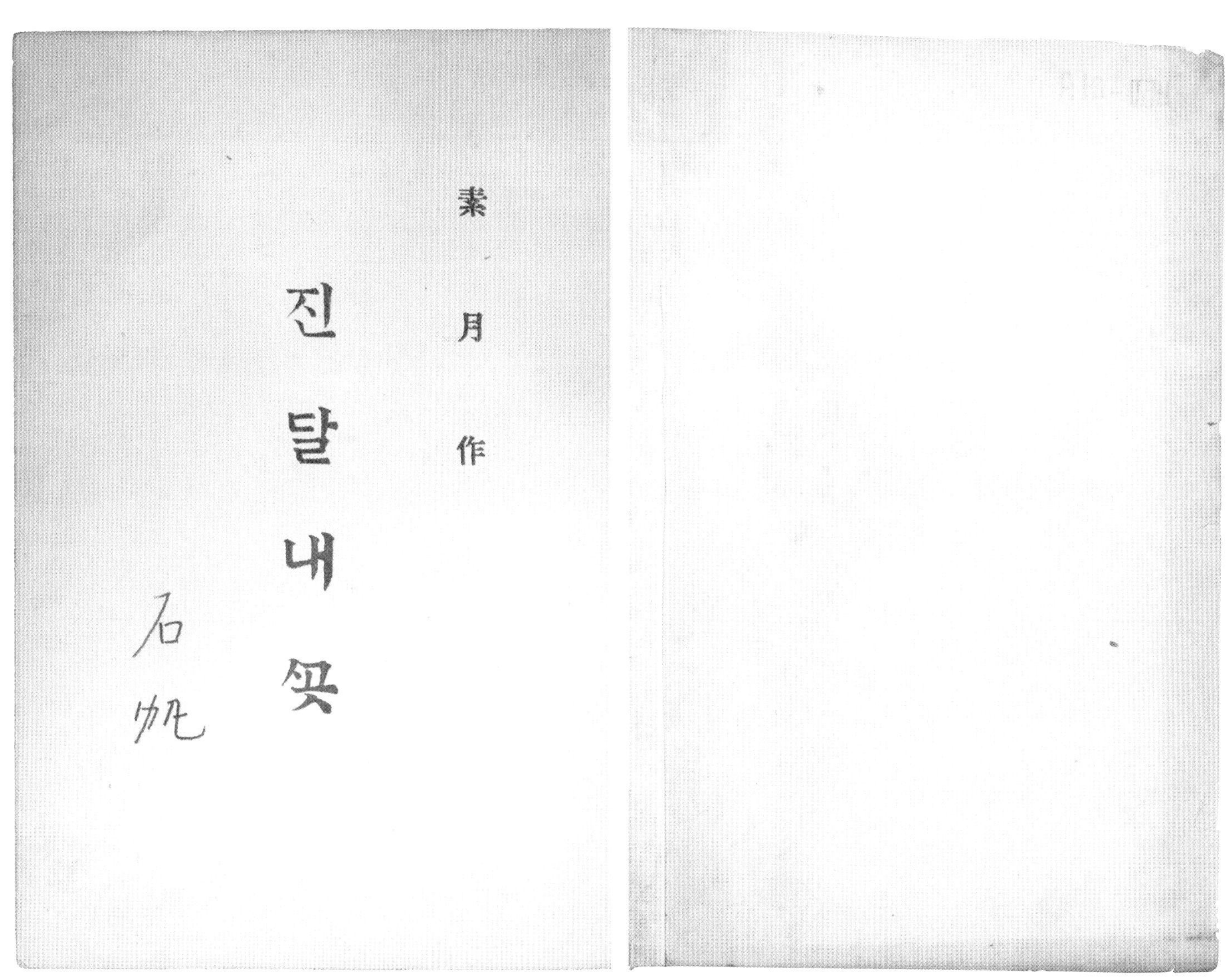
素月作
진달내쏫
石州

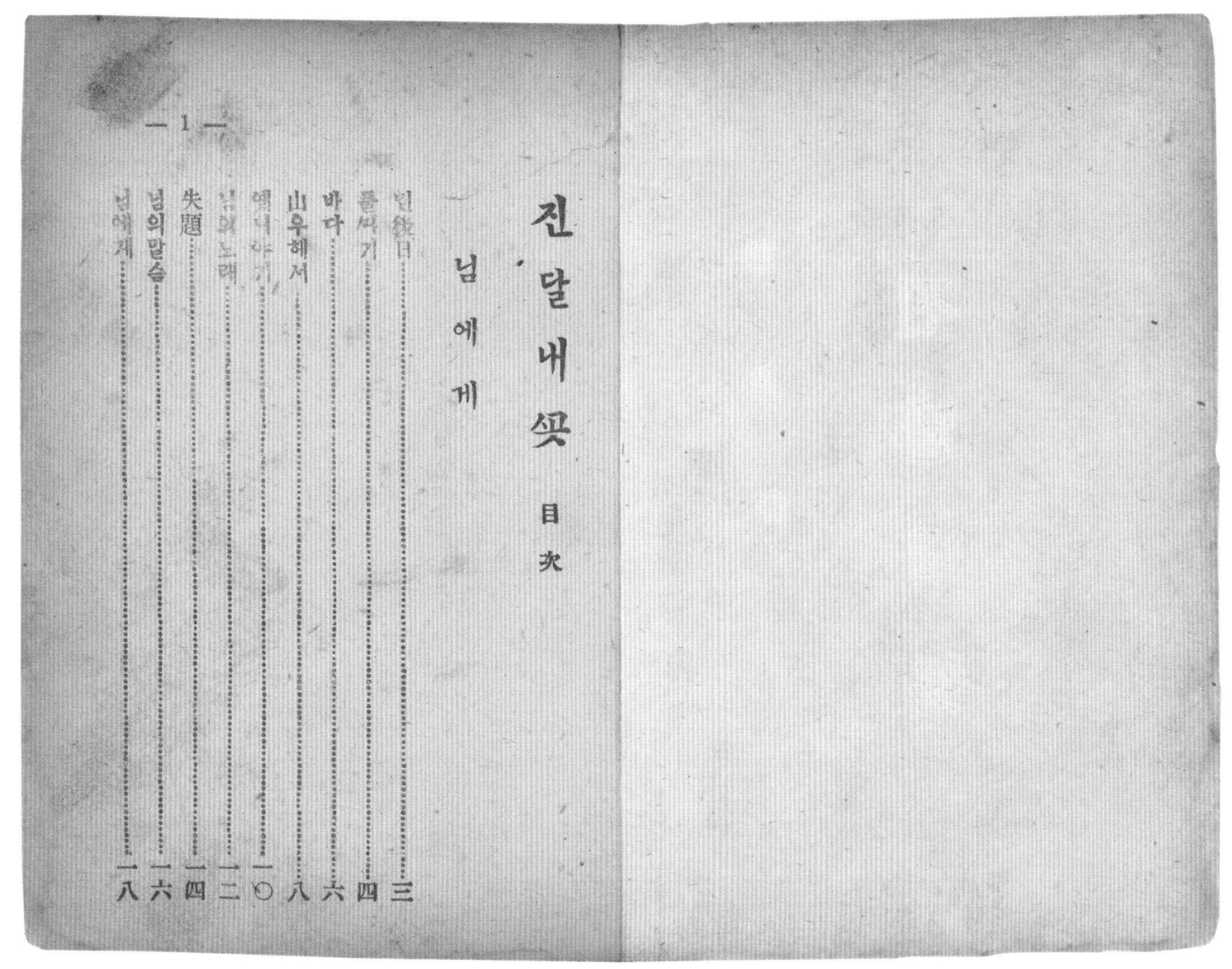

— 1 —

진달내쏫

目次

님에게

진달내쏫 目次

님에게

봄 밤

두 사 람

無主空山

한때한때

半달

귀ᄯᅮ람이

바다가變하야 뽕나무밧된다고

녀름의달밤『外二篇』

— 6 —

— 7 —

바다가變하야 뽕나무밧된다고

녀름의달밤『外二篇』

바리운몸

孤獨

旅愁

진달내쏫

— 8 —

바리운몸

孤 獨

— 9 —

旅 愁

진달내쏫

쏫燭불 켜는밤

金잔듸

쏫燭불 켜는밤

金 잔 듸

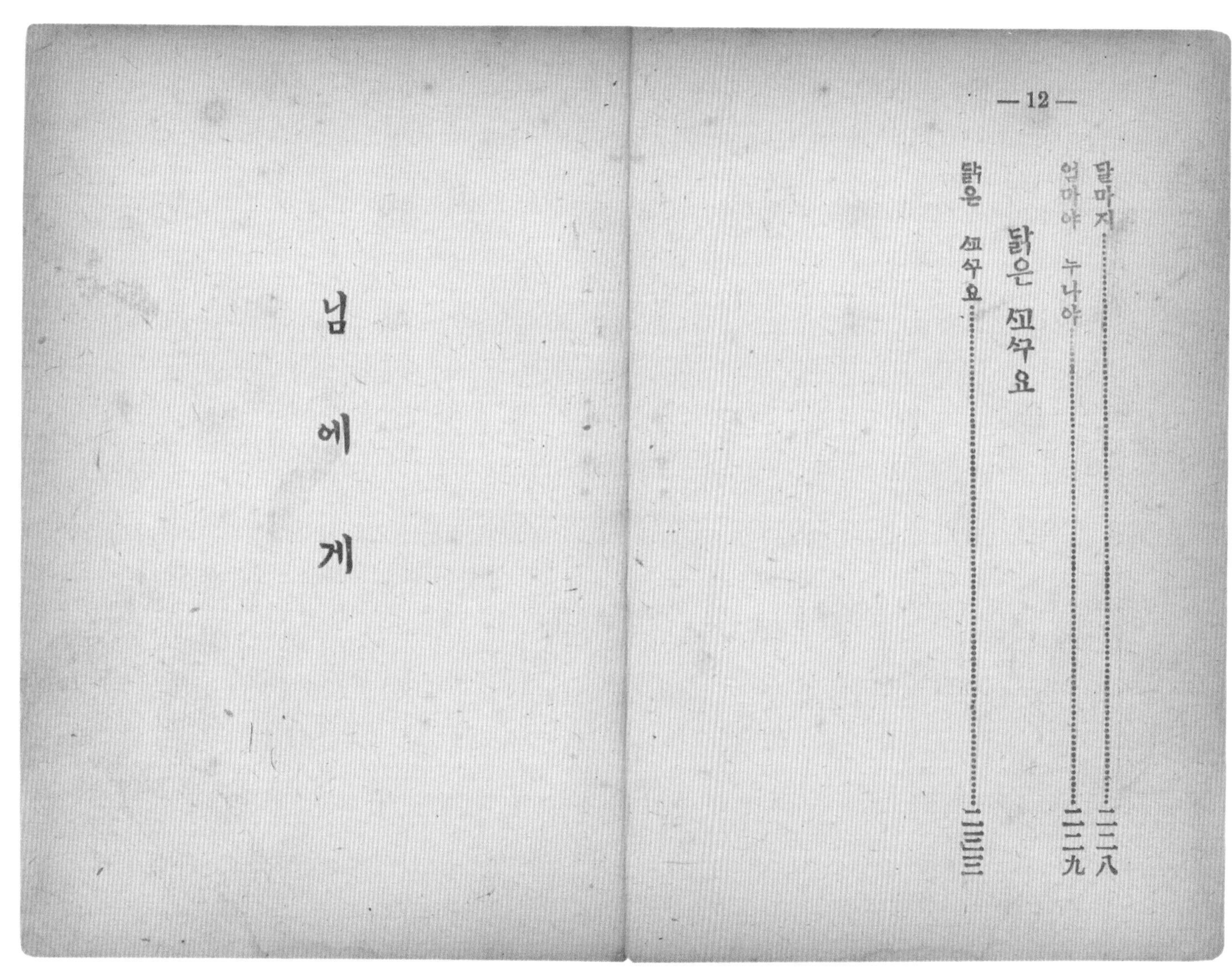

닭은 꼬꾸요

님에게

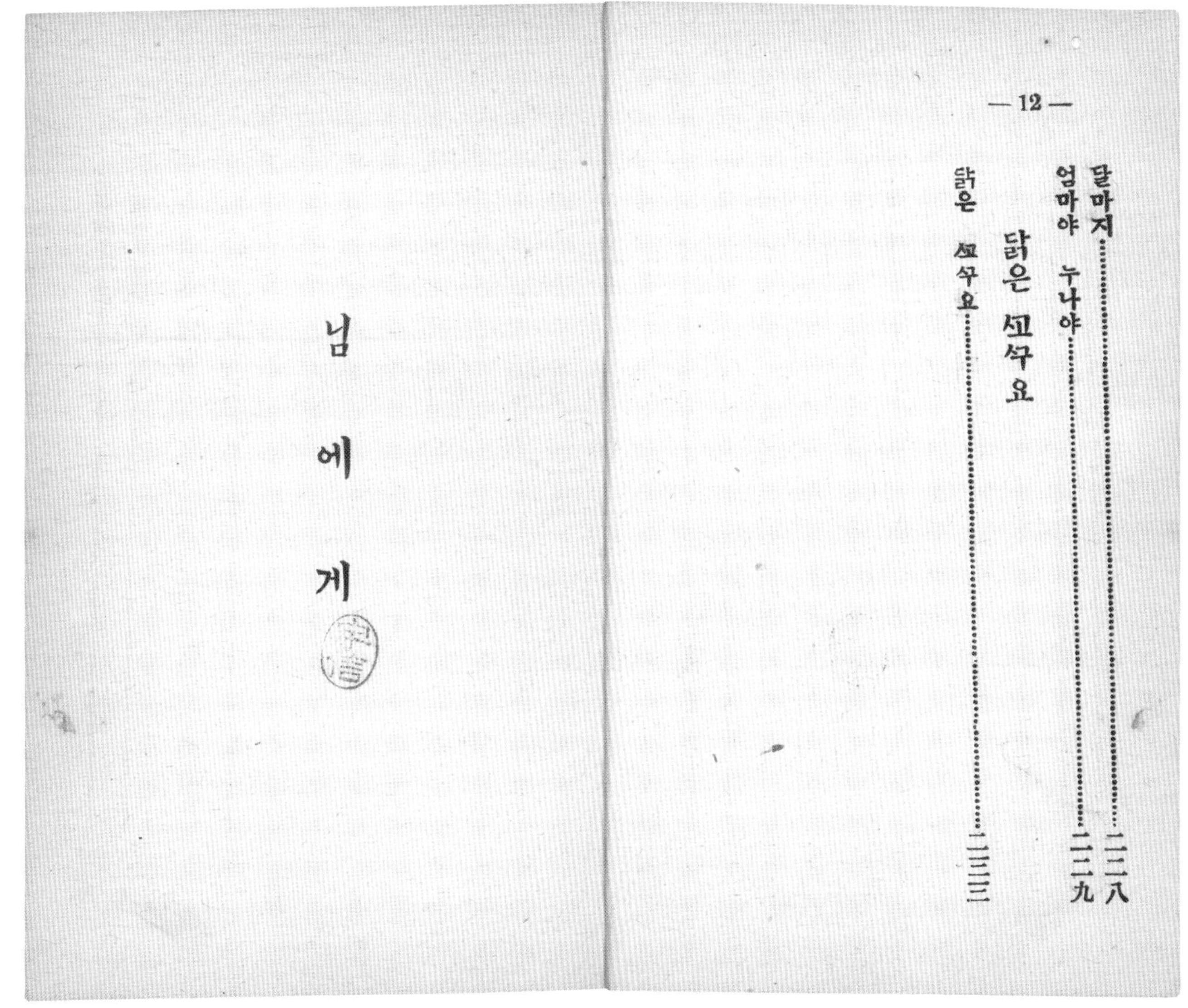

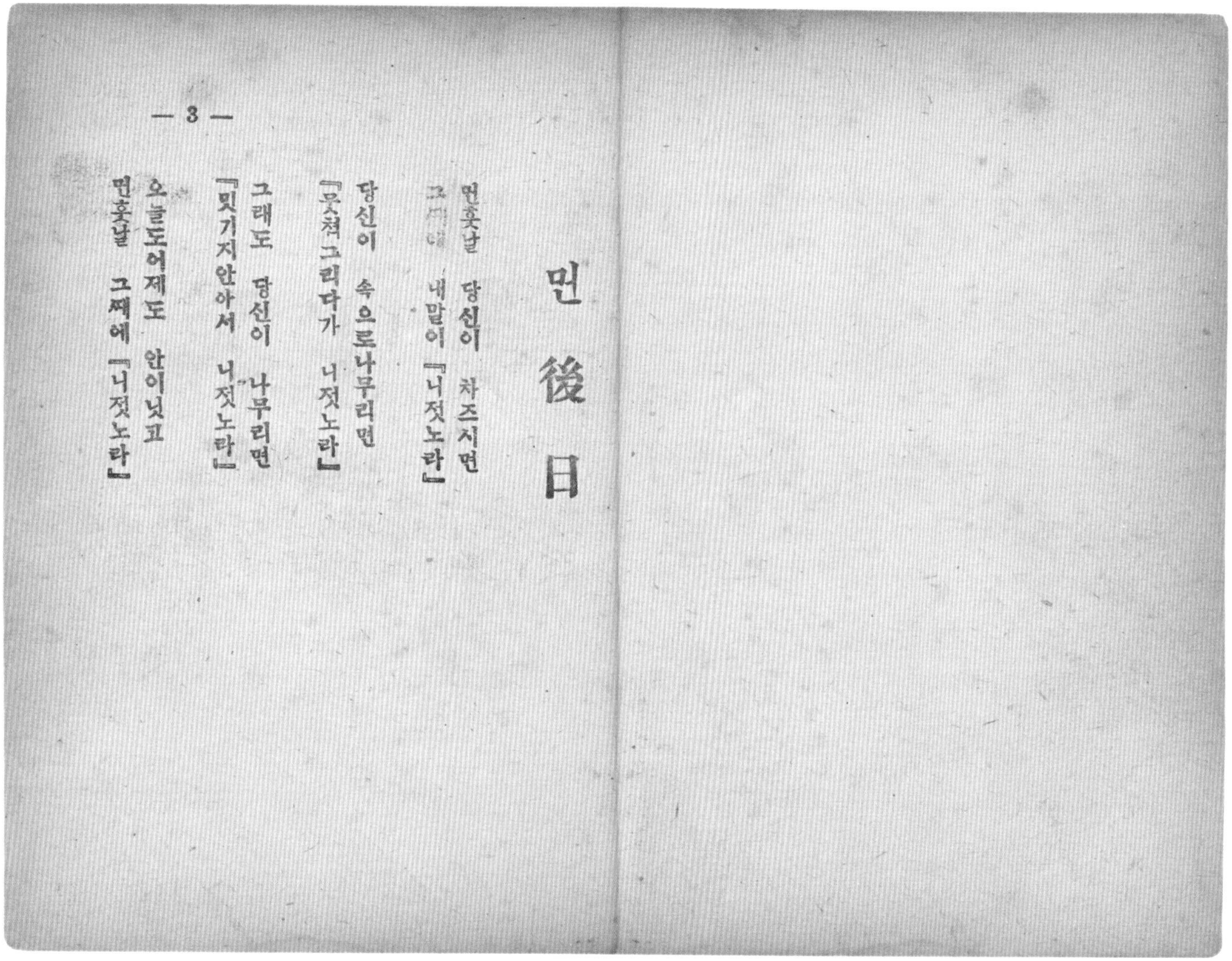

먼後日

먼훗날 당신이 차즈시면
그때에 내말이 『니젓노라』

당신이 속으로나무리면
『무척 그리다가 니젓노라』

그래도 당신이 나무리면
『밋기지안아서 니젓노라』

오늘도어제도 안이닛고
먼훗날 그째에 『니젓노라』

먼後日

먼훗날 당신이 차즈시면
그쌔에 내말이 『니젓노라』

당신이 속으로나무리면
『무척 그리다가 니젓노라』

그래도 당신이 나무리면
『밋기지안아서 니젓노라』

오늘도어제도 안이닛고
먼훗날 그쌔에 『니젓노라』

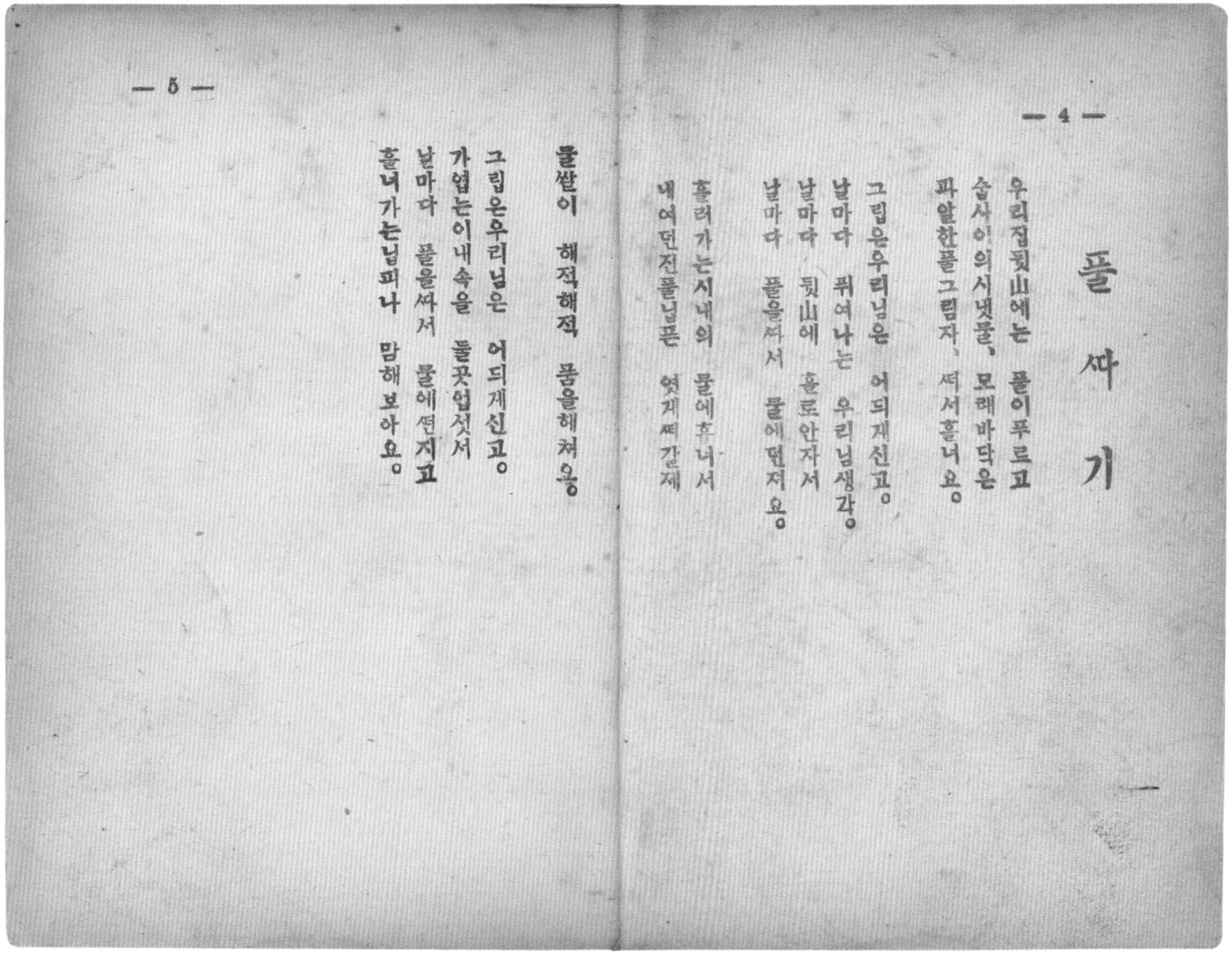

풀ᄯᅡ기

우리집뒷山에는 풀이푸르고
숩사이의시냇물, 모래바닥은
파알한풀그림자, ᄯᅥ서흘너요。

그립은우리님은 어듸계신고。
날마다 ᄯᅱ여나는 우리님생각。
날마다 뒷山에 홀로안자서
날마다 풀을ᄯᅡ서 물에ᄯᅥᆫ저요。

흘러가는시내의 물에흘너서
내여던진풀닙픈 엿지ᄯᅥ갈제

물ᄡᅡᆯ이 해적해적 품을헤쳐요

그립은우리님은 어듸계신고。
가엽는이내속을 둘곳업서서
날마다 풀을ᄯᅡ서 물에ᄯᅥᆫ지고
흘너가는닙피나 맘해보아요。

풀 싸 기

우리집뒷山에는 풀이푸르고
숩사이의시냇물, 모래바닥은
파알한풀그림자, 써서흘너요。

그립은우리님은 어듸계신고。
날마다 퓌여나는 우리님생각。
날마다 뒷山에 홀로안자서
날마다 풀을싸서 물에던져요。

흘러가는시내의 물에흘너서
내여던진풀닙픈 엿게써갈제

물쌀이 해적해적 품을헤쳐요。

그립은우리님은 어듸계신고。
가엽는이내속을 둘곳업섯서
날마다 풀을싸서 물에썬지고
흘너가는닙피나 맘해보아요。

바 다

ᄯᅱ노는흰물결이 닐고 ᄯᅩ잣는
붉은풀이 자라는바다는 어듸

고기잡이꾼들이 배우에안자
사랑노래 불으는바다는 어듸

파랏케 조히물든藍빗하늘에
저녁놀 스러지는바다는 어듸

곳업시ᄯᅥ다니는 늙은물새가
ᄯᅦ를지어 좃니는바다는 어듸

건너서서 저便은 ᄯᅡᆫ나라이라
가고십픈 그립은바다는 어듸

바 다

뛰노는흰물결이 닐고 또잣는
붉은풀이 자라는바다는 어듸

고기잡이꾼들이 배우에안자
사랑노래 불으는바다는 어듸

파랏케 죠히물든藍빗하늘에
져녁놀 스러지는바다는 어듸

곳업시떠다니는 늙은물새가
떼를지어 좃니는바다는 어듸

건너서서 저便은 딴나라이라
가고십픈 그립은바다는 어듸

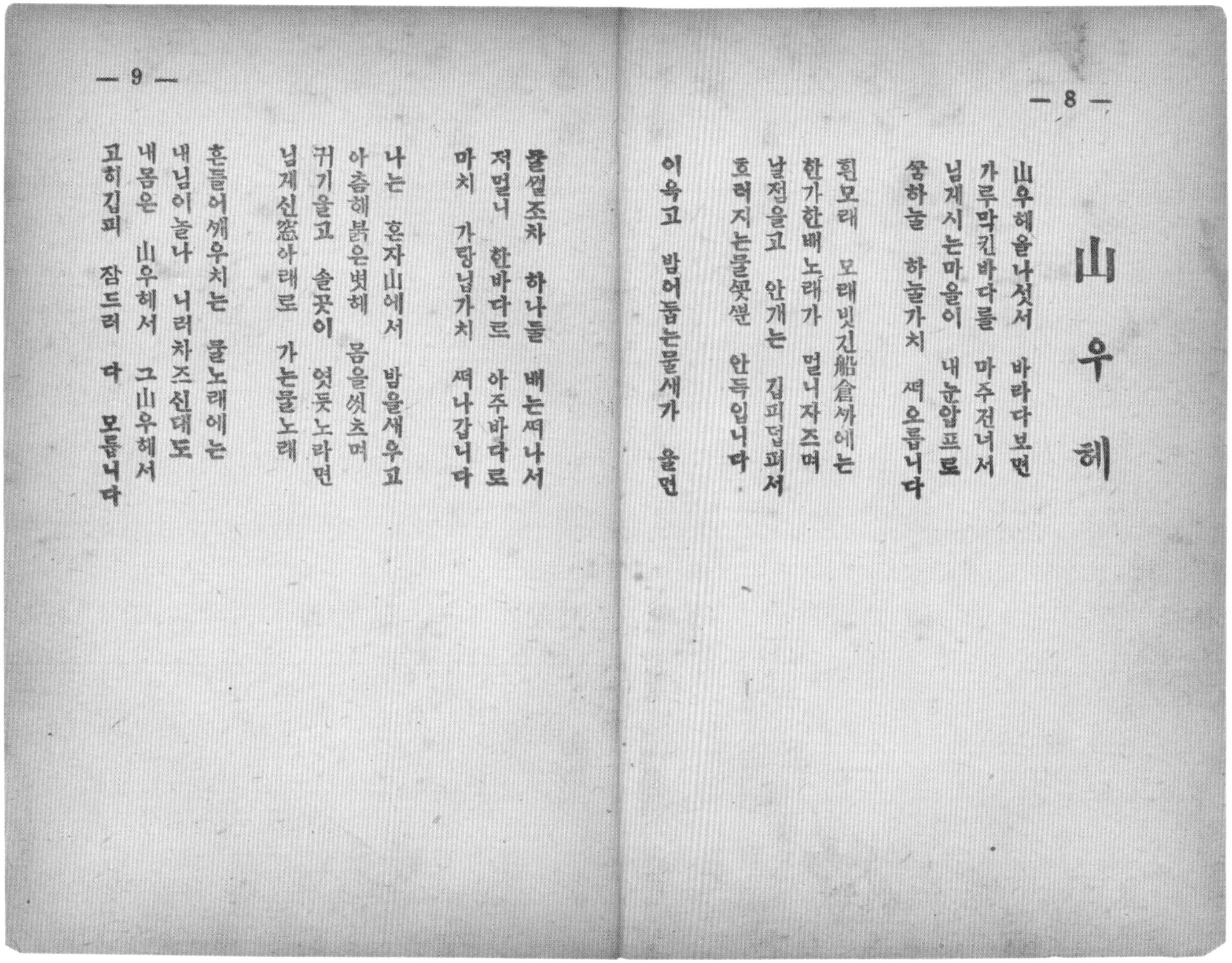

山우헤

山우헤올나섯서 바라다보면
가루막킨바다를 마주건너서
님계시는마을이 내눈압프로
쑴하눌 하눌가치 떠오릅니다

흰모래 모래빗긴船倉싸에는
한가한배노래가 멀니자즈며
날저물고 안개는 깁피덥퍼서
흐려지는물쏫뿐 안득입니다

이윽고 밤어둡는물새가 울면

물썰조차 하나둘 배는떠나서
저멀니 한바다르 아주바다로
마치 가랑닙가치 떠나갑니다

나는 혼자山에서 밤을새우고
아츰해붉은볏헤 몸을씻츠며
귀기울고 솔꼿이 엿듯노라면
님계신窓아래로 가는물노래

흔들어쌔우치는 물노래에는
내님이놀나 니러차즈신대도
내몸은 山우헤서 그山우헤서
고히깁피 잠드러 다 모릅니다

山 우 헤

山우헤올나섯서 바라다보면
가루막킨바다를 마주건너서
님게시는마을이 내눈압프로
쑴하눌 하눌가치 써오릅니다

흰모래 모래빗긴船倉싸에는
한가한배노래가 멀니자즈며
날점을고 안개는 깁피덥펴서
흐터지는물쏫쌘 안득입니다

이윽고 밤어둡는물새가 울면
물썰조차 하나둘 배는써나서
저멀니 한바다르 아주바다로
마치 가랑닙가치 써나갑니다

나는 혼자山에서 밤을새우고
아츰해붉은볏헤 몸을씻츠며
귀기울고 솔쏫이 엿듯노라면
님게신窓아래로 가는물노래

흔들어쌔우치는 물노래에는
내님이놀나 니러차즈신대도
내몸은 山우헤서 그山우헤서
고히깁피 잠드러 다 모릅니다

— 10 —

옛 니 야 기

고요하고 어둡은밤이오면은
어스러한灯불에 밤이오면은
외롭음에 압픔에 다만혼자서
하염업는눈물에 저는 웁니다

제한몸도 예전엔 눈물모르고
죠그만한世上을 보냇습니다
그때는 지낸날의 옛니야기도
아못서룸모르고 외왓습니다

그런데 우리님이 가신뒤에는
아주 저를바리고 가신뒤에는
前날에 제게잇든 모든것들이
가지가지업서지고 마랏습니다

그러나 그한때에 외와두엇든
옛니야기뿐만은 남앗습니다
나날이짓터가는 옛니야기는
부질업시 제몸을 울녀줍니다

— 11 —

옛니야기

고요하고 어둡은밤이오면은
어스러한灯불에 밤이오면은
외롭음에 압픔에 다만혼자서
하염업는눈물에 저는 웁니다

제한몸도 예전엔 눈물모르고
죠그만한世上을 보냇습니다
그쌔는 지낸날의 옛니야기도
아못서름모르고 외왓습니다

그런데 우리님이 가신뒤에는

아주 저를바리고 가신뒤에는
前날에 제게잇든 모든것들이
가지가지업서지고 마랏습니다

그러나 그한쌔에 외와두엇든
옛니야기뿐만은 남앗습니다
나날이짓터가는 옛니야기는
부질업시 제몸을 울녀줍니다

님의 노래

그립은우리님의 맑은노래는
언제나 제가슴에 저저잇서요

긴날을 門박게서 섯서드러도
그립은우리님의 고흔노래는
해지고 저무도록 귀에들녀요
밤들고 잠드도록 귀에들녀요

고히도흔들니는 노래가락에
내잠은 그만이나 깁피드러요
孤寂한잠자리에 홀로누어도

내잠은 포스근히 깁피드러요

그러나 자다깨면 님의노래는
하나도 남김업시 일허바려요
드르면듯는대로 님의노래는
하나도 남김업시 닛고마라요

—12—

님의 노래

그립은우리님의 맑은노래는
언제나 제가슴에 저저잇서요

진날을 門박게서 섯서드러도
그립은우리님의 고흔노래는
해지고 져무도록 귀에들녀요
밤들고 잠드도록 귀에들녀요

고히도흔들니는 노래가락에
내잠은 그만이나 깁피드러요
孤寂한잠자리에 홀로누어도

—13—

내잠은 포스근히 깁피드러요

그러나 자다깨면 님의노래는
하나도 남김업시 일허바려요
드르면듯는대로 님의노래는
하나도 남김업시 닛고마라요

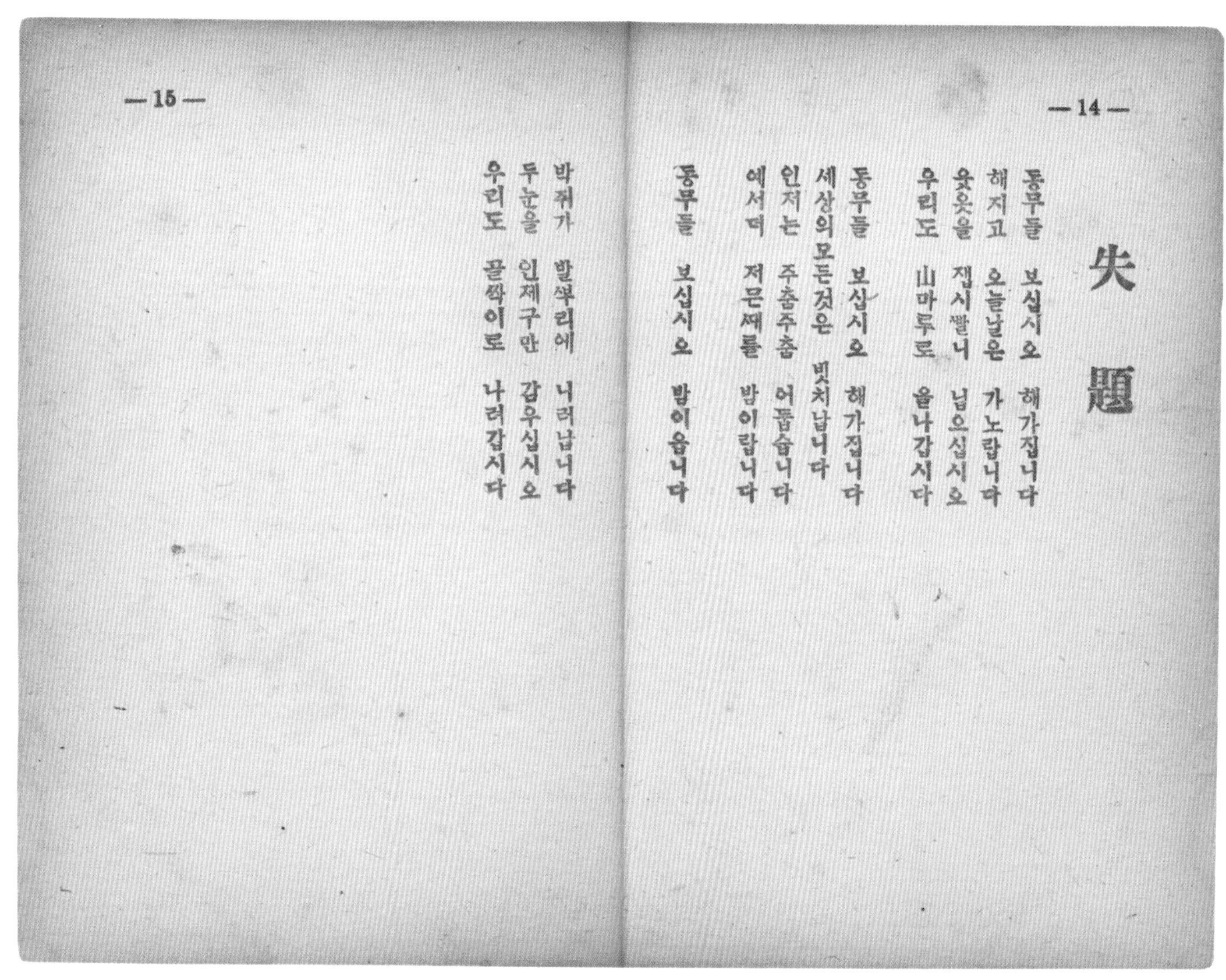

失題

동무들 보십시오 해가집니다
해지고 오늘날은 가노랍니다
웃옷을 잽시빨니 닙으십시오
우리도 山마루로 올나갑시다

동무들 보십시오 해가집니다
세상의모든것은 빗치납니다
인저는 주춤주춤 어둡습니다
예서더 저믄째를 밤이랍니다

동무들 보십시오 밤이옵니다

박쥐가 발뿌리에 니러납니다
두눈을 인제구만 감우십시오
우리도 골짝이로 나려갑시다

失題

동무들 보십시오 해가집니다
해지고 오늘날은 가노랍니다
웃옷을 잽시빨니 닙으십시오
우리도 山마루로 올나갑시다

동무들 보십시오 해가집니다
세상의모든것은 빗치납니다
인저는 주춤주춤 어둡습니다
예서더 저믄때를 밤이랍니다

동무들 보십시오 밤이옵니다

박쥐가 발뿌리에 니려납니다
두눈을 인제구만 감우십시오
우리도 골짝이로 나려갑시다

님의 말슴

세월이 물과가치 흐른두달은
길어둔독엣물도 찌엇지마는
가면서 함세가자하든말슴은
살아서 살을맛는표적이외다

봄풀은 봄이되면 돗다나지만
나무는밋그루를썩근셈이요
새라면 두죽지가 傷한셈이라
내몸에 쏫필날은 다시업구나

밤마다 닭소래라 날이첫時면

당신의 넉마지로 나가볼때요
그믐에 지는달이 山에걸니면
당신의길신가리 차릴때외다

세월은 물과가치 흘너가지만
가면서 함세가쟈 하든말슴은
당신을 아주닛든 말슴이지만
죽기前 또못니즐 말슴이외다

님의 말슴

세월이 물과가치 흐른두달은
길어둔독엣물도 찌엇지마는
가면서 함셰가쟈 하든말슴은
살아서 살을맛는표적이외다

봄풀은 봄이되면 도다나지만
나무는밋그루를셕근셈이요
새라면 두죽지가 傷한셈이라
내몸에 꼿퓔날은 다시업구나

밤마다 닭소래라 날이첫時면

당신의 넉마지로 나가볼때요
그믐에 지는달이 山에걸니면
당신의길신가리 차릴때외다

세월은 물과가치 흘너가지만
가면서 함셰가쟈 하든말슴은
당신을 아주닛든 말슴이지만
죽기前 또못니즐 말슴이외다

님에게

한때는 만흔날을 당신생각에
밤새지 새운일도 업지안치만
아직도 때마다는 당신생각에
축업은 벼개싸의쑴은 잇지만

낫모를 싼세상의 네길써리에
애달피 날져무는 갓스물이요
캄캄한 어둡은밤 들에헤메도
당신은 니저바린 서름이외다

당신을 생각하면 지금이라도
비오는 모래밧헤 오는눈물의

축업은 벼개싸의쑴은 잇지만
당신은 니저바린 서름이외다

님에게

한때는 만흔날을 당신생각에
밤싸지 새운일도 업지안치만
아직도 쌔마다는 당신생각에
축업은 벼개싸의꿈은 잇지만

낫모를 싼세상의 네길써리에
애달피 날저무는 갓스물이요
캄캄한 어둡은밤 들에헤메도
당신은 니저바린 서름이외다

당신을 생각하면 지금이라도
비오는 모래밧테 오는눈물의

축업은 벼개싸의꿈은 잇지만
당신은 니저바린 서름이외다

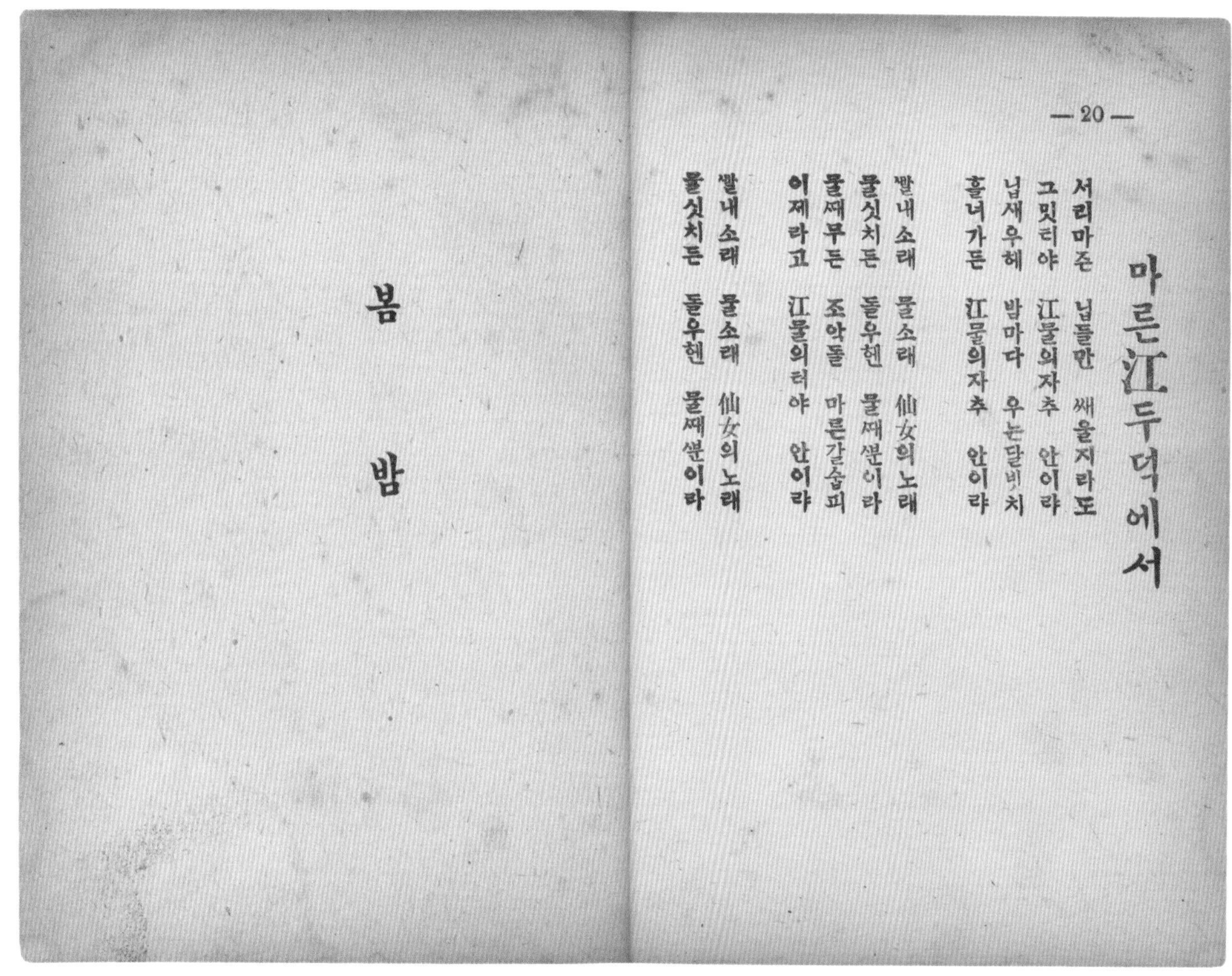

봄 밤

— 20 —

마른江두덕에서

서리마즌 닙들만 쌔울지라도
그밋티야 江물의자추 안이랴
닙새우헤 밤마다 우는달빗치
흘너가든 江물의자추 안이랴

ᄲᅡᆯ내소래 물소래 仙女의노래
물싯치든 돌우헨 물ᄯᅢᄲᅮᆫ이라
물ᄯᅢ무든 조악돌 마른갈숩피
이제라고 江물의터야 안이랴

ᄲᅡᆯ내소래 물소래 仙女의노래
물싯치든 돌우헨 물ᄯᅢᄲᅮᆫ이라

마른江두덕에서

서리마즌 닙들만 쌔울지라도
그밋티야 江물의자추 안이랴
닙새우헤 밤마다 우는달빗치
흘너가든 江물의자추 안이랴

빨내소래 물소래 仙女의노래
물싯치든 돌우헨 물때뿐이라
물때무든 조약돌 마른갈숩피
이제라고 江물의터야 안이랴

빨내소래 물소래 仙女의노래
물싯치든 돌우헨 물때뿐이라

봄 밤

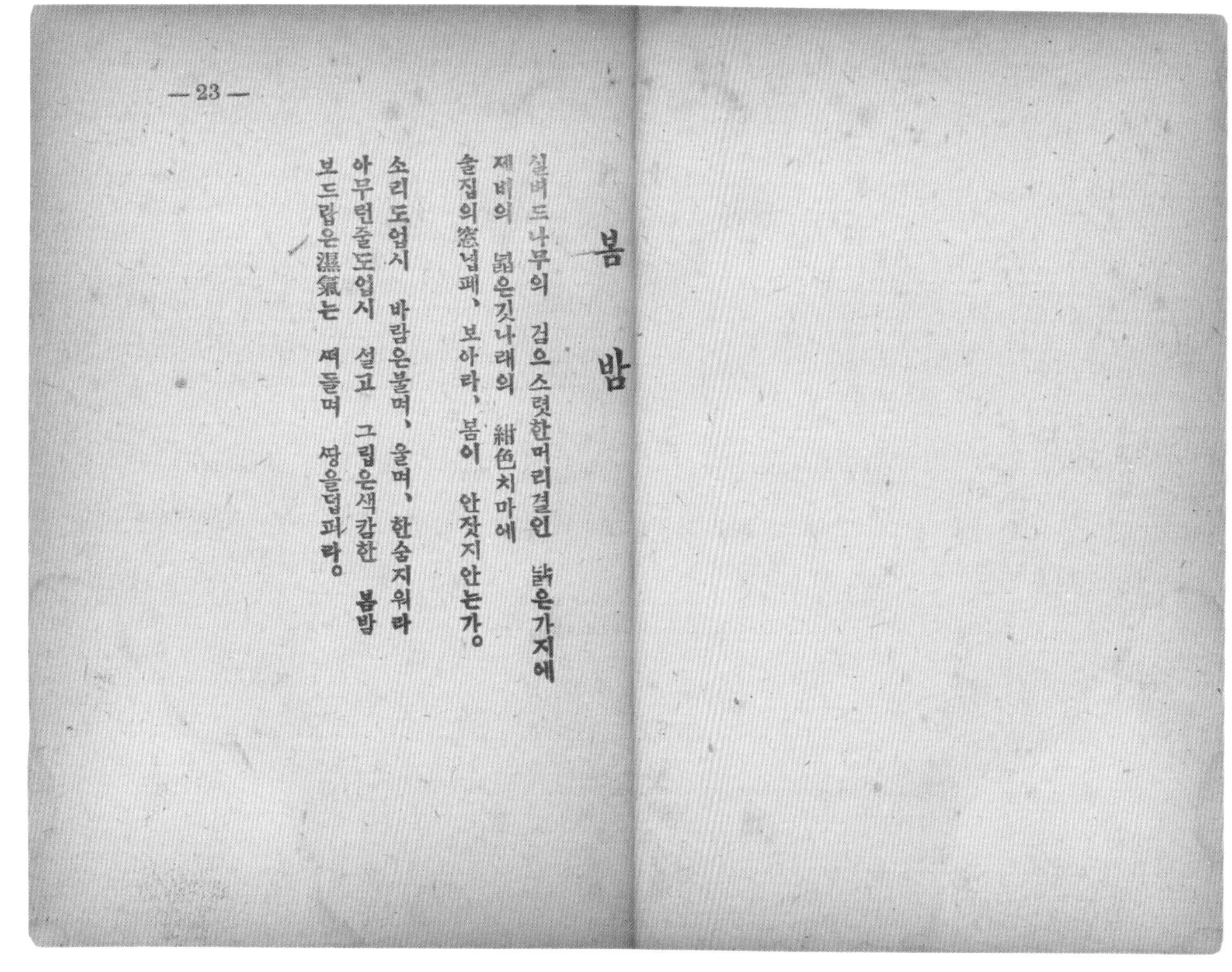

— 23 —

봄 밤

실버드나무의 검으스렷한머리결인 낡은가지에
제비의 넓은깃나래의 紺色치마에
술집의窓녚페、 보아라、 봄이 안잣지안는가。

소리도업시 바람은불며、 울며、 한숨지워라
아무런줄도업시 설고 그립은색캄한 봄밤
보드랍은濕氣는 ᄯᅥ돌며 ᄯᅡᆼ을덥퍼라。

봄 밤

실버드나무의 검으스렷한머리결인 낡은가지에
제비의 넓은깃나래의 紺色치마에
술집의窓녑페、 보아라、 봄이 안잣지안는가。

소리도업시 바람은불며、 울며、 한숨지워라
아무런줄도업시 설고 그립은색캄한 봄밤
보드랍은濕氣는 써돌며 짱을덥퍼라。

— 24 —

밤

홀로잠들기가 참말 외롭아요
맘에는 사뭇차도록 그립어와요
이리도무던이
아주 얼골조차 니칠듯해요。

발서 해가지고 어듭는대요、
이곳은 仁川에濟物浦、이름난곳、
부슬부슬 오는비에 밤이더되고
바다바람이 칩기만합니다。

다만고요히 누어드르면
다만고요히 누어드르면

— 25 —

하이얏케 밀어드는 봄밀물이
눈압플 가루막고 흘늑길뿐이야요

밤

홀로잠들기가 참말 외롭아요
맘에는 사뭇차도록 그립어와요
이리도무던이
아주 얼골조차 니칠듯해요。

발서 해가지고 어둡는대요、
이곳은 仁川에濟物浦、이름난곳、
부슬부슬 오는비에 밤이더되고
바다바람이 칩기만합니다。

다만고요히 누어드르면
다만고요히 누어드르면

하이얏케 밀어드는 봄밀물이
눈압플 가루막고 흘늑길뿐이야요。

ᄭᅮᆷᄭᅮᆫ그옛날

박게는 눈、눈이 와라、
고요히 窓아래로는 달빗치 드러라。
어스름타고서 오신그女子는
내ᄭᅮᆷ의 품속으로 드러와안겨라。

나의벼개는 눈물로 함ᄲᅡᆨ히 저젓서라。
그만그女子는 가고마랏느냐。
다만 고요한새벽、별그림자하나가
窓틈을 엿보아라。

ᄭᅮᆷ으로 오는한사람

나히차라지면서 가지게되엿노라
숨어잇든한사람이、언제나 나의、
다시깁픈 잠속의ᄭᅮᆷ으로 와라
붉으렷한 얼골에 가늣한손가락의、
모르는듯한擧動도 前날의모양대로
그는 야저시 나의팔우헤 누어라
그러나、그래도 그러나!
말할 아무것이 다시업는가!
그냥 먹먹할뿐、그대로
그는 니러라。닭의 홰치는소래。
ᄭᅢ여서도 늘、길ᄭᅥ리엣사람을
밝은대낫에 빗보고는 하노라

꿈꾼그옛날

박게는 눈, 눈이 와라,
고요히 窓아래로는 달빗치드러라。
어스름타고서 오신그女子는
내꿈의 품속으로 드러와안겨라。

나의벼개는 눈물로 함빡히 저젓서라。
그만그女子는 가고마랏느냐。
다만 고요한새벽, 별그림자하나가
窓틈을 엿보아라。

꿈으로오는한사람

나히차라지면서 가지게되엿노라
숨어잇든한사람이, 언제나 나의,
다시깁픈 잠속의꿈으로 와라
붉으렷한 얼골에 가늣한손가락의,
모르는듯한擧動도 前날의모양대로
그는 야저시 나의팔우헤 누어라
그러나, 그래도 그러나!
말할 아무것이 다시업는가!
그냥 먹먹할뿐, 그대로
그는 니러라。닭의 홰치는소래。
깨여서도 늘, 길꺼리엣사람을
밝은대낫에 빗보고는 하노라

두 사 람

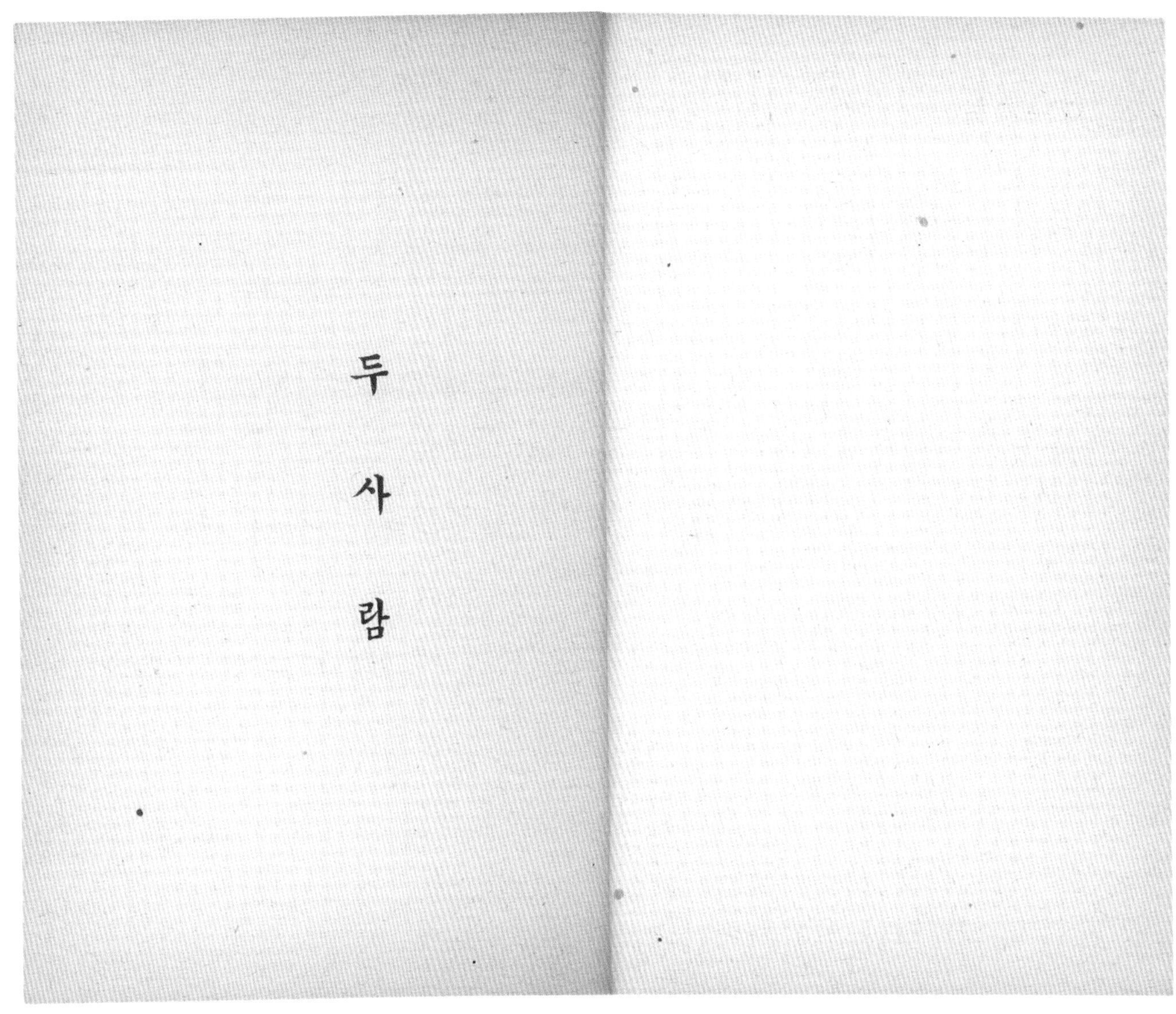
두
사
람

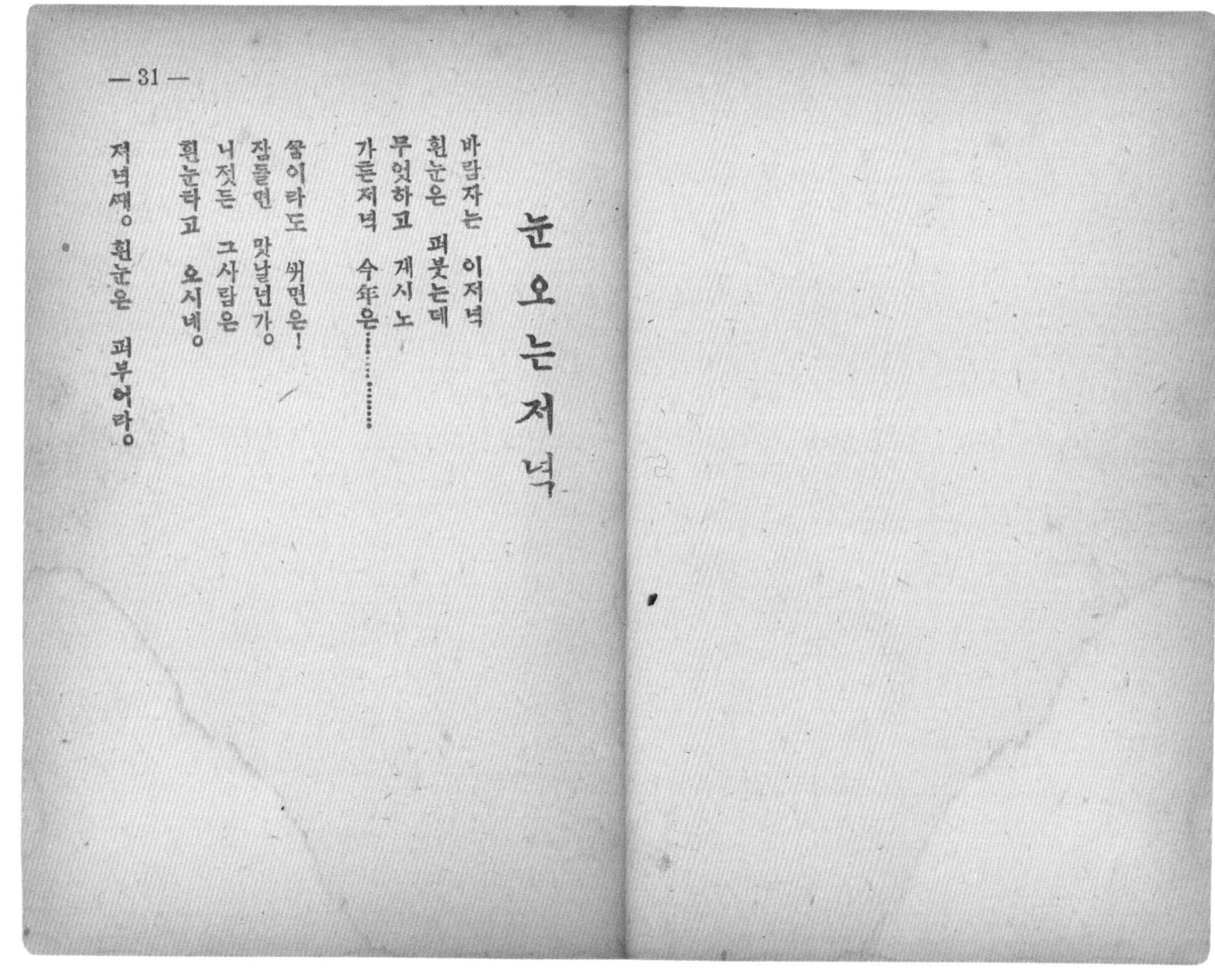

— 31 —

눈 오 는 저 녁

바람자는 이저녁
흰눈은 퍼붓는데
무엇하고 게시노
가튼저녁 今年은……………

꿈이라도 뀌면은!
잠들면 맛날넌가。
니젓든 그사람은
흰눈타고 오시네。

저녁때。흰눈은 퍼부어라。

눈오는저녁

바람자는 이저녁
흰눈은 퍼붓는데
무엇하고 게시노
가튼저녁 今年은…………

ᄭᅮᆷ이라도 ᄭᅱ면은!
잠들면 맛날넌가。
니젓든 그사람은
흰눈타고 오시네。

저녁ᄯᅢ。흰눈은 퍼부어라。

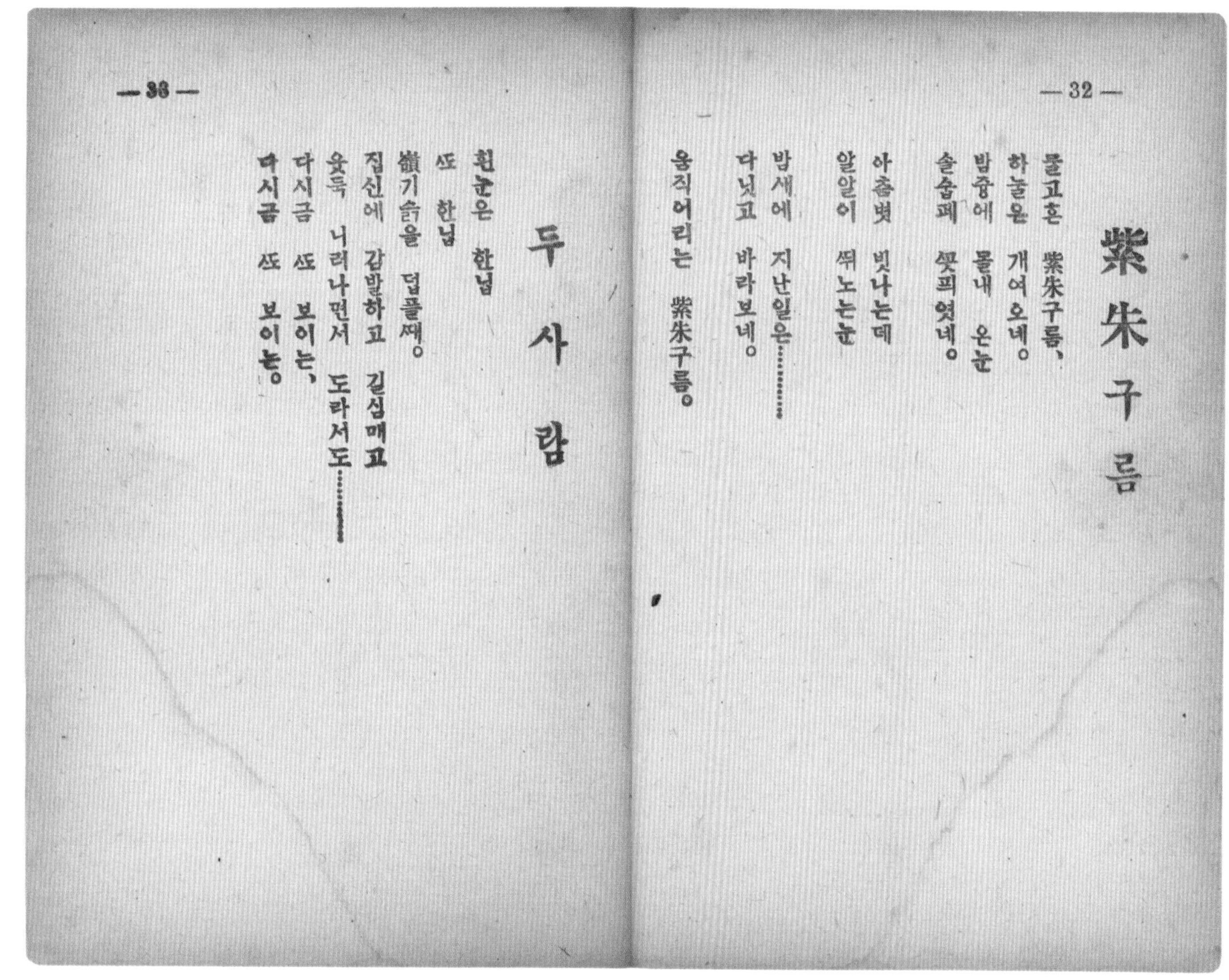

紫朱구름

물고흔 紫朱구름、
하늘은 개여오네。
밤중에 몰내 온눈
솔숩페 쏫피엿네。

아츰볏 빗나는데
알알이 뛰노는눈

밤새에 지난일은……
다닛고 바라보네。

움직어리는 紫朱구름。

두사람

흰눈은 한닙
또 한닙
嶺기슭을 덥플째。
집신에 감발하고 길심매고
웃둑 니러나면서 도라서도……
다시금 또 보이는、
다시금 또 보이는。

紫朱구름

물고흔 紫朱구름、
하눌은 개여오네。
밤중에 몰내 온눈
솔숩페 쏫피엿네。

아츰볏 빗나는데
알알이 뛰노는눈

밤새에 지난일은……
다닛고 바라보네。

움직어리는 紫朱구름。

두사람

흰눈은 한닙
또 한닙
嶺기슭을 덥플때。

집신에 감발하고 길심매고
웃둑 니러나면서 도라서도……
다시금 또 보이는、
다시금 또 보이는。

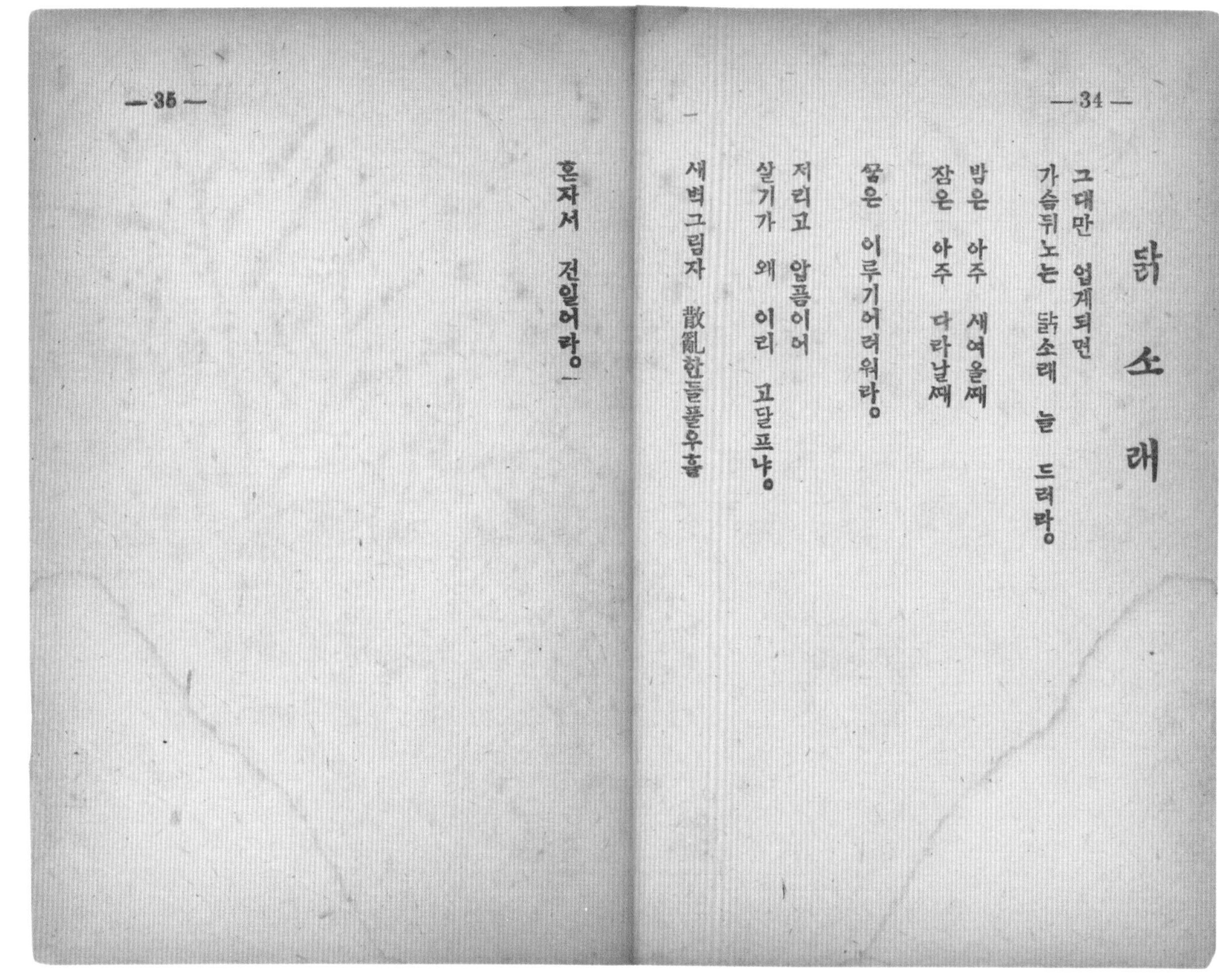

— 34 —

닭 소 래

그대만 업게되면
가슴뒤노는 닭소래 늘 드러라。

밤은 아주 새여올때
잠은 아주 다라날때

꿈은 이루기어려워라。

저리고 압픔이어
살기가 왜 이리 고달프냐。

새벽그림자 散亂한들풀우흘

— 35 —

혼자서 거닐어라。

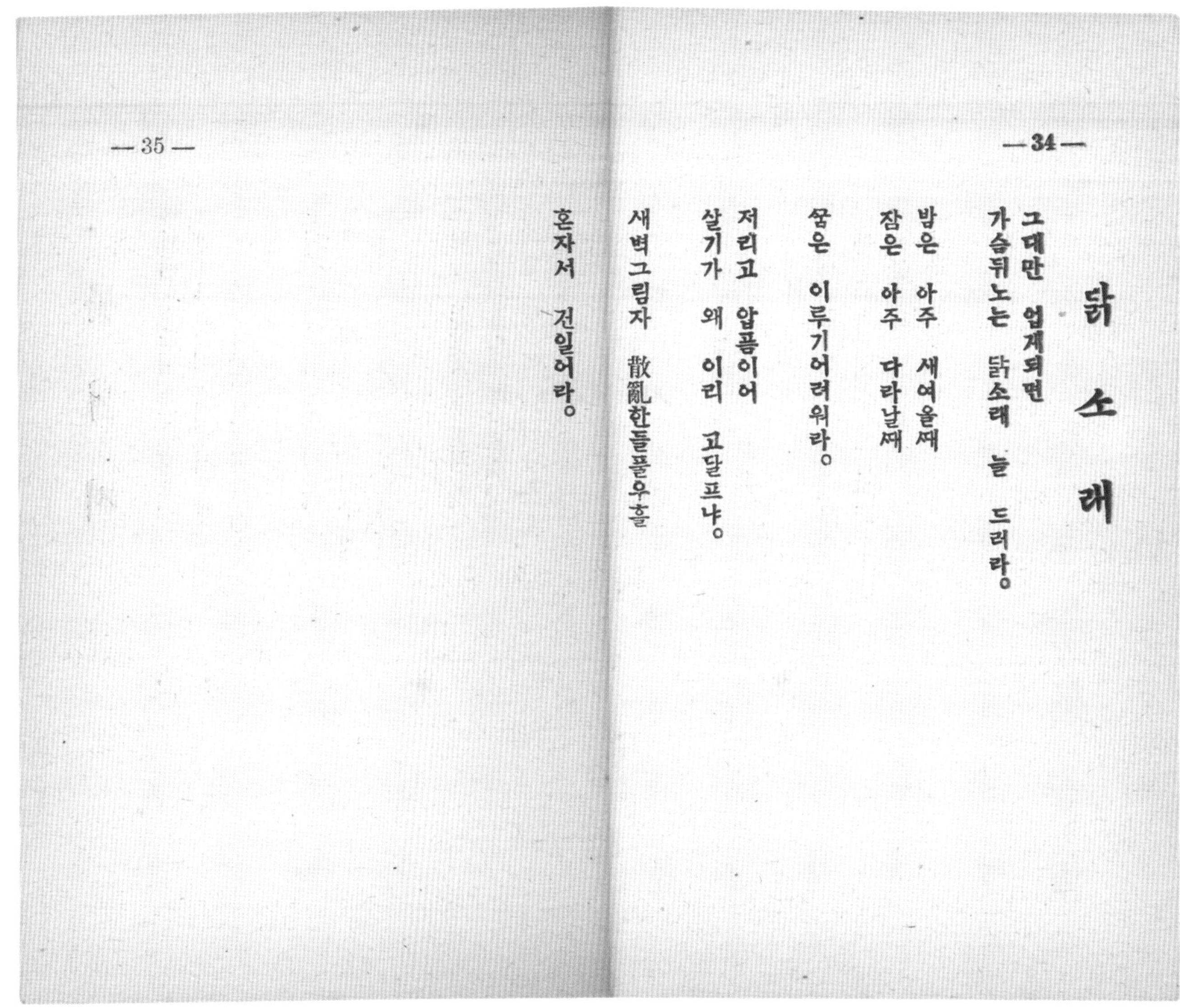

— 34 —

닭 소 래

그대만 업게되면
가슴뒤노는 닭소래 늘 드러라。

밤은 아주 새여올때
잠은 아주 다라날때

꿈은 이루기어려워라。

저리고 압픔이어
살기가 왜 이리 고달프냐。

새벽그림자 散亂한들풀우흘
혼자서 건일어라。

— 35 —

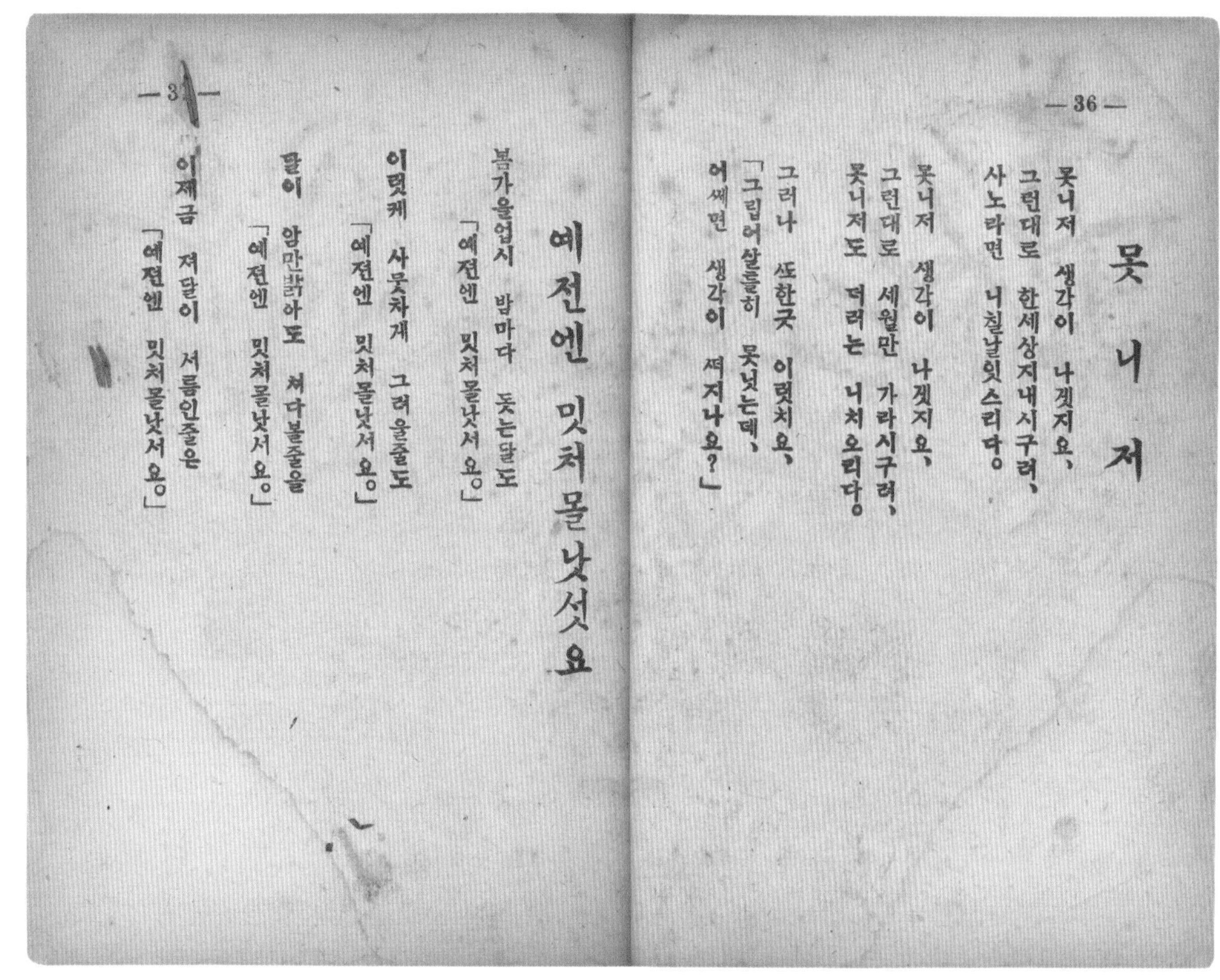

못 니 저

못니저 생각이 나겟지요、
그런대로 한세상지내시구려、
사노라면 니칠날잇스리다。

못니저 생각이 나겟지요、
그런대로 세월만 가라시구려、
못니저도 더러는 니치오리다。

그러나 또한긋 이럿치요、
「그립어살틀히 못닛는데、
어쌔면 생각이 떠지나요?」

예전엔 밋처몰낫섯요

봄가을업시 밤마다 돗는달도
「예전엔 밋처몰낫서요。」

이럿케 사뭇차게 그려울줄도
「예전엔 밋처몰낫서요。」

달이 암만밝아도 쳐다볼줄을
「예전엔 밋처몰낫서요。」

이제금 저달이 서름인줄은
「예전엔 밋처몰낫서요。」

못니저

못니저 생각이 나겟지요、
그런대로 한세상지내시구려、
사노라면 니칠날잇스리다。

못니저 생각이 나겟지요、
그런대로 세월만 가라시구려、
못니저도 더러는 니치오리다。

그러나 또한긋 이럿치요、
「그립어살틀히 못닛는데、
어쩨면 생각이 써지나요?」

예전엔 밋처몰낫섯요

봄가을업시 밤마다 돗는달도
「예전엔 밋처몰낫서요。」

이럿케 사뭇차게 그려울줄도
「예전엔 밋처몰낫서요。」

달이 암만밝아도 쳐다볼줄을
「예전엔 밋처몰낫서요。」

이제금 저달이 서름인줄은
「예전엔 밋처몰낫서요。」

자나깨나 안즈나서나

자나깨나 안즈나서나
그림자갓튼 벗하나이 내게 잇섯습니다。
그러나、우리는 얼마나 만흔세월을
쓸데업는 괴롭음으로만 보내엿겟습니까!

오늘은 또다시、당신의가슴속、속모를곳을
울면서 나는 휘저어바리고 떠납니다그려。
허수한맘、둘곳업는心事에 쓰라린가슴은
그것이 사랑、사랑이든줄이 아니도닛칩니다。

해가山마루에저므러도

해가山 마루에 저므러도
내게두고는 당신때문에 저믑니다。
해가 山마루에 올나와도
내게두고는 당신때문에 밝은아츰이라고 할것입니다。

짱이 꺼저도 하늘이 문허저도
내게두고는 끗까지모두다 당신때문에 잇습니다。
다시는、나의 이러한맘뿐은、때가되면、
그림자갓치 당신한테로 가우리다。

자나ᄭᅢ나 안즈나서나

자나ᄭᅢ나 안즈나서나
그림자갓튼 벗하나이 내게 잇섯습니다。

그러나, 우리는 얼마나 만흔세월을
쓸데업는 괴롭음으로만 보내엿겟습니ᄭᅡ!

오늘은 ᄯᅩ다시, 당신의가슴속, 속모를곳을
울면서 나는 휘저어바리고 ᄯᅥ납니다그려。

허수한맘, 둘곳업는心事에 쓰라린가슴은
그것이 사랑, 사랑이든줄이 아니도닛칩니다。

해가山마루에저므러도

해가山 마루에 저므러도
내게두고는 당신ᄯᅢ문에 저뭅니다。

해가 山마루에 올나와도
내게두고는 당신ᄯᅢ문에 밝은아츰이라고 할것입니다。

ᄯᅡᆼ이 ᄭᅥ저도 하눌이 문허저도
내게두고는 ᄭᅳᆺᄭᅡ지모두다 당신ᄯᅢ문에 잇습니다。

다시는, 나의 이러한맘ᄲᅮᆫ은, ᄯᅢ가되면,
그림자갓치 당신한테로 가우리다。

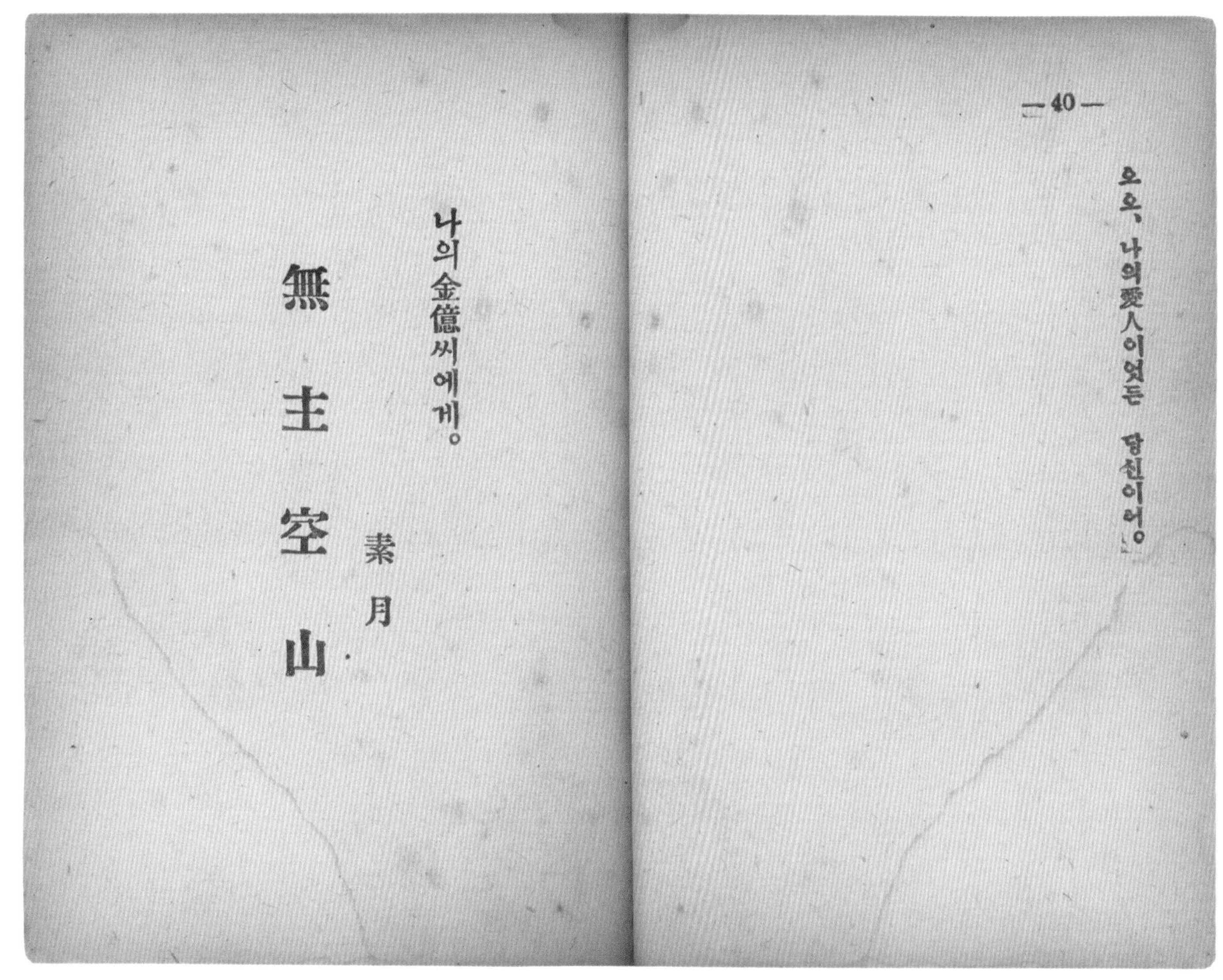

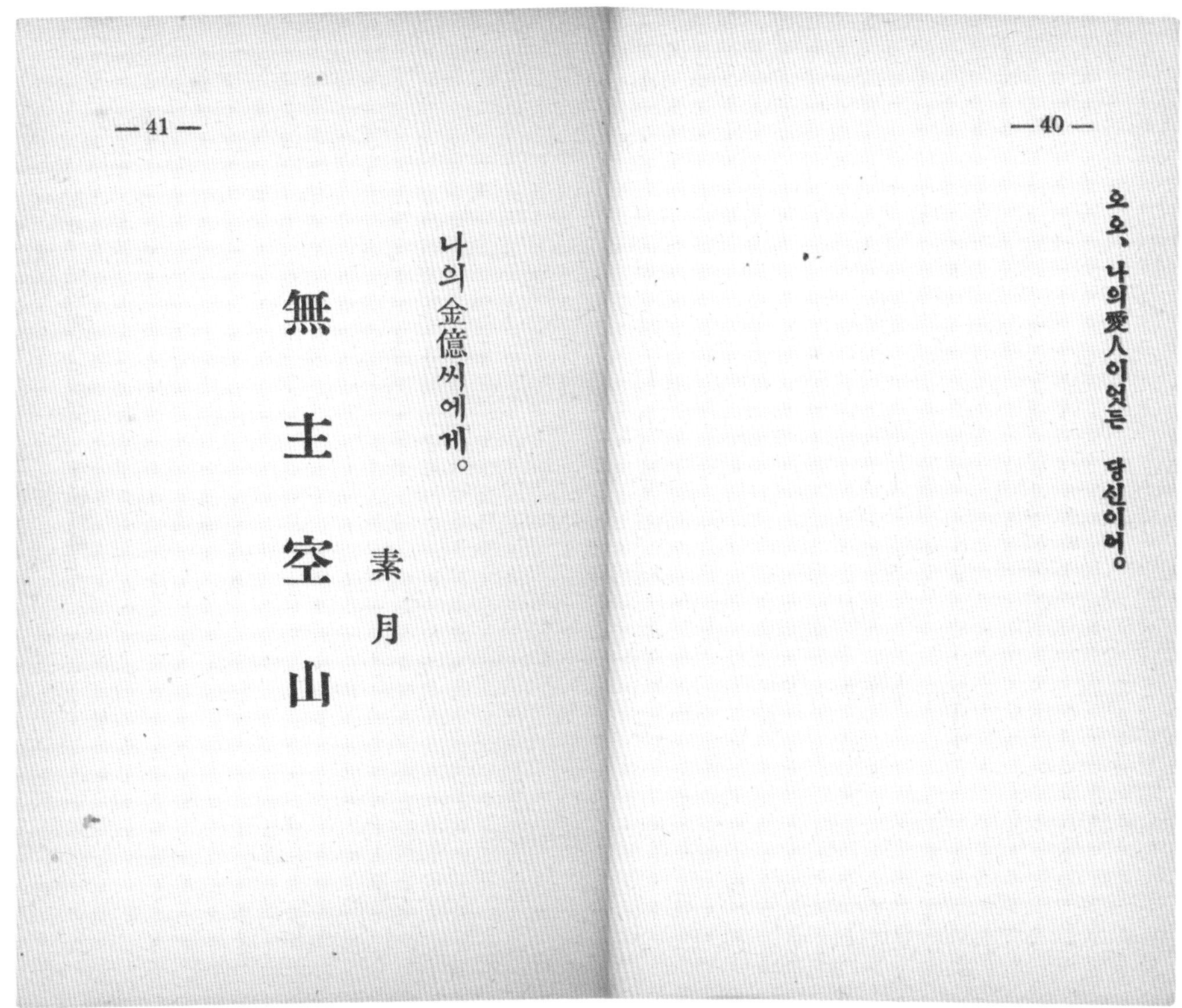

— 40 —

오오, 나의愛人이엇든 당신이여。

— 41 —

나의金億씨에게。

無主空山

素月

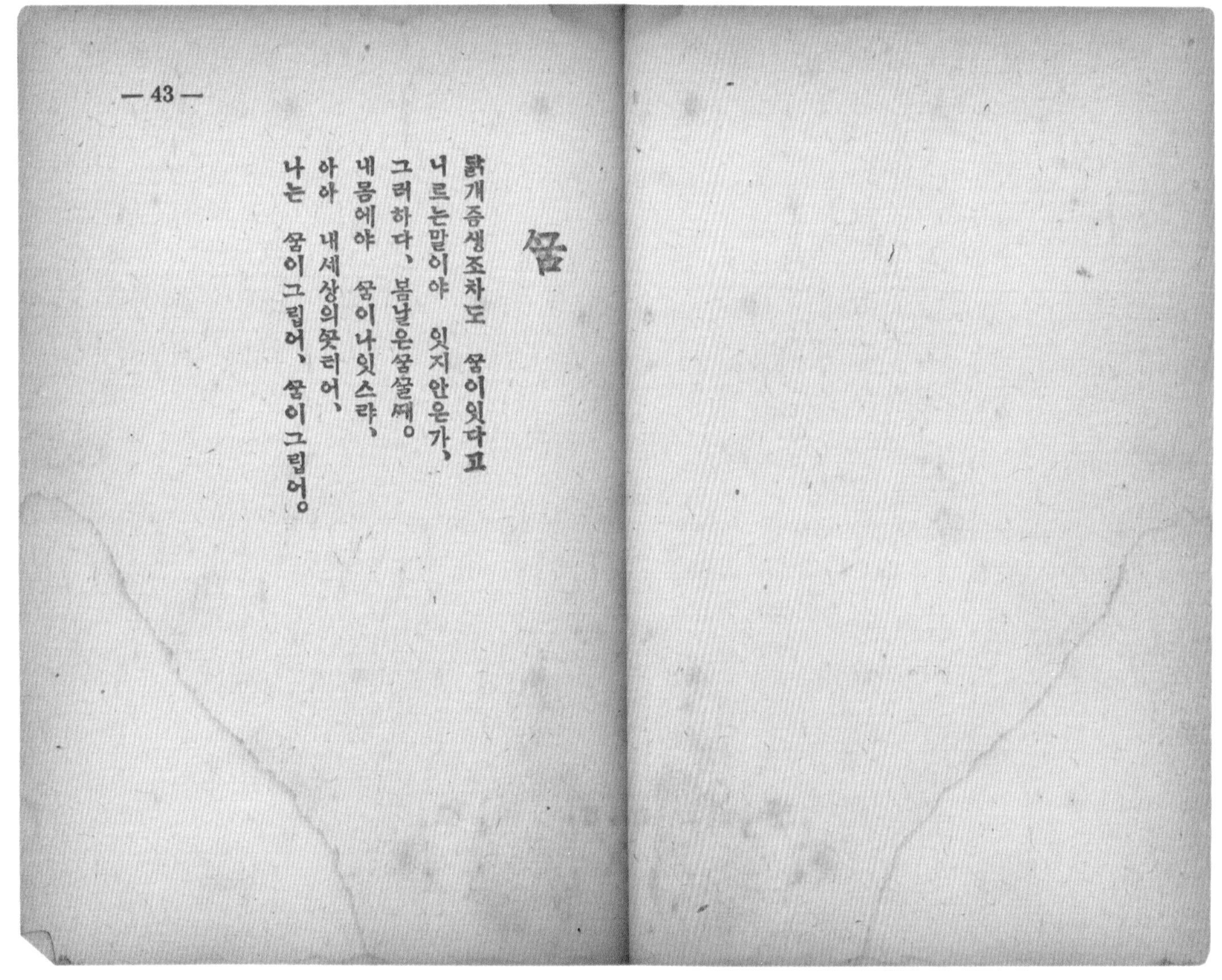

— 43 —

꿈

닭개즘생조차도 꿈이잇다고
니르는말이야 잇지안은가,
그러하다, 봄날은꿈꿀때。
내몸에야 꿈이나잇스랴,
아아 내세상의쏫리어,
나는 꿈이그립어, 꿈이그립어。

ᄭᅮᆷ

닭개즘생조차도　ᄭᅮᆷ이잇다고
니르는말이야　잇지안은가、
그러하다、봄날은ᄭᅮᆷᄭᅮᆯᄯᅢ。
내몸에야　ᄭᅮᆷ이나잇스랴、
아아　내세상의ᄭᅳᆺ티어、
나는　ᄭᅮᆷ이그립어、ᄭᅮᆷ이그립어。

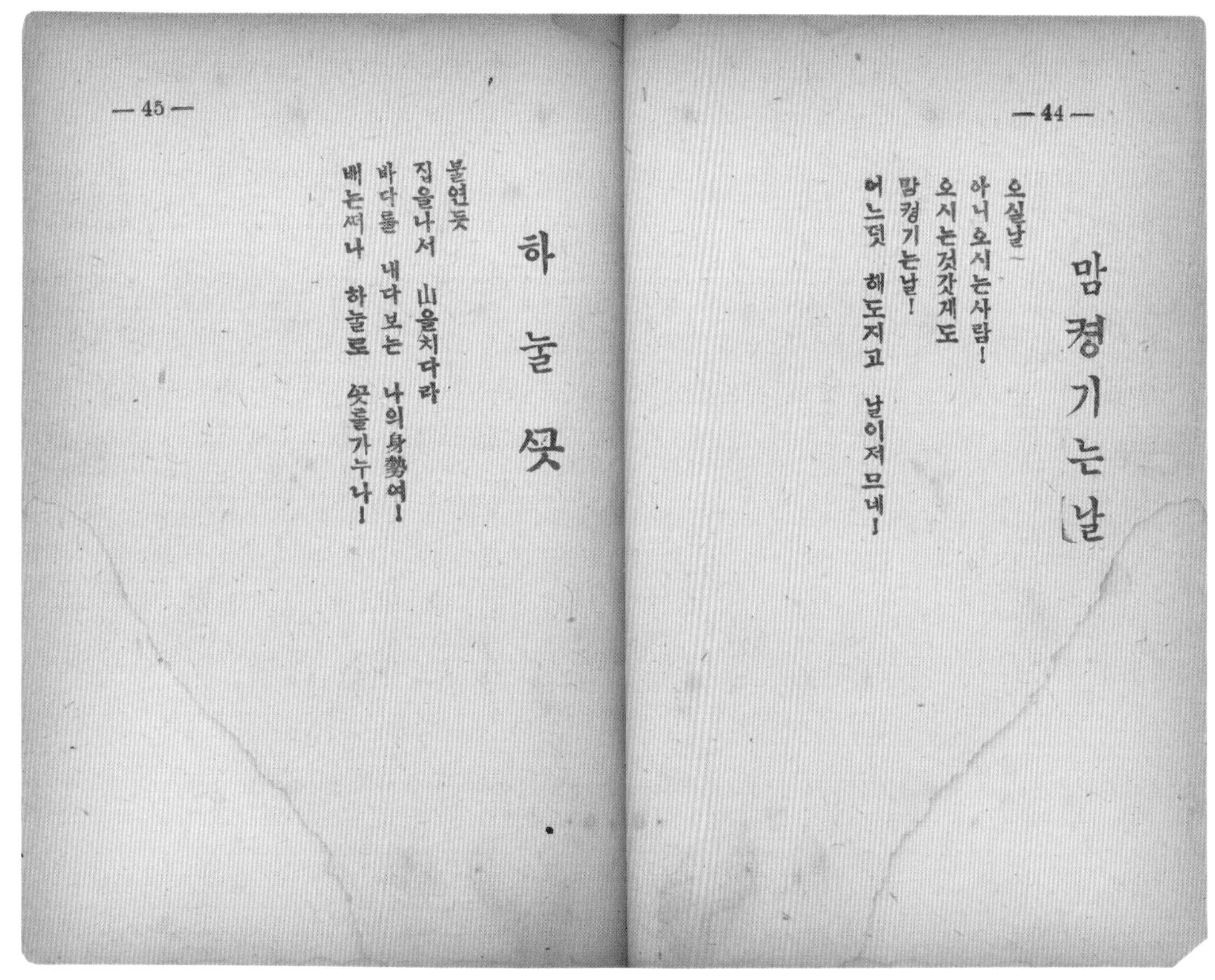

맘켱기는날

오실날—
아니오시는사람！
오시는것갓게도
맘켱기는날！
어느덧 해도지고 날이저므네！

하눌씃

불연듯
집을나서 山을치다라
바다를 내다보는 나의身勢여！
배는써나 하눌로 씃을가누나！

맘켱기는날

오실날
아니오시는사람!
오시는것갓게도
맘켱기는날!
어느덧 해도지고 날이져므네!

하눌씃

불연듯
집을나서 山을치다라
바다를 내다보는 나의身勢여!
배는써나 하눌로 씃을가누나!

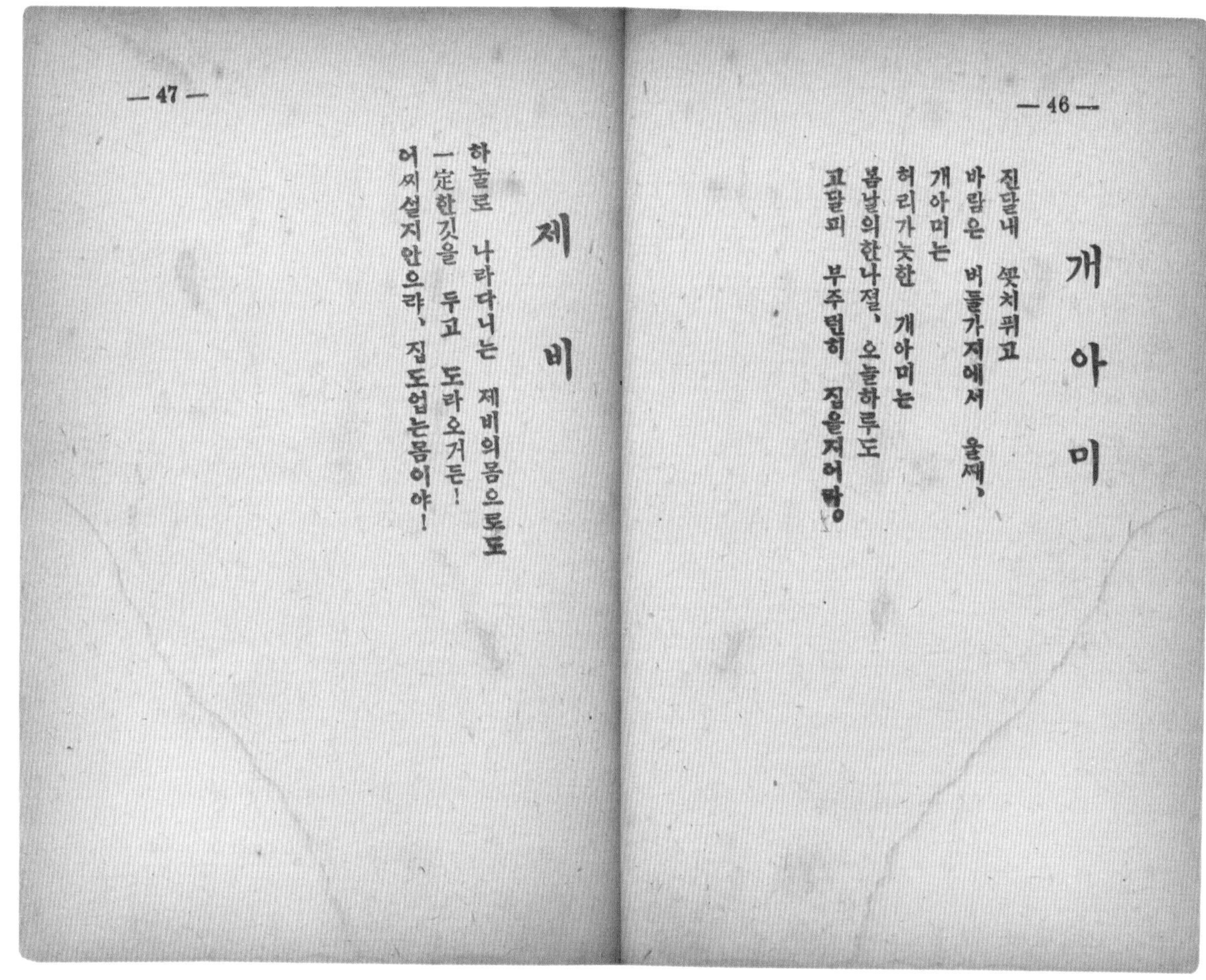

개 아 미

진달내 쏫치퓌고
바람은 버들가지에서 울제,
개아미는
허리가늣한 개아미는
봄날의한나절, 오늘하루도
고달피 부주런히 집을지어라。

제 비

하눌로 나라다니는 제비의몸으로도
一定한깃을 두고 도라오거든!
어찌설지안으랴, 집도업는몸이야!

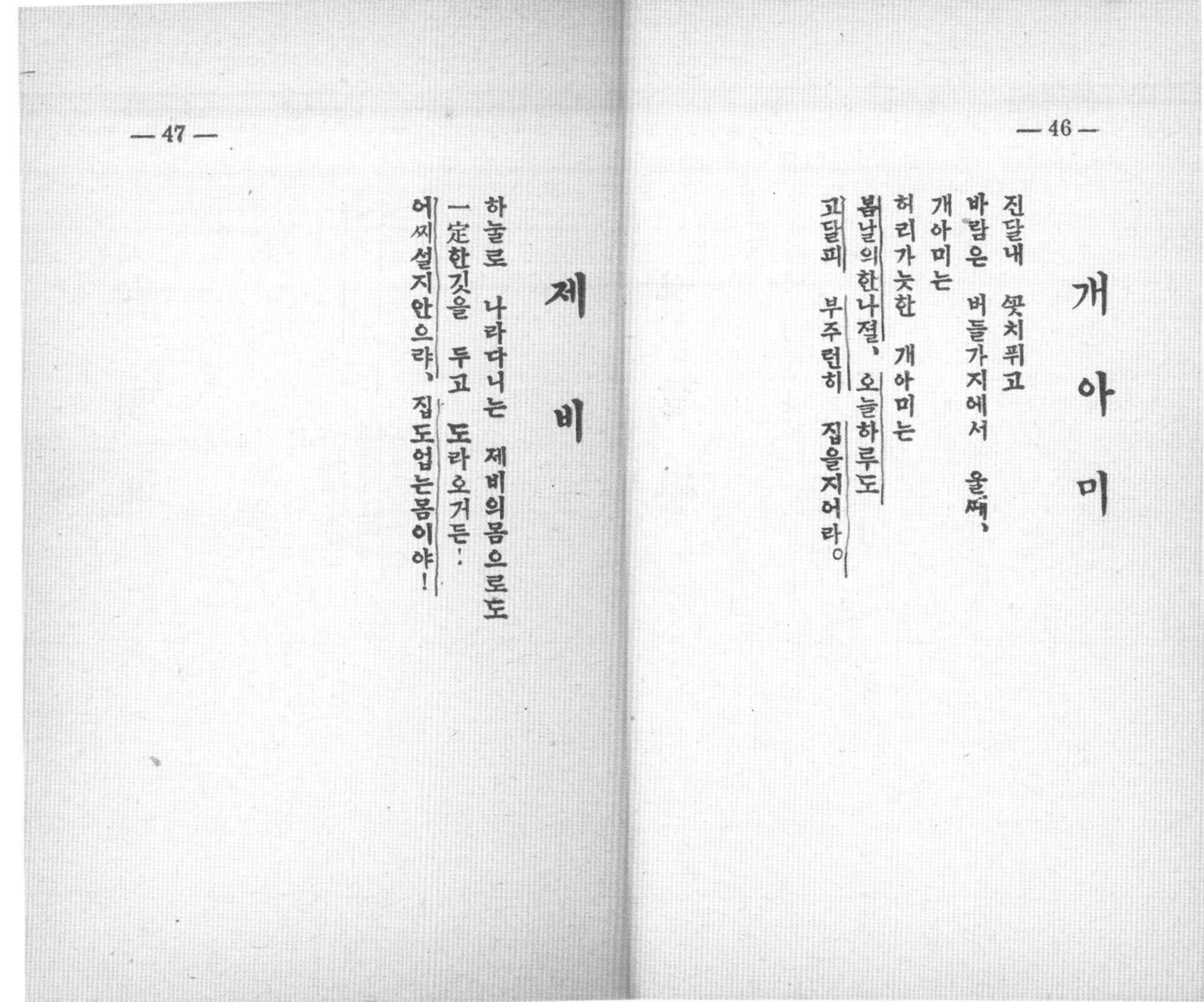

개 아 미

진달내 꼿치퓌고
바람은 버들가지에서 울때,
개아미는
허리가늣한 개아미는
봄날의한나절, 오늘하루도
고달피 부주런히 집을지어라。

제 비

하눌로 나라다니는 제비의몸으로도
一定한깃을 두고 도라오거든!
어찌설지안으랴, 집도업는몸이야!

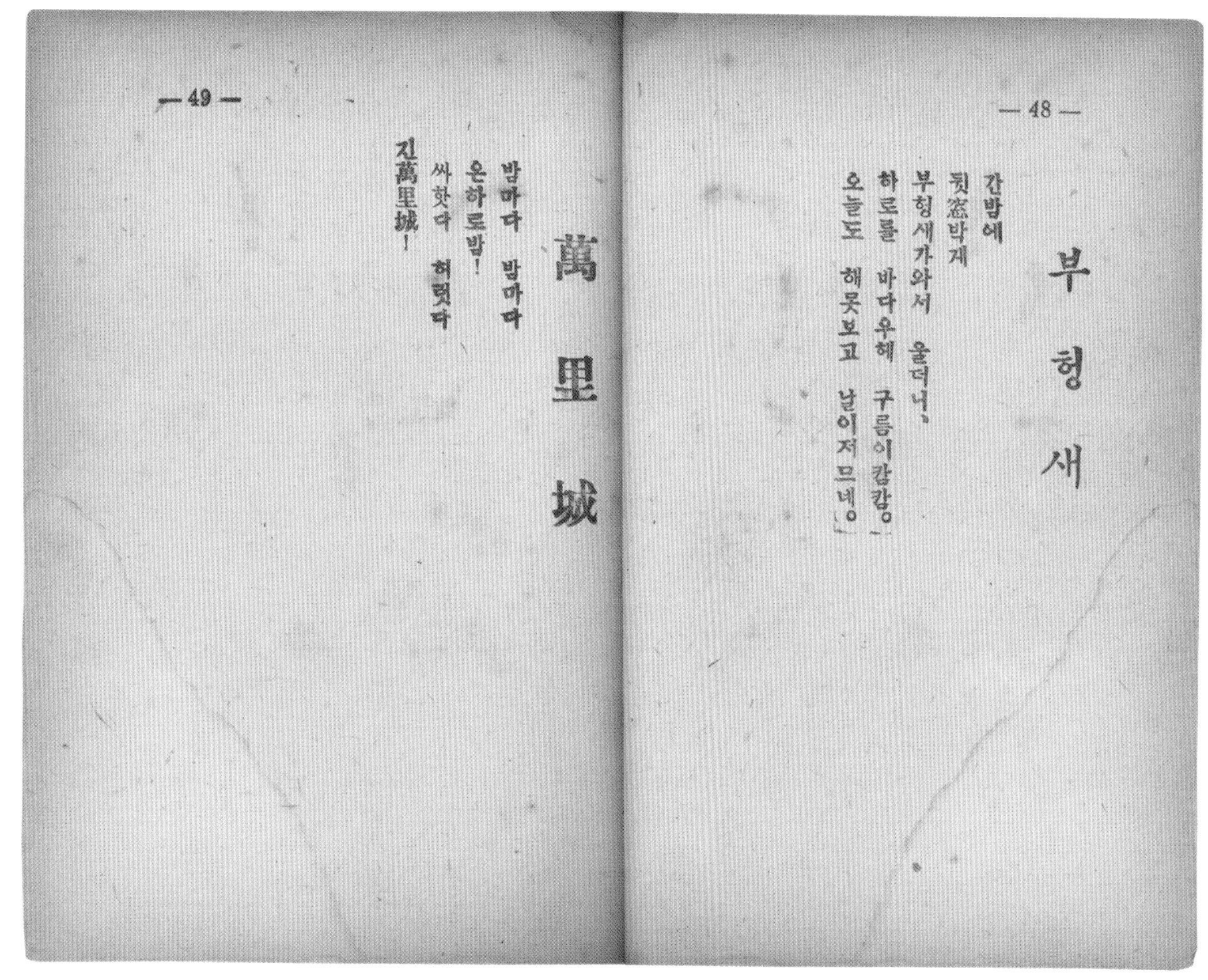

부헝새

간밤에
뒷窓박게
부헝새가와서 울더니,
하로를 바다우해 구름이캄캄.
오늘도 해못보고 날이저므네.

萬里城

밤마다 밤마다
온하로밤!
싸핫다 허럿다
긴萬里城!

— 48 —

부헝새

간밤에
뒷窓박게
부헝새가와서 울더니、
하로를 바다우헤 구름이캄캄。
오늘도 해못보고 날이저므네。

— 49 —

萬里城

밤마다 밤마다
온하로밤！
싸핫다 허럿다
긴萬里城！

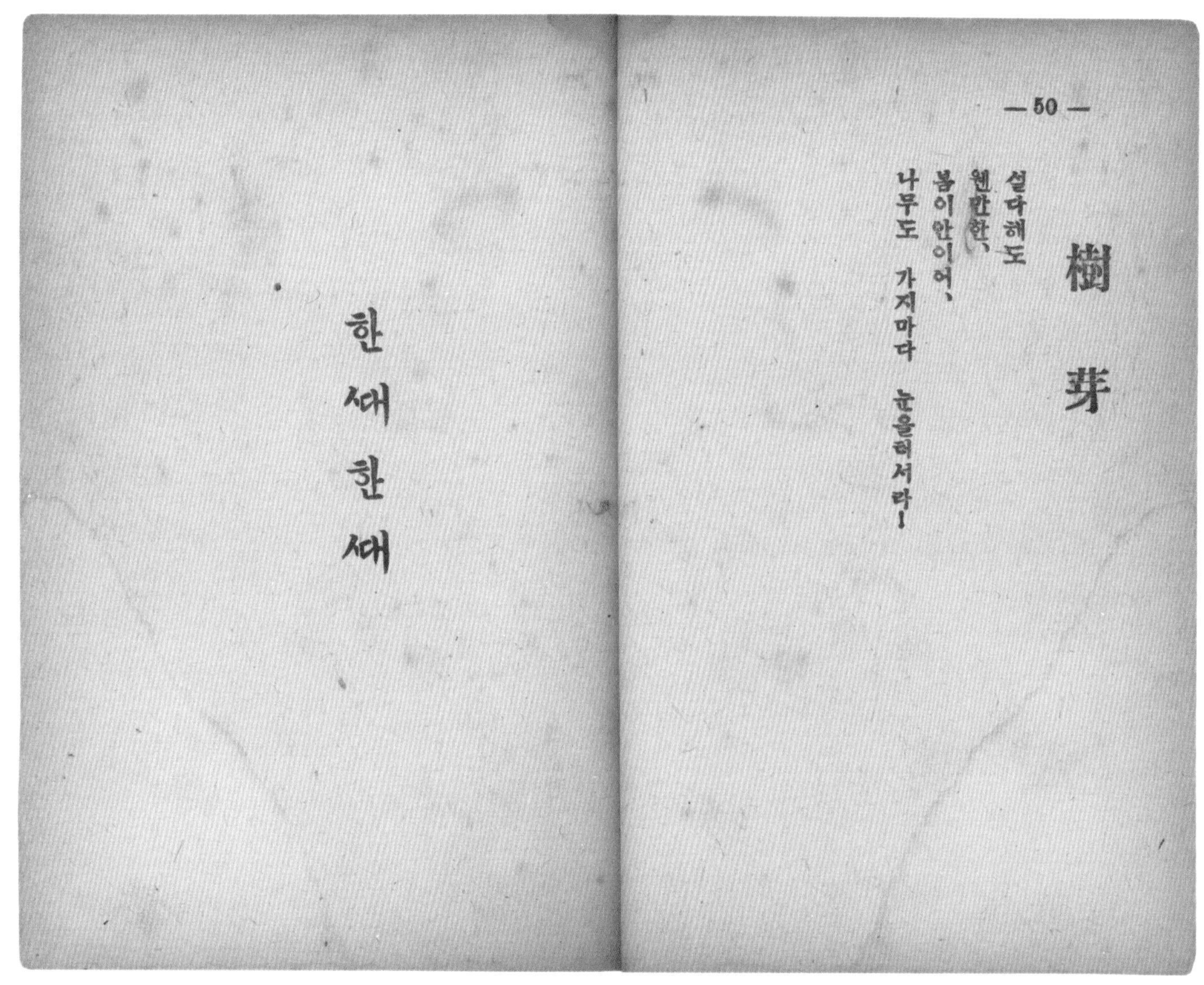

한ᄯᅢ 한ᄯᅢ

— 50 —

樹芽

설다해도
웬만한,
봄이안이어,
나무도 가지마다 눈을터서라!

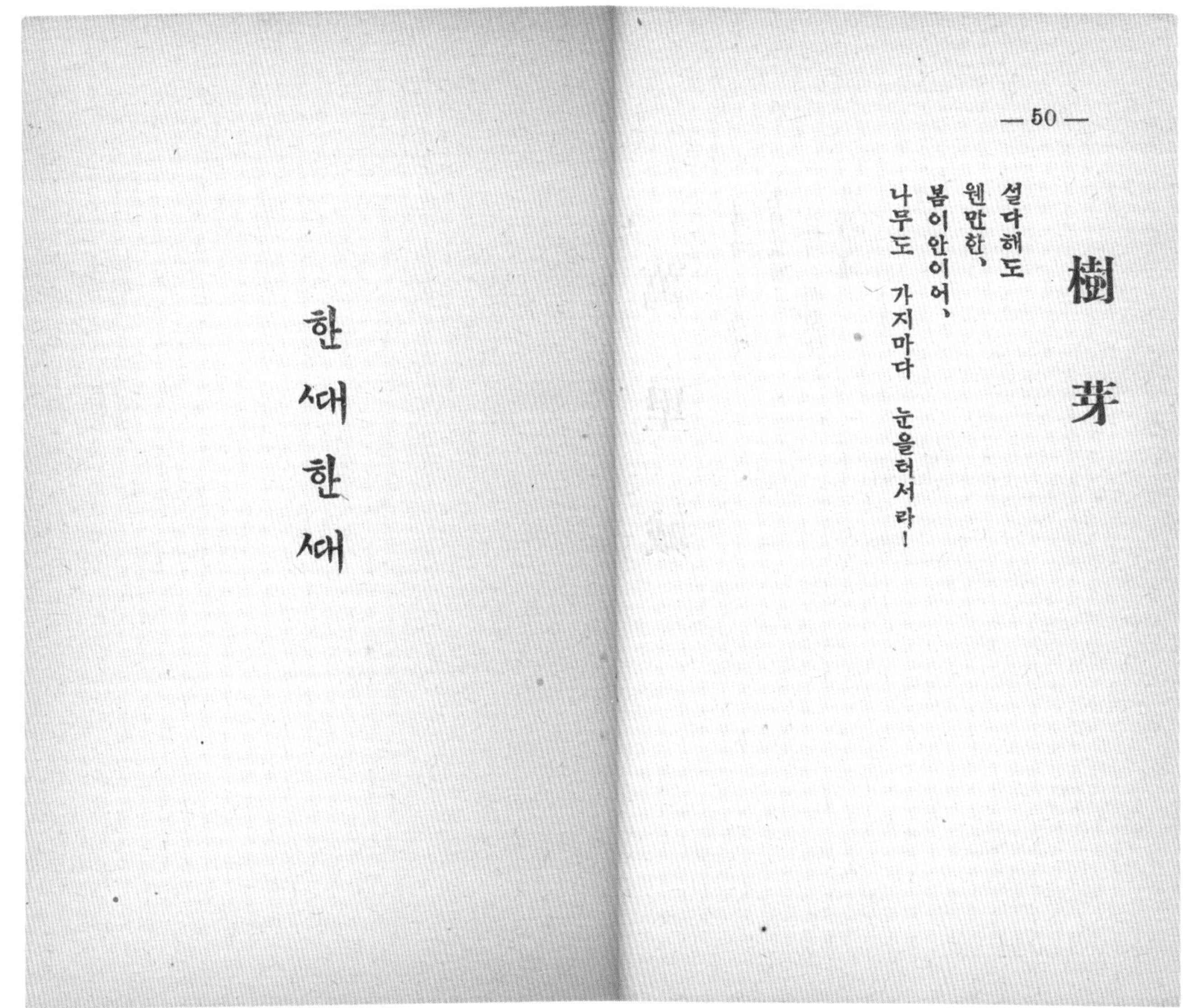

— 50 —

樹芽

설다해도
웬만한、
봄이안이어、
나무도 가지마다 눈을터서라！

한 ᄯᅢ 한 ᄯᅢ

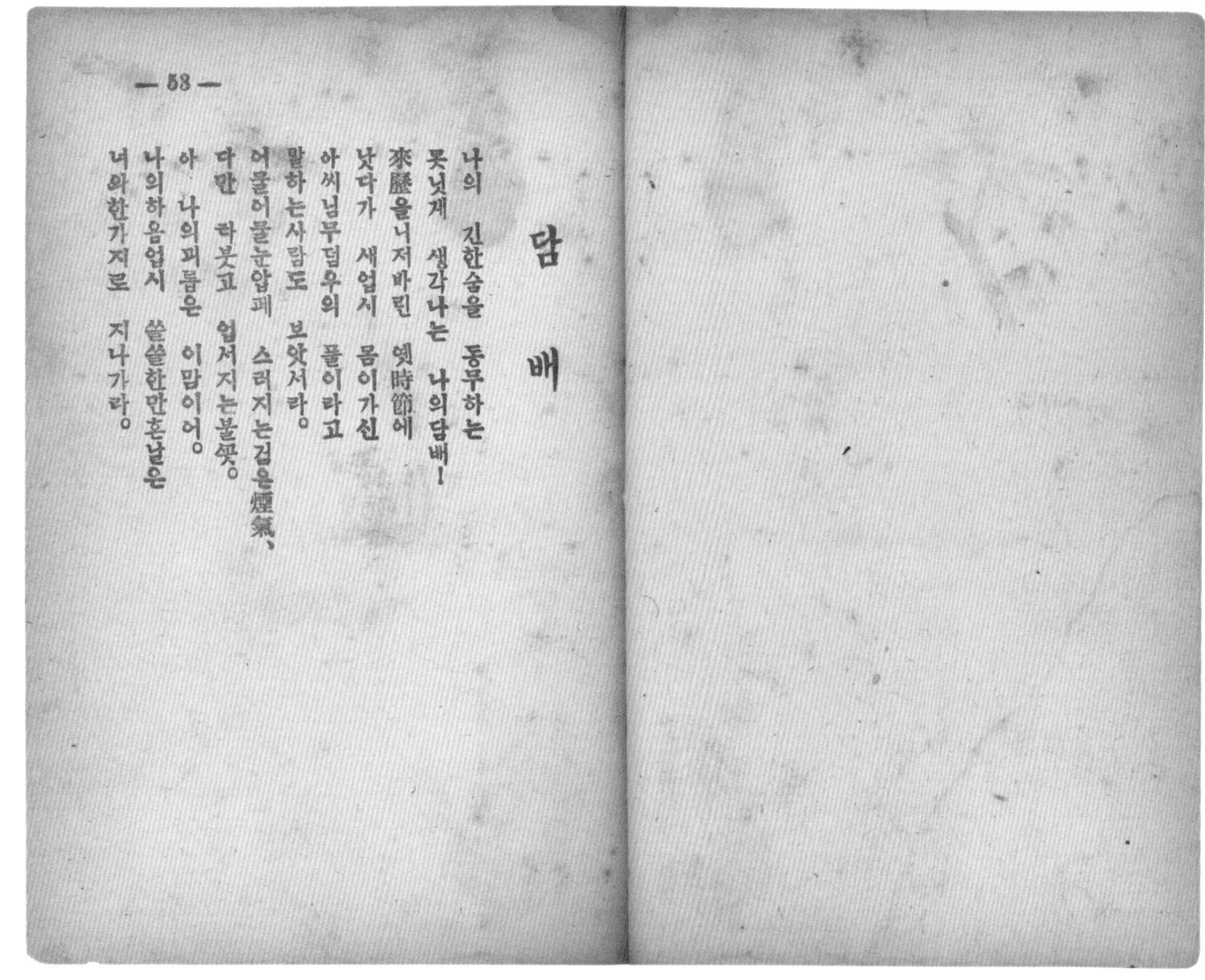

— 58 —

담 배

나의 긴한숨을 동무하는
못닛게 생각나는 나의담배!
來歷을니저바린 옛時節에
낫다가 새업시 몸이가신
아씨님무덤우의 풀이라고
말하는사람도 보앗서라。
어물어물눈압페 스러지는검은煙氣、
다만 타붓고 업서지는불꼿。
아 나의외롬은 이맘이어。
나의하음업시 쓸쓸한만흔날은
너와한가지로 지나가라。

담 배

나의 긴한숨을 동무하는
못닛게 생각나는 나의담배!
來歷을니저바린 옛時節에
낫다가 새업시 몸이가신
아씨님무덤우의 풀이라고
말하는사람도 보앗서라。

어물어물눈압페 스러지는검은煙氣,
다만 타붓고 업서지는불쏫。
아 나의피롭은 이맘이어。
나의하욤업시 쓸쓸한만흔날은
너와한가지로 지나가라。

失題

이가람파져가람이 모두처흘녀
그무엇을 ᄯᅳᆺ하는고?

미덥음을모르는 당신의맘

죽은드시 어둡은깁픈골의
써림측한퍼름은 몹쓸쑴의
퍼르죽죽한불길은 흐르지만
더듬기에짓치운 두손길은
부러가는바람에 식키서요

밝고호젓한 보름달이
새벽의흔들니는 물노래로
수접음에칩음에 숨을드시
썰고잇는물밋흔 여긔외다。

미덥움을모르는 당신의맘

져山파이山이 마주섯서
그무엇을 ᄯᅳᆺ하는고?

失題

이가람파져가람이 모두쳐흘너
그무엇을 뜻하는고?

미덥음을모르는 당신의맘

죽은드시 어둡은깁픈골의
써림축한피롭은 몹쓸꿈의
퍼르죽죽한불길은 흐르지만
더듬기에짓치운 두손길은
부러가는바람에 식키셔요

밝고호젓한 보름달이
새벽의흔들니는 물노래로
수접음에칩음에 숨을드시
떨고잇는물밋튼 여긔외다。

미덥움을모르는 당신의맘

져山과이山이 마주섯서
그무엇을 뜻하는고?

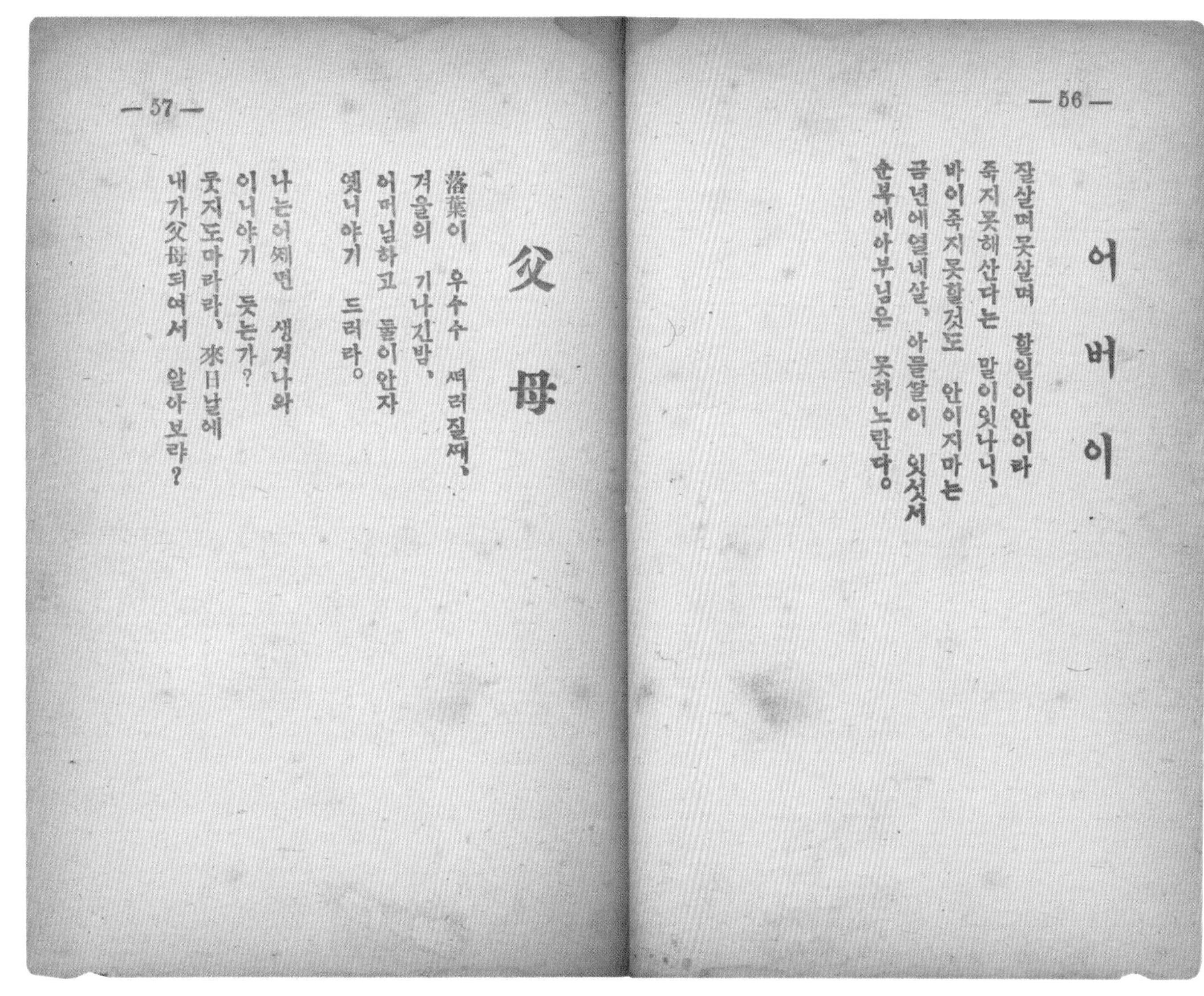

— 56 —

어 버 이

잘살며못살며 할일이안이라
죽지못해산다는 말이잇나니,
바이죽지못할것도 안이지마는
금년에열네살, 아들딸이 잇섯서
순복에아부님은 못하노란다。

— 57 —

父 母

落葉이 우수수 써러질째,
겨울의 기나긴밤,
어머님하고 둘이안자
옛니야기 드러라。

나는어쩨면 생겨나와
이니야기 듯는가?
뭇지도마라라, 來日날에
내가父母되여서 알아보랴?

어버이

잘살며못살며 할일이안이라
죽지못해산다는 말이잇나니,
바이죽지못할것도 안이지마는
금년에열네살, 아들딸이 잇섯서
순복에아부님은 못하노란다。

父母

落葉이 우수수 떠러질때,
겨울의 기나진밤,
어머님하고 둘이안자
옛니야기 드러라。

나는어쩨면 생겨나와
이니야기 듯는가?
뭇지도마라라, 來日날에
내가父母되여서 알아보랴?

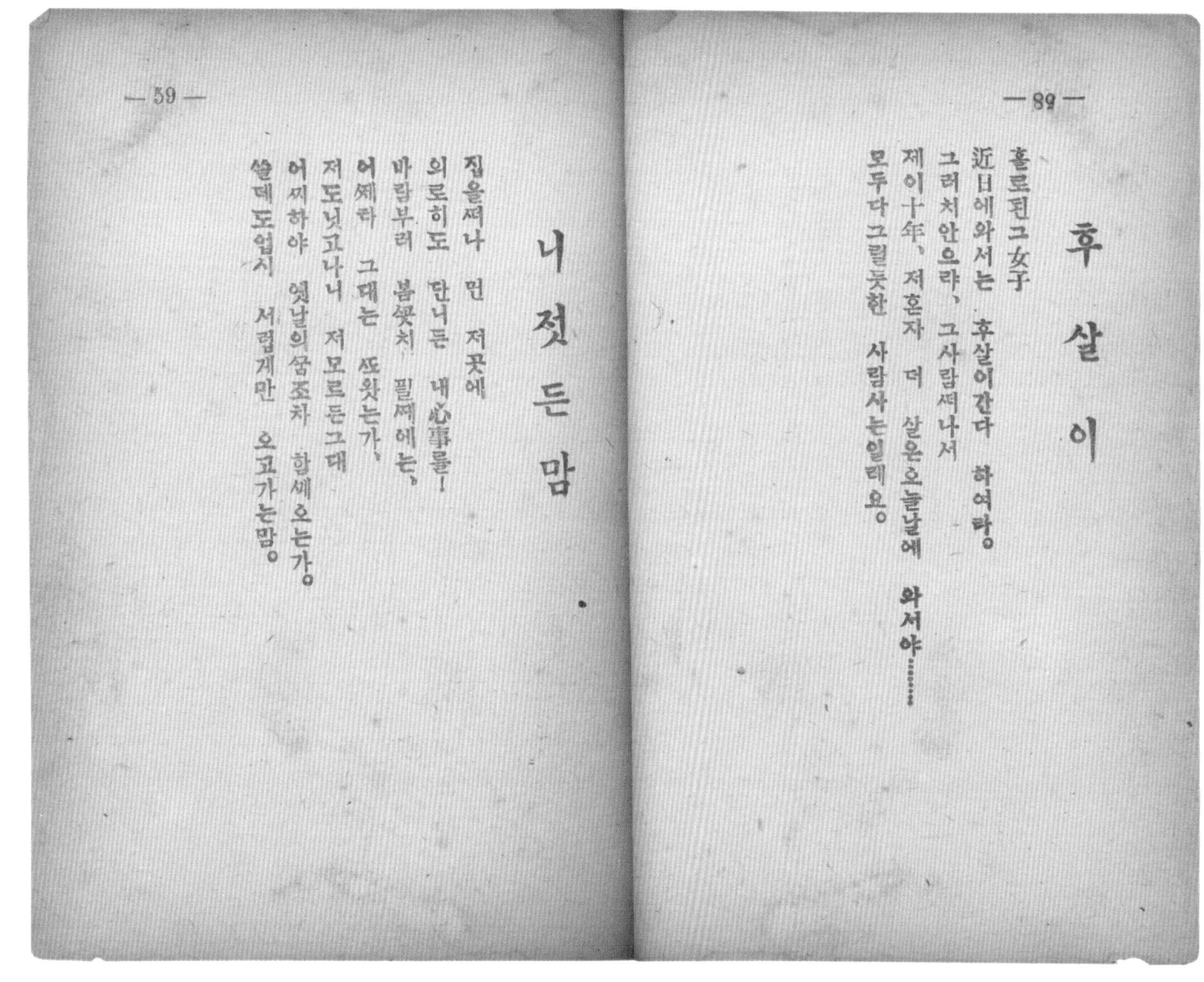

— 89 —

후 살 이

홀로된그女子
近日에와서는 후살이간다 하여라。
그러치안으랴、그사람떠나서
제이十年、저혼자 더 살은오늘날에 와서야……
모두다 그럴듯한 사람사는일레요。

— 59 —

니 젓 든 맘

집을떠나 먼 저곳에
외로히도 단니든 내心事를!
바람부러 봄쏫치 필때에는、
어쩨타 그대는 또왓는가、
저도닛고나니 저모르든그대
어찌하야 옛날의쑴조차 함께오는가。
쓸데도업시 서럽게만 오고가는맘。

— 58 —

후 살 이

홀로된그女子
近日에와서는 후살이간다 하여라。
그러치안으랴、그사람떠나서
이제十年、저혼자 더 살은오늘날에 와서야……
모두다그럴듯한 사람사는일레요。

— 59 —

니 젓 든 맘

집을떠나 먼 저꼿에
외로히도 단니든 내心事를!
바람부러 봄꼿치 필때에는、
어쩨라 그대는 또왓는가、
저도닛고나니 저모르든그대
어찌하야 옛날의숨조차 합세오는가。
쓸데도업시 서럽게만 오고가는맘。

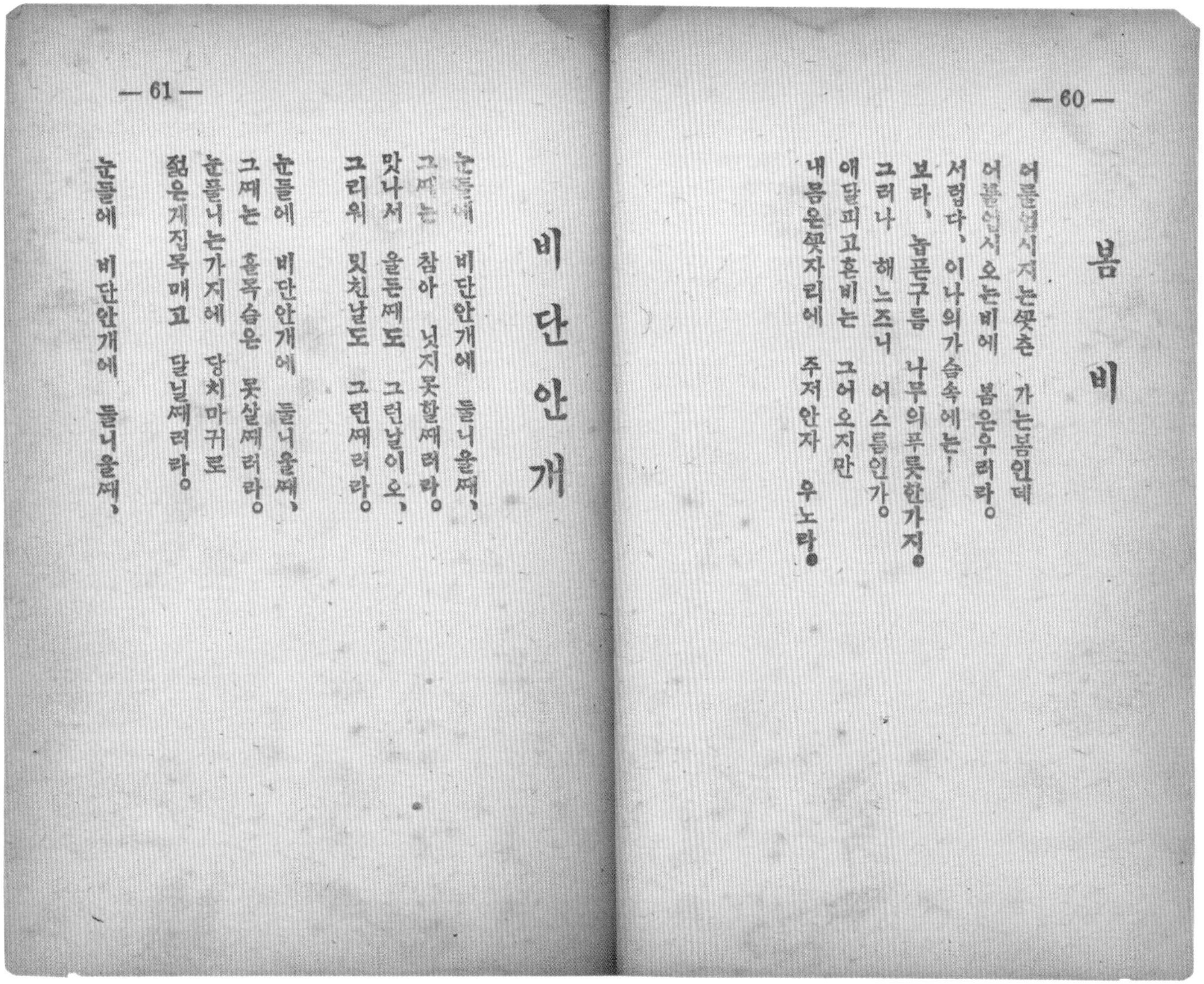

봄 비

어룰업시지는쏫츤 가는봄인데
어룰업시 오는비에 봄은우러라。
서럽다、이나의가슴속에는!
보라、놉픈구름 나무의푸릇한가지。
그러나 해느즈니 어스름인가。
애달피고흔비는 그어오지만
내몸은쏫자리에 주저안자 우노라。

비 단 안 개

눈들에 비단안개에 둘니울째、
그째는 참아 닛지못할째러라。
맛나서 울든째도 그런날이오、
그리워 밋친날도 그런째러라。

눈들에 비단안개에 둘니울째、
그째는 홀목숨은 못살째러라。
눈풀니는가지에 당치마귀로
젊은계집목매고 달닐째러라。

눈들에 비단안개에 둘니울째、

— 60 —

봄 비

어룰업시지는꼿츤 가는봄인데
어룰업시오는비에 봄은우러라。
서럽다、이나의가슴속에는!
보라、놉픈구름 나무의푸릇한가지。
그러나 해느즈니 어스름인가。
애달피고흔비는 그어오지만
내몸은꼿자리에 주저안자 우노라。

— 61 —

비단안개

눈들에 비단안개에 둘니울때、
그때는 참아 닛지못할때러라。
맛나서 울든때도 그런날이오、
그리워 밋친날도 그런때러라。

눈들에 비단안개에 둘니울때、
그때는 홀목숨은 못살때러라。
눈풀니는가지에 당치마귀로
젊은계집목매고 달닐때러라。

눈들에 비단안개에 둘니울때、

그쌔는 종달새 소슬쌔러라。
들에랴, 바다에랴, 하늘에서랴,
아지못할무엇에 醉할쌔러라。

눈들에 비단안개에 둘니울쌔,
그쌔는 참아 닛지못할쌔러랴。
첫사랑잇든쌔도 그런날이오
영리별잇든날도 그런쌔러랴。

記憶

달아래 싀멋업시 섯든그女子,
서잇든그女子의 햇슥한얼골,
햇슥한그얼골 적이파릇합。
다시금 실벗듯한 가지아래서
식컴은머리낄은 번쩍어리며。
다시금 하로밤의식는江물을
平壤의긴단장은 숫고가든쌔。
오오 그싀멋업시 섯든女子여!

그립다 그한밤을 내게갓갑든
그대여 쑴이깁든 그한동안을

그ᄶᅢ는 종달새 소슬ᄶᅢ러라。
들에랴、 바다에랴、 하늘에서랴、
아지못할무엇에 醉할ᄶᅢ러라。

눈들에 비단안개에 둘니울ᄶᅢ、
그ᄶᅢ는 참아 닛지못할ᄶᅢ러라。
첫사랑잇든ᄶᅢ도 그런날이오
영리별잇든날도 그런ᄶᅢ러라。

記憶

달아래 싀멋업시 섯든그女子、
서잇든그女子의 햇슥한얼골、
햇슥한그얼골 적이파릇함。
다시금 실벗듯한 가지아래서
싀컴은머리낄은 번ᄶᅥᆨ어리며。
다시금 하로밤의식는江물을
平壤의긴단장은 슷고가든ᄶᅢ。
오오 그싀멋업시 섯든女子여!

그립다 그한밤을 내게갓갑든
그대여 꿈이깁든 그한동안을

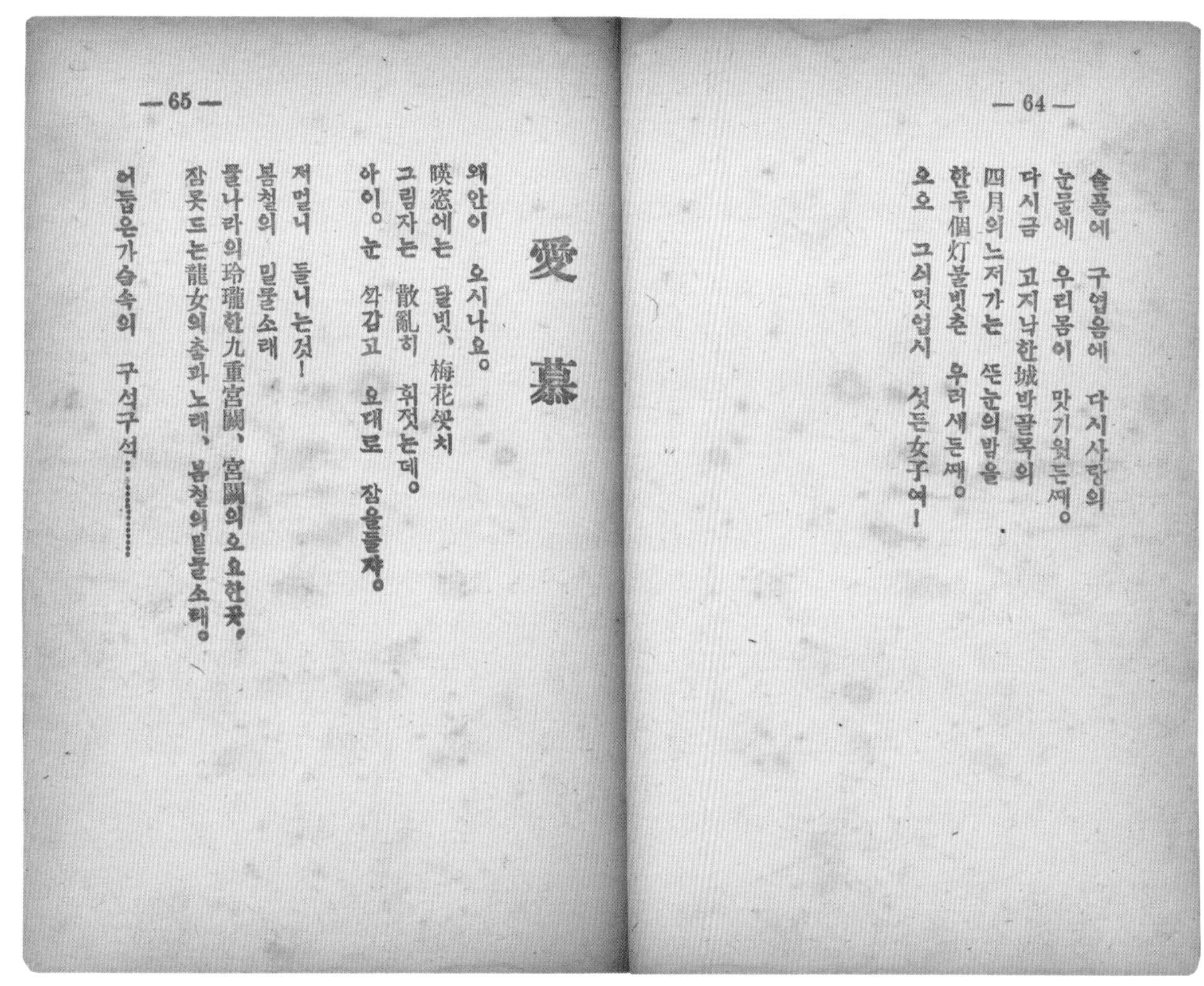

— 64 —

슯픔에 구엽음에 다시사랑의
눈물에 우리몸이 맛기웟든때。
다시금 고지낙한城밧글목의
四月의느저가는 뜬눈의밤을
한두個灯불빗츤 우러새든때。
오오 그싀멋업시 섯든女子여!

— 65 —

愛慕

왜안이 오시나요。
暎窓에는 달빗、梅花쏫치
그림자는 散亂히 휘젓는데。
아이。 눈 꽉감고 요대로 잠을들쟈。

저멀니 들니는것!
봄철의 밀물소래
물나라의玲瓏한九重宮闕、宮闕의오요한곳、
잠못드는龍女의춤과노래、봄철의밀물소래。

어둡은가슴속의 구석구석……

슲픔에 구엽음에 다시사랑의
눈물에 우리몸이 맛기웟든때。
다시금 고지낙한城박골목의
四月의느저가는 뜬눈의밤을
한두個灯불빗촌 우러새든때。
오오 그싀멋업시 섯든女子여！

愛慕

왜안이 오시나요。
暎窓에는 달빗、梅花꼿치
그림자는 散亂히 휘젓는데。
아이。눈 싹감고 요대로 잠을들쟈。

저멀니 들니는것！
봄철의 밀물소래
물나라의玲瓏한九重宮闕、宮闕의오요한곳、
잠못드는龍女의춤파노래、봄철의밀물소래。

어둡은가슴속의 구석구석：…………

찬됴한 거울속에、봄구름잠긴곳에、
소솔비나리며、달무리들녀라。
이대도록 왜안이 오시나요。왜안이 오시나요。

몹 쓸 꿈

봄새벽의몹쓸꿈
깨고나면!
울짓는가막까치、놀나난소래、
너희들은 눈에 무엇이보이느냐。

봄철의좋흔새벽、풀이슬 매쳣서라。
볼지어다、歲月은 도모지便安한데、
두새업는 저가마귀、새들게 울짓는 저까치야、
나의凶한꿈보이느냐?

고요히또봄바람은 봄의빈들을 지나가며、

환연한 거울속에, 봄구름잠긴곳에,
소솔비나리며, 달무리둘녀라.
이대도록 왜안이 오시나요. 왜안이 오시나요.

몹 쓸 ᄭᅮᆷ

봄새벽의몹쓸ᄭᅮᆷ
세고나면!
울짓는가막ᄭᅡ치, 놀나난소래,
너희들은 눈에 무엇이보이느냐.

봄철의죠흔새벽, 풀이슬 매첫서라.
볼지어다, 歲月은 도모지便安한데,
두새업는 저가마귀, 새들게 울짓는 저ᄭᅡ치야,
나의凶한ᄭᅮᆷ보이느냐?

고요히ᄯᅩ봄바람은 봄의뷘들을 지나가며,

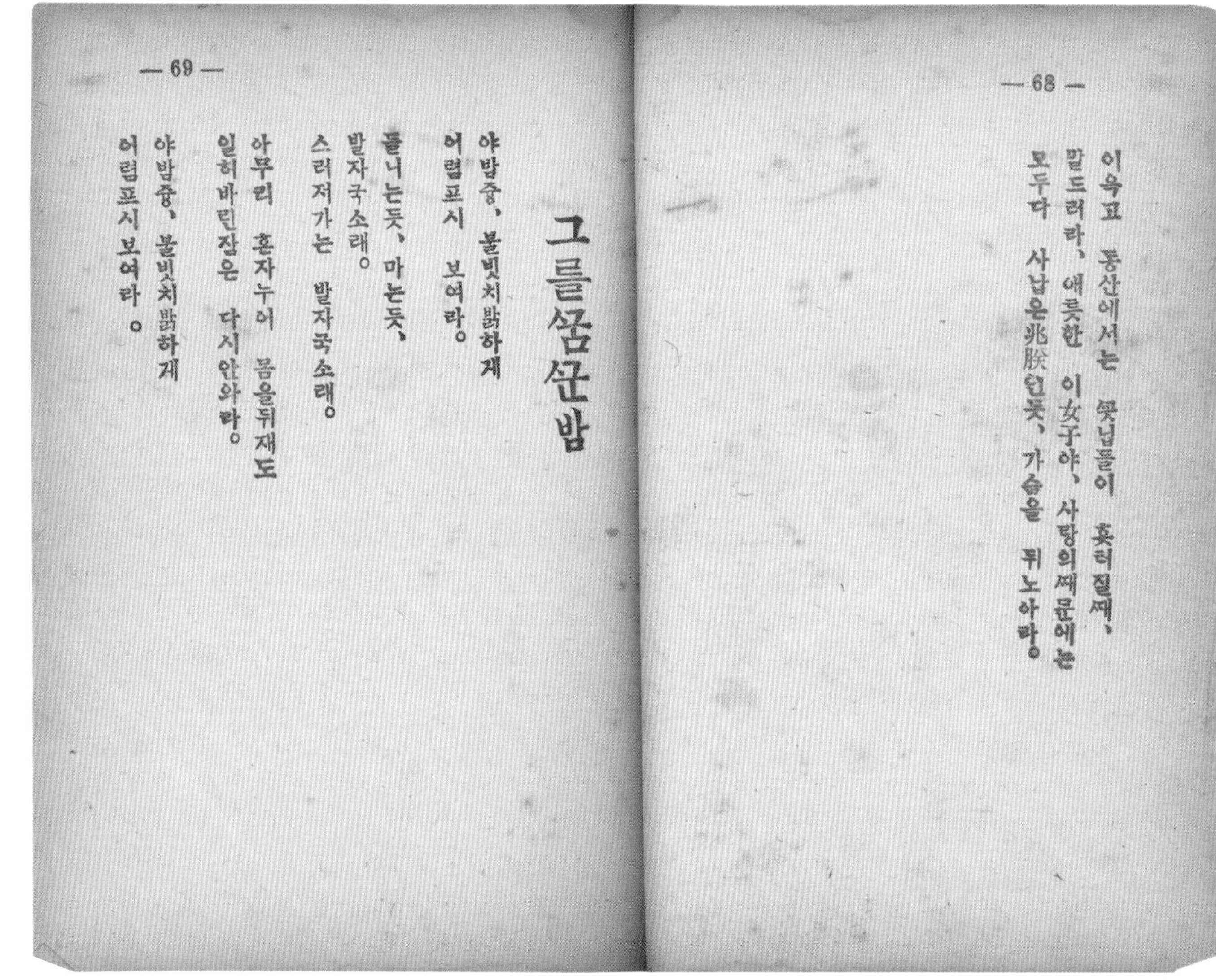
— 68 —

이옥고 동산에서는 쏫닙들이 훗터질째、
말드러라、애틋한 이女子야、사랑의째문에는
모두다 사납은兆朕인듯、가슴을 뒤노아라。

— 69 —

그를쑴꾼밤

야밤중、불빗치밝하게
어렵프시 보여라。

들니는듯、마는듯、
발자국소래。
스러저가는 발자국소래。

아무리 혼자누어 몸을뒤재도
일허바린잠은 다시안와라。

야밤중、불빗치밝하게
어렵프시 보여라。

이욱고 동산에서는 ᄭᅩᆺ닙들이 홋터질ᄯᅢ、
말드러라、애틋한 이女子야、사랑의ᄯᅢ문에는
모두다 사납은兆朕인듯、가슴을 뒤노아라。

그를ᄭᅮᆷᄭᅮᆫ밤

야밤중、불빗치밝하게
어렴프시 보여라。

들니는듯、마는듯、
발자국소래。
스러저가는 발자국소래。

아무리 혼자누어 몸을뒤재도
일허바린잠은 다시안와라。

야밤중、불빗치밝하게
어렴프시 보여라 。

女子의냄새

푸른구름의옷닙은 달의냄새。
붉은구름의옷닙은 해의냄새。
안이、땀냄새、때무든냄새、
비에마자 축업은살과 옷냄새。

푸른바다……어즈리는배……
보드랍은그립은 엇든목숨의
조고마한푸릇한 그무러진靈
어우러져빗기는 살의아우성……

다시는葬死지나간 숨속엣냄새。

幽靈실은널뛰는 배 싼엣냄새。
생고기의 바다의냄새。
느즌봄의 하늘을떠도는냄새。

모래두던바람은 그물안개를 불고
먼거리의불빗츤 달저녁을우러라。
냄새만흔 그몸이좃습니다。
냄새만흔 그몸이좃습니다。

女子의냄새

푸른구름의옷닙은 달의냄새。
붉은구름의옷닙은 해의냄새。
안이、땀냄새、때무든냄새、
비에마자 축업은살과 옷냄새。

푸른바다…………어즈리는배……
보드랍은그립은 엇든목슴의
조고마한푸릇한 그무러진靈
어우러져빗기는 살의아우성…………

다시는葬死지나간 숩속엣냄새。

幽靈실은널뛰는 배깐엣냄새。
생고기의 바다의냄새。
느즌봄의 하늘을떠도는냄새。

모래두던바람은 그물안개를 불고
먼거리의불빗츤 달저녁을우러라。
냄새만흔 그몸이좃습니다。
냄새만흔 그몸이좃습니다。

粉 얼 골

불빗헤써오르는 샛보얀얼골,
그얼골이보내는 호젓한냄새,
오고가는입술의 주고밧는盞,
가느스럼한손길은 아르대여라。

검으스러하면서도 붉으스러한
어렴풋하면서도 다시分明한
줄그늘우헤 그대의목노리。
딸빗치 수풀우흘 써흐르는가。

그대하고 나하고 또는 그계집
밤에노는세사람, 밤의세사람,
다시금 술잔우의 긴봄밤은
소래도업시 窓박그로 새여빠져라

粉 얼 골

불빗헤쎠 오르는 샛보얀얼골,
그얼골이 보내는 호젓한냄새,
오고가는입술의 주고밧는盞,
가느스럼한손셸은 아르대여라。

검으스러하면서도 붉으스러한
어렴풋하면서도 다시分明한
줄그늘우헤 그대의목노리,
달빗치 수풀우흘 쎠호르는가。

그대하고 나하고 ᄯᅩ는 그계집
밤에노는세사람, 밤의세사람,
다시금 술잔우의 진봄밤은
소래도업시 窓박그로 새여ᄲᅡ져라

안해몸

들고나는 밀물에
배떠나간자리야 잇스랴。
어질은안해인 남의몸인그대요
『아주、엄마엄마라고 불니우기前에。』

굴뚝이기에 烟氣가나고
돌바우안이기에 좀이 드러랴。
젊으나 젊으신 청하늘인그대요、
『착한일하신분네는 天堂가옵시리라。』

서울밤

붉은電灯。
푸른電灯。
넓다란거리면 푸른電灯。
막다른골목이면 붉은電灯。
電灯은반짝입니다。
電灯은그무립니다。
電灯은 또다시 어스렷합니다。
電灯은 죽은듯한긴밤을 직힙니다。

나의가슴의 속모를곳의
어둡고밝은 그속에서도

안해몸

들고나는 밀물에
배떠나간자리야 잇스랴。
어질은안해인 남의몸인그대요
『아주、엄마엄마라고 불니우기前에。』

굴뚝이기에 烟氣가나고
돌바우안이기에 좀이 드러라。
젊으나 젊으신 청하눌인그대요、
『착한일하신분네는 天堂가옵시리라。』

서울밤

붉은電灯。
푸른電灯。
넓다란거리면 푸른電灯。
막다른골목이면 붉은電灯。
電灯은반짝입니다。
電灯은그무립니다。
電灯은 또다시 어스렷합니다。
電灯은 죽은듯한긴밤을 직힙니다、

나의가슴의 속모를곳의
어둡고밝은 그속에서도

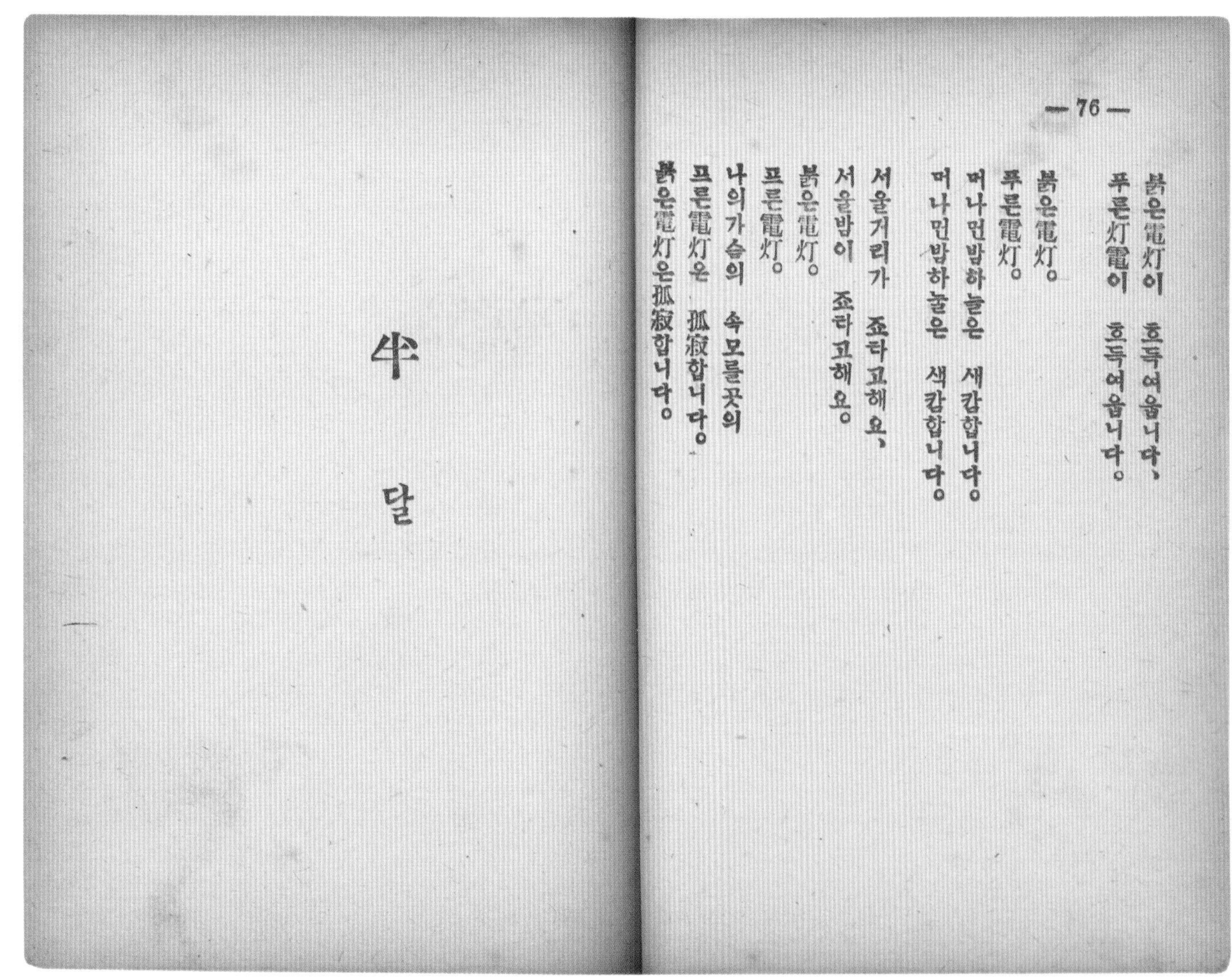

半

달

— 76 —

붉은電灯이 흐득여웁니다、
푸른灯電이 흐득여웁니다。
붉은電灯。
푸른電灯。
머나먼밤하눌은 새캄합니다。
머나먼밤하눌은 색캄합니다。
서울거리가 죠타고해요、
서울밤이 죠타고해요。
붉은電灯。
프른電灯。
나의가슴의 속모를곳의
프른電灯은 孤寂합니다。
붉은電灯은 孤寂합니다。

붉은電灯이 흐득여웁니다、
푸른灯電이 흐득여웁니다。

붉은電灯。
푸른電灯。
떠나먼밤하늘은 새캄합니다。
떠나먼밤하늘은 색캄합니다。

서울거리가 죠타고해요、
서울밤이 죠타고해요。
붉은電灯。
프른電灯。
나의가슴의 속모를곳의
프른電灯은 孤寂합니다。
붉은電灯은孤寂합니다。

半 달

가을아츰에

엇득한퍼스렷한 하늘아래서
灰色의집웅들은 번쩍어리며、
성깃한섭나무의 드믄수풀을
바람은 오다가다 울며맛날쌔、
보일낙말낙하는 멧골에서는
안개가 어스러히 흘너싸혀라。

아아 이는 찬비온 새벽이러라。
냇물도 닙새아래 어러붓누나。
눈물에쌔여 오는모든記憶은
피흘닌傷處조차 아직새롭은

가을아츰에

엇득한퍼스렷한 하늘아래서
灰色의집웅들은 번쩍어리며,
성긧한섭나무의 드믄수풀을
바람은 오다가다 울며맛날때,
보일낙말낙하는 멧골에서는
안개가 어스러히 흘너싸혀라。

아아 이는 찬비온 새벽이러라。
냇물도 닙새아래 어러붓누나。
눈물에쌔여 오는모든記憶은
피흘닌傷處조차 아직새롭은

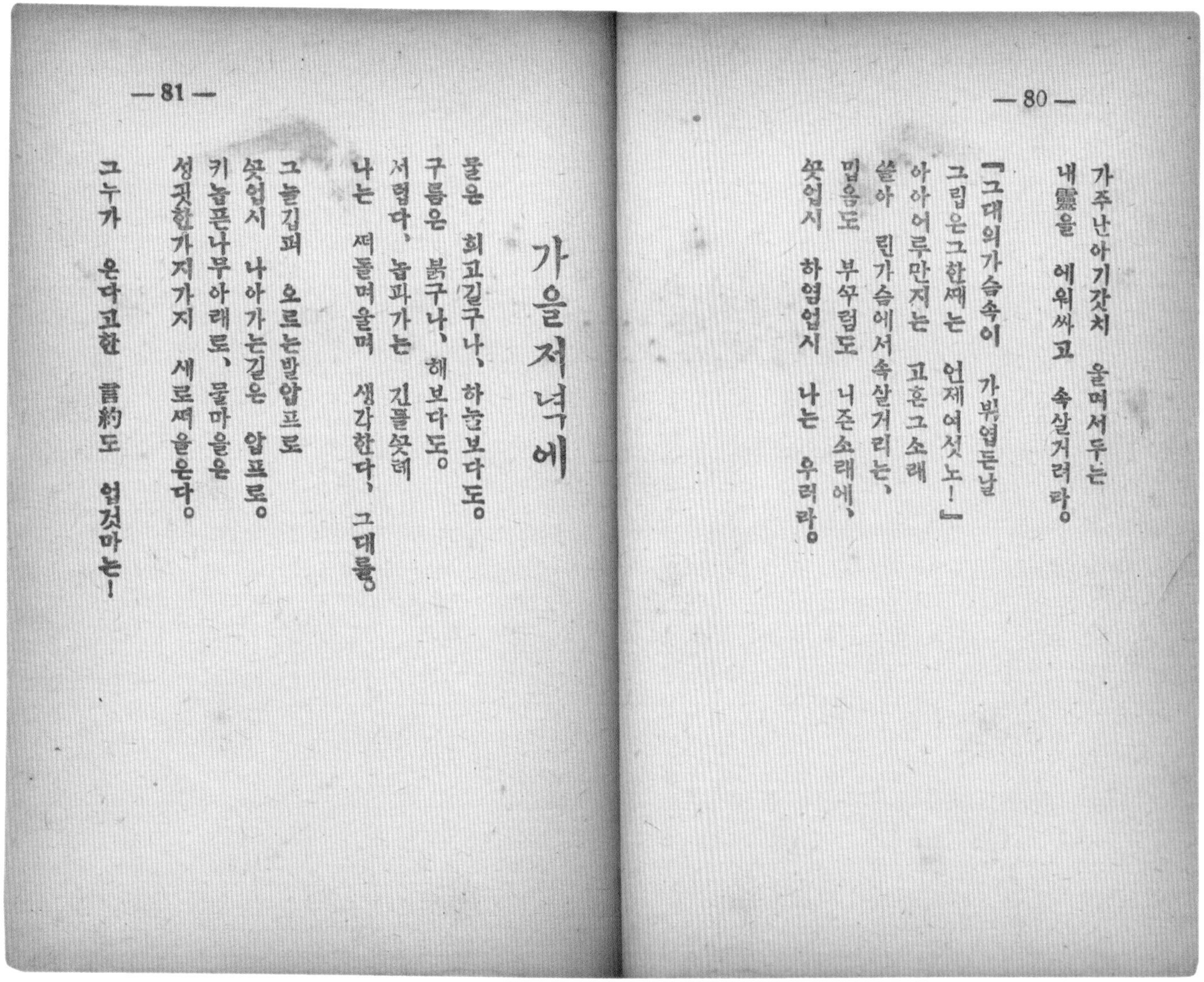

— 80 —

가주난아기갓치 울며서두는
내靈을 에워싸고 속살거려라。

『그대의가슴속이 가뷔엽든날
그립은그한때는 언제여섯노!』
아아어루만지는 고흔그소래
쓸아 린가슴에서속살거리는、
미움도 부쑤럽도 니즌소래에、
쏫업시 하염업시 나는 우러라。

— 81 —

가을저녁에

물은 희고길구나、하눌보다도。
구름은 붉구나、해보다도。
서럽다、놉파가는 긴들쯧테
나는 떠돌며울며 생각한다、그대를。

그늘깁퍼 오르는발압프로
쏫업시 나아가는길은 압프로。
키놉픈나무아래로、물마을은
성긋한가지가지 새로떼을은다。

그누가 온다고한 言約도 업것마는!

가주난아기갓치 울며서두는
내靈을 에워싸고 속살거려라。

『그대의가슴속이 가뷔엽든날
그립은그한때는 언제여섯노!』
아아어루만지는 고흔그소래
쓸아 린가슴에서속살거리는、
밉음도 부수럽도 니즌소래에、
씃업시 하염업시 나는 우러라。

가을저녁에

물은 희고길구나、하늘보다도。
구름은 붉구나、해보다도。
서럽다、놉파가는 긴들씃테
나는 써돌며울며 생각한다、그대를。

그늘깁퍼 오르는발압프로
씃업시 나아가는길은 압프로。
키놉픈나무아래로、물마을은
성긋한가지가지 새로써울은다。

그누가 온다고한 言約도 업것마는!

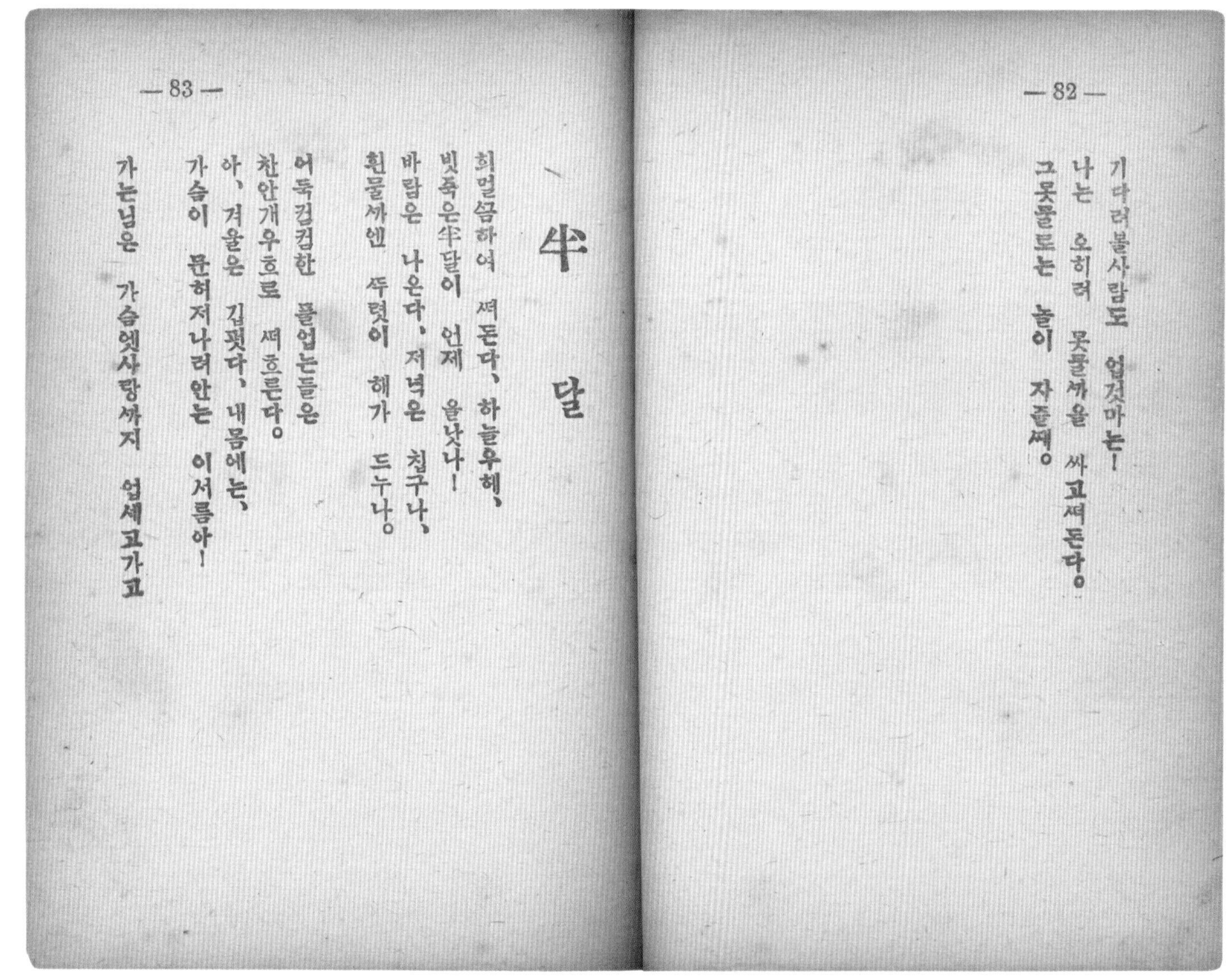

— 82 —

기다려볼사람도 업것마는!
나는 오히려 못물새을 싸고떠돈다。
그못물로는 놀이 자즐째。

— 83 —

半 달

희멀끔하여 떠돈다、하늘우헤、
빗죽은半달이 언제 올낫나!
바람은 나온다、저녁은 칩구나、
흰물새엔 뚜렷이 해가 드누나。

어둑컴컴한 풀업는들은
찬안개우흐로 떠흐른다。
아、겨울은 깁펏다、내몸에는、
가슴이 문허저나려안는 이서름아!

가는님은 가슴엣사랑까지 업세고가고

—82—

기다려볼사람도 업것마는!
나는 오히려 못물까을 싸고써돈다。
그못물로는 놀이 자즐때。

—83—

半 달

희멀끔하여 써돈다、하늘우헤、
빗죽은半달이 언제 올낫나!
바람은 나온다、저녁은 칩구나、
흰물까엔 뚜렷이 해가 드누나。

어둑컴컴한 풀업는들은
찬안개우흐로 써흐른다。
아、겨울은 깁펏다、내몸에는、
가슴이 무너저나려안는 이서름아!

가는님은 가슴엣사랑까지 업세고가고

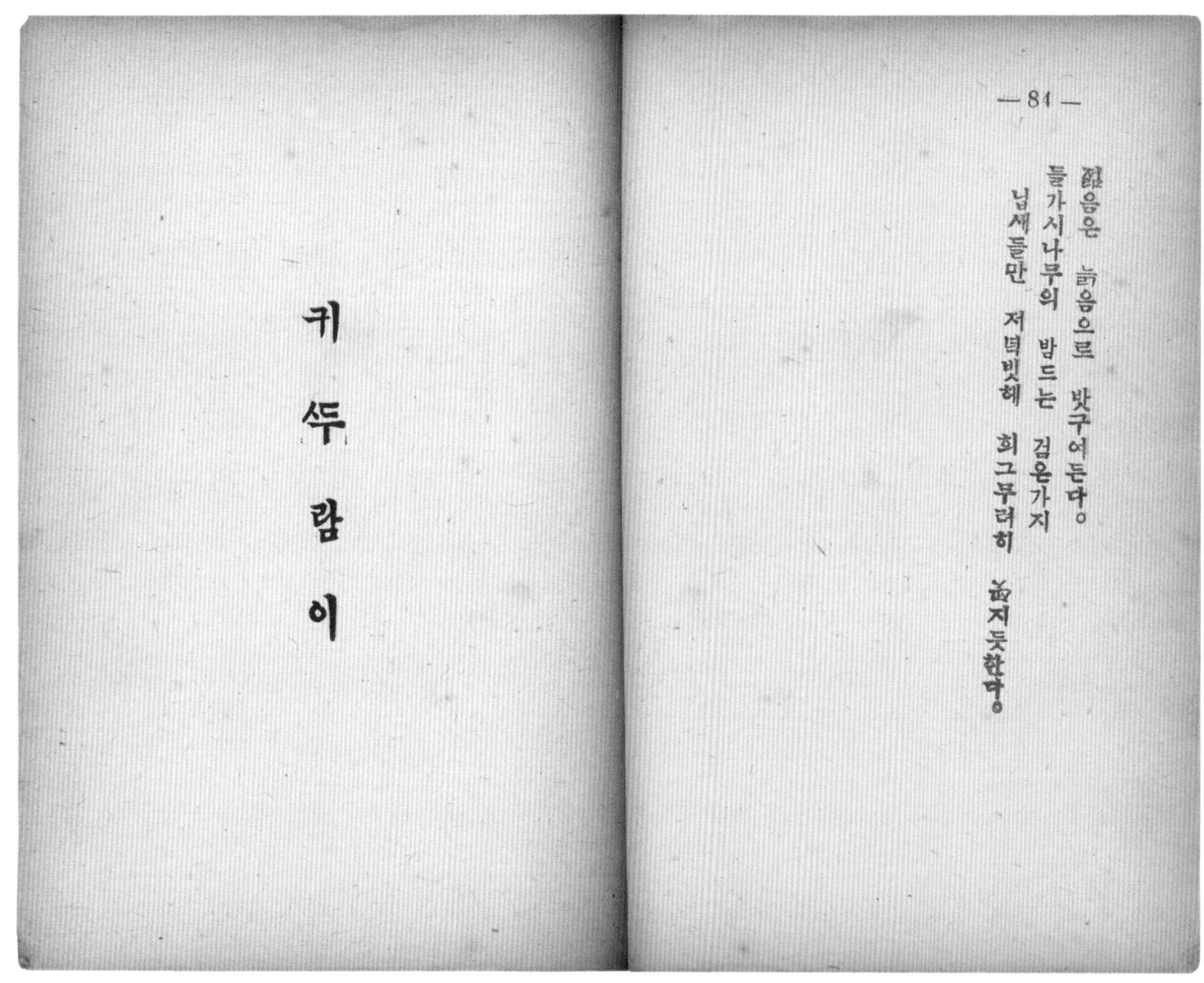

귀ᄯᅮ람이

졂음은 늙음으로 밧구여든다。
들가시나무의 밤드는 검은가지
닙새들만 저녁빗헤 희그무려히 ᄉᆞᆰ지듯한다。

졂음은 늙음으로 밧구여든다。
들가시나무의 밤드는 검은가지
닙새들만 저녁빗헤 희그무려히 꼿지듯한다。

귀뚜람이

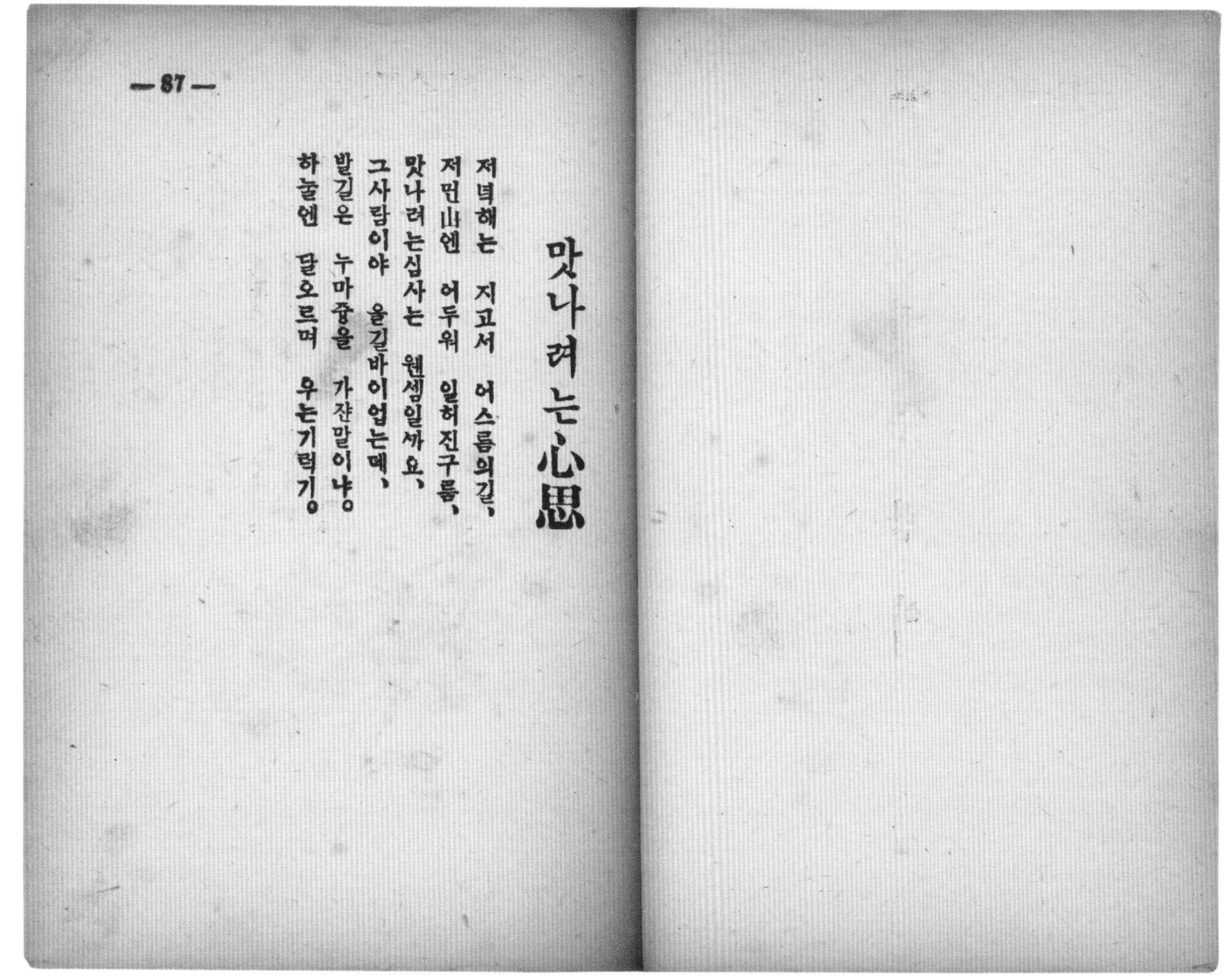

맛나려는心思

저녁해는 지고서 어스름의길,
저먼山엔 어두워 일허진구름,
맛나려는심사는 웬셈일싸요,
그사람이야 올길바이업는데,
발길은 누마중을 가쟌말이냥。
하눌엔 달오르며 우는기럭기。

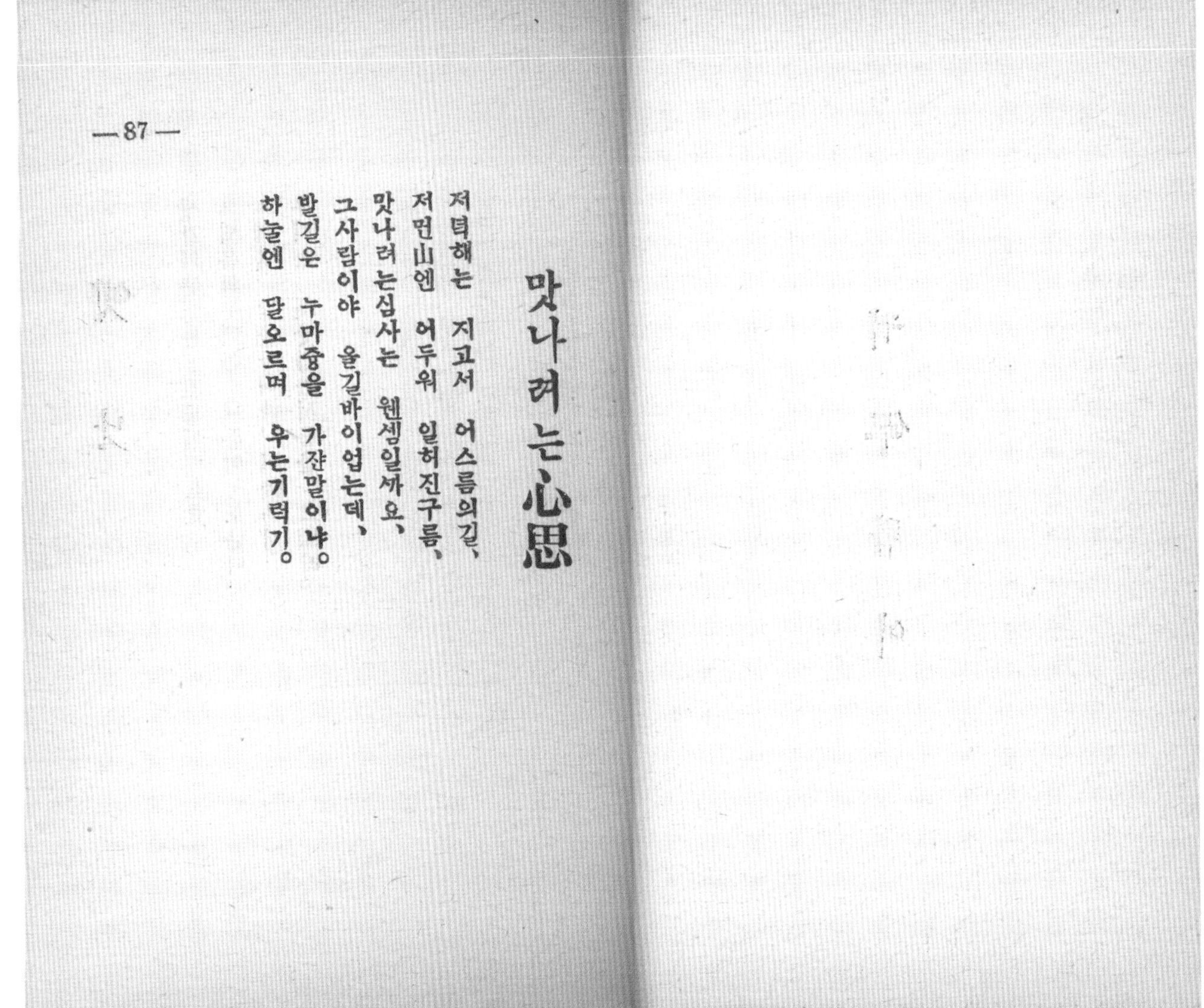

— 87 —

맛나려는心思

저녁해는 지고서 어스름의길,
저먼山엔 어두워 일허진구름,
맛나려는심사는 웬셈일쌔요,
그사람이야 올길바이업는데,
발길은 누마중을 가쟌말이냐。
하눌엔 달오르며 우는기럭기。

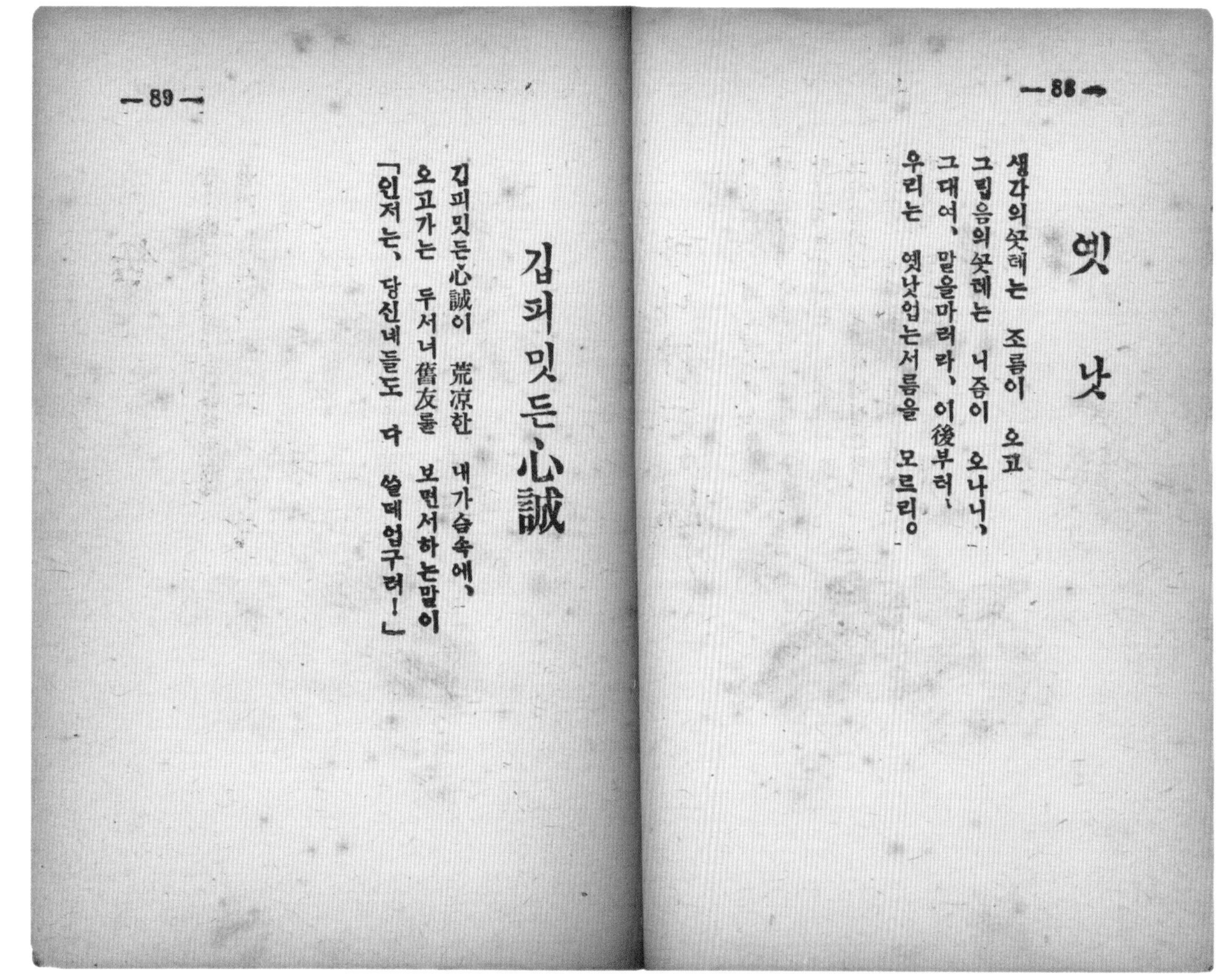

옛 낫

생각의끗테는 조름이 오고
그립음의끗테는 니즘이 오나니、
그대여、말을마러라、이後부터、
우리는 옛낫업는서름을 모르리。

깁피밋든心誠

깁피밋든心誠이 荒凉한 내가슴속에、
오고가는 두서너舊友를 보면서하는말이
「인저는、당신네들도 다 쓸데업구려!」

옛 낫

생각의끗테는 조름이 오고
그립음의끗테는 니즘이 오나니、
그대여、말을마러라、이後부터、
우리는 옛낫업는서름을 모르리。

깁피밋든心誠

깁피밋든心誠이 荒凉한 내가슴속에、
오고가는 두서너舊友들 보면서하는말이
「인저는、당신네들도 다 쓸데업구려!」

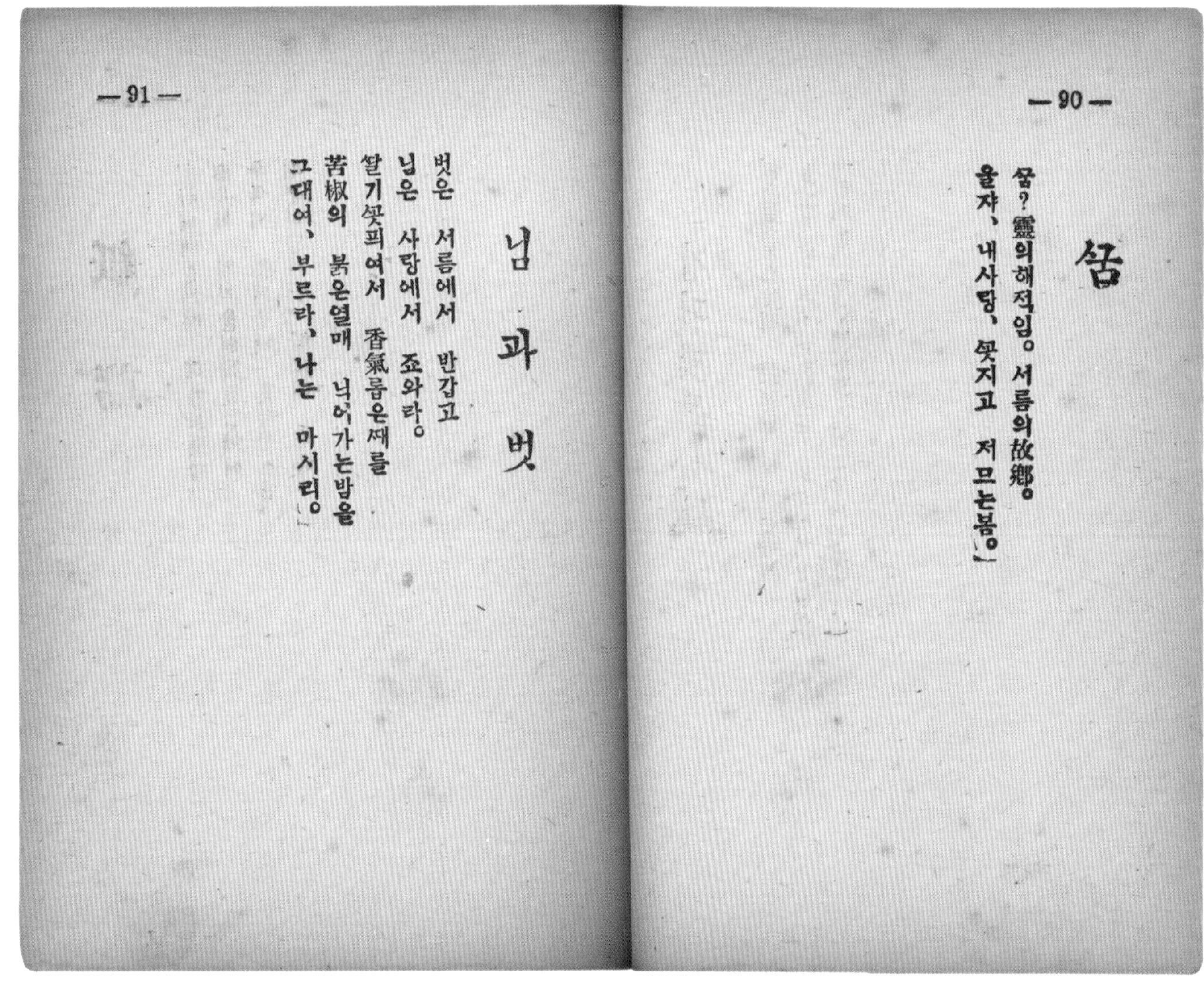

꿈

꿈? 靈의해적임。 서름의故鄕。
울자、 내사랑、 쏫지고 저므는봄。」

님과 벗

벗은 서름에서 반갑고
님은 사랑에서 죠와라。
딸기쏫픠여서 香氣롭은때를
苦椒의 붉은열매 닉어가는밤을
그대여、 부르라、 나는 마시리。」

꿈

꿈? 靈의해적임。 서름의故鄕。
울자、 내사랑、 꼿지고 저므는봄。

님과벗

벗은 서름에서 반갑고
님은 사랑에서 죠와라。
딸기꼿픠여서 香氣롭은때를
苦椒의 붉은열매 닉어가는밤을
그대여、 부르라、 나는 마시리。

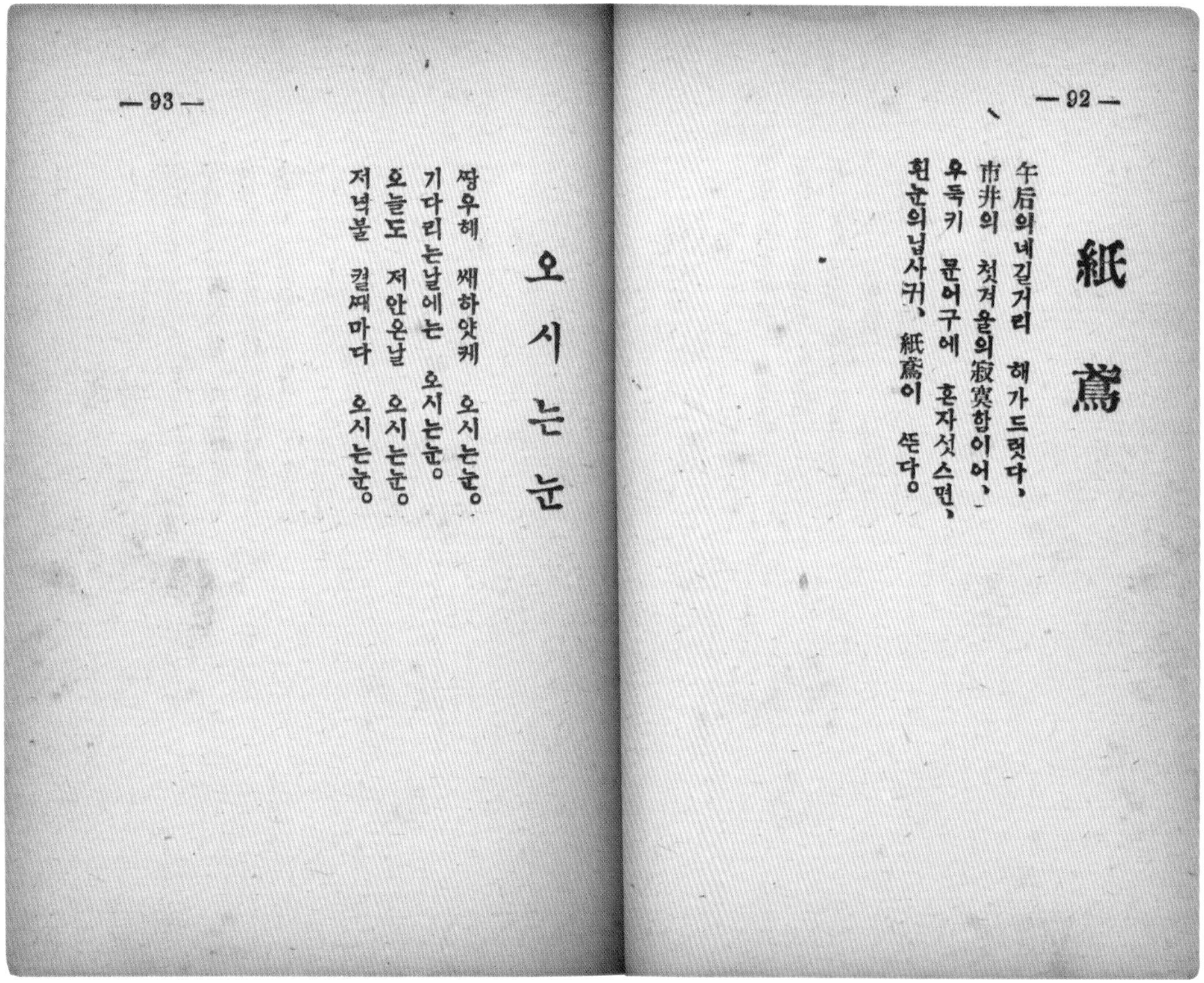

紙鳶

午后의네길거리 해가드럿다,
市井의 첫겨울의寂寞함이어,
우득키 문어구에 혼자섯스면,
흰눈의닙사귀, 紙鳶이 뜬다。

오시는눈

쌍우헤 쌔하얏케 오시는눈。
기다리는날에는 오시는눈。
오늘도 저안온날 오시는눈。
저녁불 켤쌔마다 오시는눈。

紙鳶

午后의네길거리 해가드렷다、
市井의 첫겨울의寂寞함이어、
우둑키 문어구에 혼자섯스면、
흰눈의닙사귀、紙鳶이 뜬다。

오시는눈

ᄯᅡᆼ우헤 쌔하얏케 오시는눈。
기다리는날에는 오시는눈。
오늘도 저안온날 오시는눈。
저녁불 켤때마다 오시는눈。

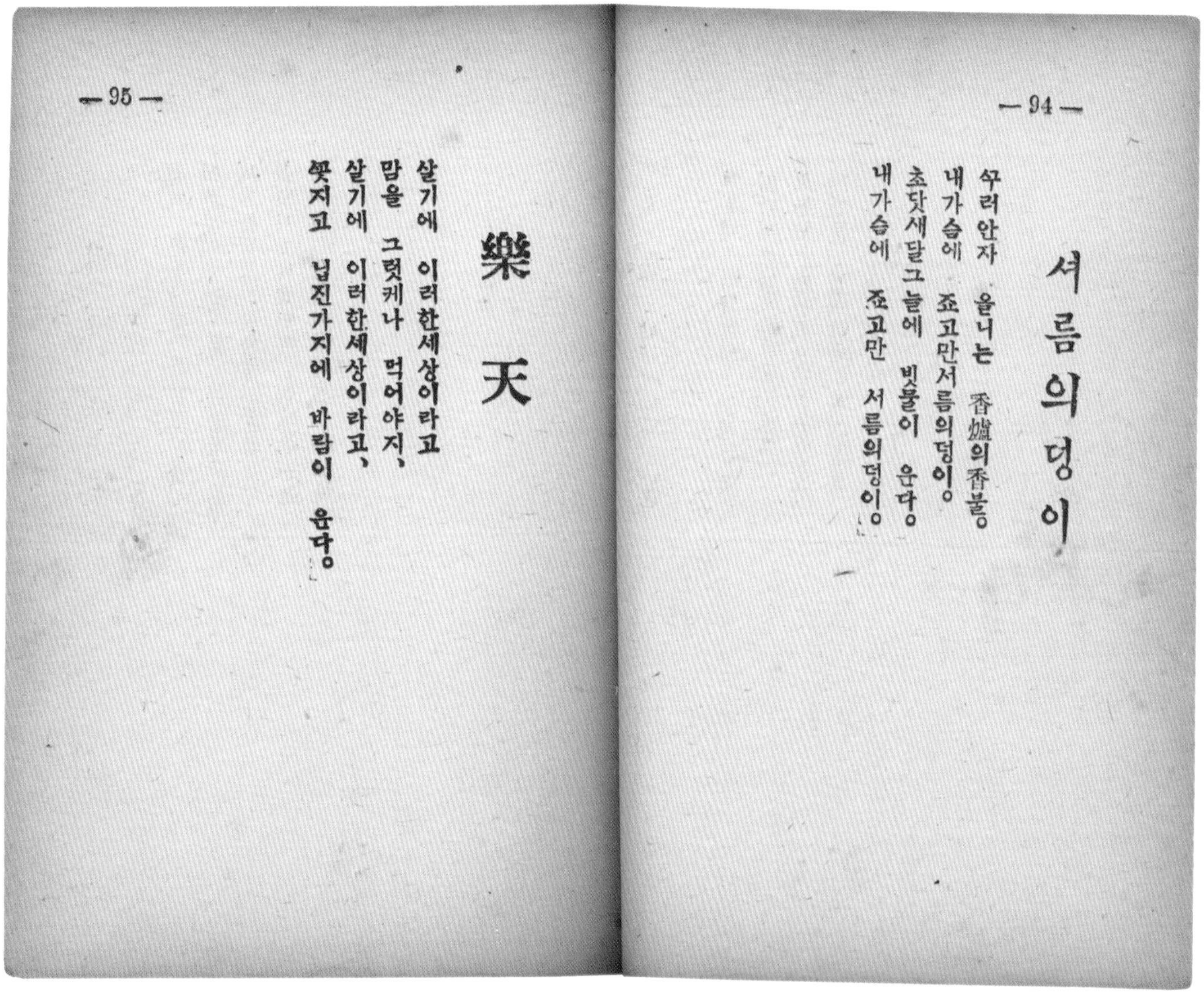

서름의덩이

꾸러안자 올니는 香爐의香불。
내가슴에 죠고만서름의덩이。
초닷새달그늘에 빗물이 운다。
내가슴에 죠고만 서름의덩이。

樂天

살기에 이러한세상이라고
맘을 그럿케나 먹어야지、
살기에 이러한세상이라고、
꼿지고 닙진가지에 바람이 운다。

서름의덩이

ᄭᅮ러안자 올니는 香爐의香불。
내가슴에 죠고만서름의덩이。
초닷새달그늘에 빗물이 운다。
내가슴에 죠고만 서름의덩이。

樂天

살기에 이러한세상이라고
맘을 그럿케나 먹어야지、
살기에 이러한세상이라고、
ᄭᅩᆺ지고 닙진가지에 바람이 운다。

바람과봄

봄에 부는바람, 바람부는봄,
적은가지흔들니는 부는봄바람,
내가슴흔들니는바람, 부는봄,
봄이라 바람이라 이내몸에는
꼿치라 술盞이라하며 우노라。

눈

새하얀흰눈, 가븨얍게밟을눈,
재갓타서 날닐듯꺼질듯한눈,
바람엔 흣터저도 불낄에야 녹을눈。
계집의마음。 님의마음。

— 96 —

바람과봄

봄에 부는바람、 바람부는봄、
적은가지흔들니는 부는봄바람、
내가슴흔들니는바람、 부는봄、
봄이라 바람이라 이내몸에는
쏫치라 술盞이라하며 우노라。

— 97 —

눈

새하얀흰눈、 가븨얍게밟을눈、
재갓타서 날닐듯써질듯한눈、
바람엔 흣터저도 불낄에야 녹을눈。
계집의마음。 님의마음。

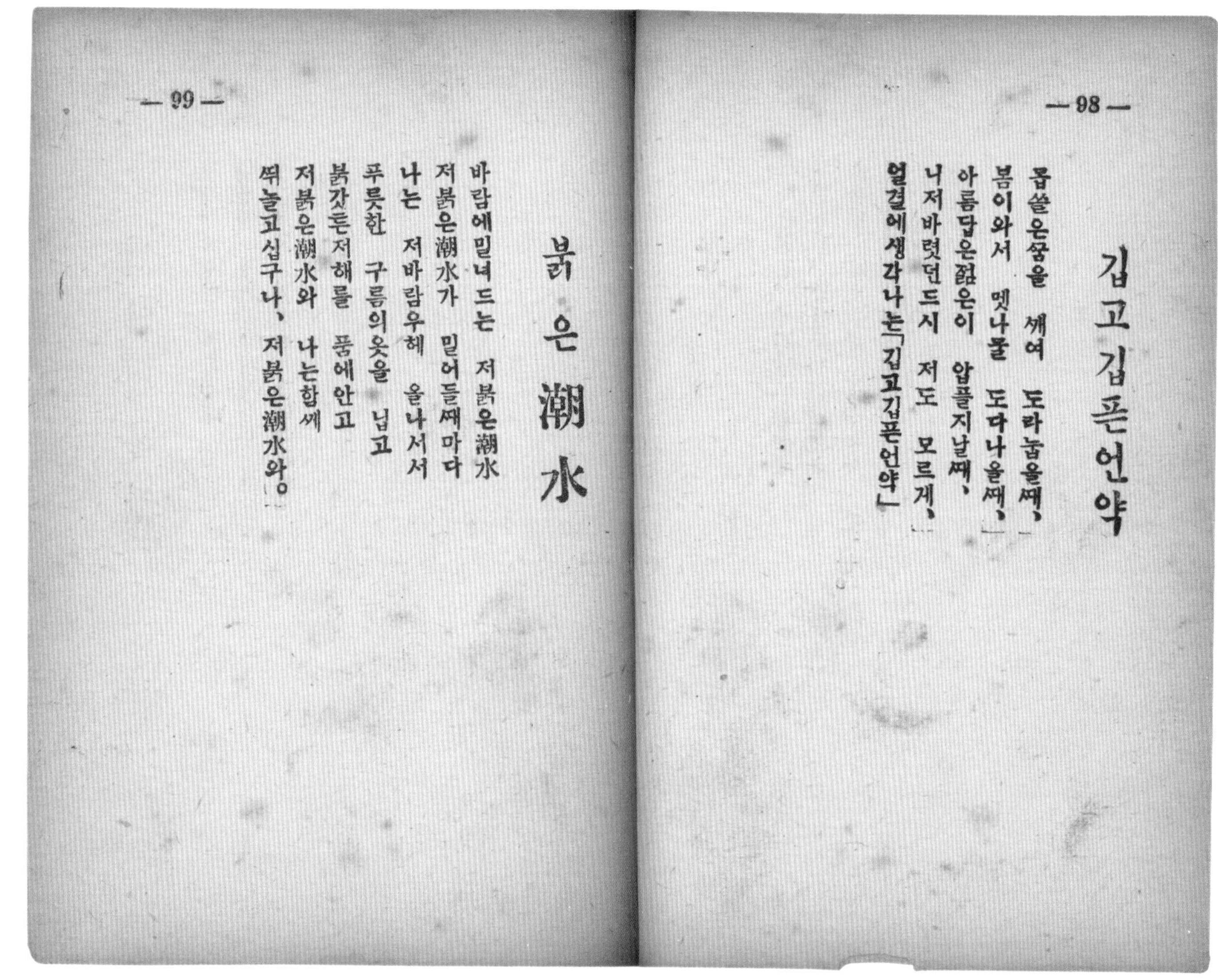

깁고깁픈언약

몹쓸은꿈을 깨여 도라눕을때,
봄이와서 멧나물 도다나올때,
아름답은젊은이 압플지날때,
니저바렷던드시 저도 모르게,
얼결에생각나는「깁고깁픈언약」

붉은潮水

바람에밀녀드는 저붉은潮水
저붉은潮水가 밀어들때마다
나는 저바람우헤 올나서서
푸릇한 구름의옷을 닙고
붉갓튼저해를 품에안고
저붉은潮水와 나는함께
뛰놀고십구나, 저붉은潮水와。

깁고깁픈언약

몹쓸은ᄭᅮᆷ을 ᄭᅢ여 도라눕을ᄯᅢ、
봄이와서 멧나물 도다나올ᄯᅢ、
아름답은젊은이 압플지날ᄯᅢ、
니저바렷던드시 저도 모르게、
얼결에생각나는「깁고깁픈언약」

붉은潮水

바람에밀녀드는 저붉은潮水
저붉은潮水가 밀어들ᄯᅢ마다
나는 저바람우헤 올나서서
푸릇한 구름의옷을 닙고
붉갓는저해를 품에안고
저붉은潮水와 나는합께
ᄯᅱ놀고십구나、저붉은潮水와。

남의나라ᄯᅡᆼ

도라다보이는 무쇠다리
얼결에 씌워건너서서
숨그르고 발놋는 남의나라ᄯᅡᆼ。

千里萬里

말니지못할만치 몸부림하며
마치千里萬里나 가고도십픈
맘이라고나 하여볼까。
한줄기쏜살갓치 버든이길로
줄곳 치다라 올나가면
불붓는山의、불붓는山의
煙氣는 한두줄기 피여올나라。

남의나라ᄯᅡᆼ

도라다보이는 무쇠다리
얼결에 씌워건너서서
숨그르고 발놋는 남의나라ᄯᅡᆼ。

千里萬里

말니지못할만치 몸부림하며
마치千里萬里나 가고도십픈
맘이라고나 하여볼까。
한줄기쏜살갓치 버든이길로
줄곳 치다라 올나가면
불붓는山의、불붓는山의
煙氣는 한두줄기 피여올나라。

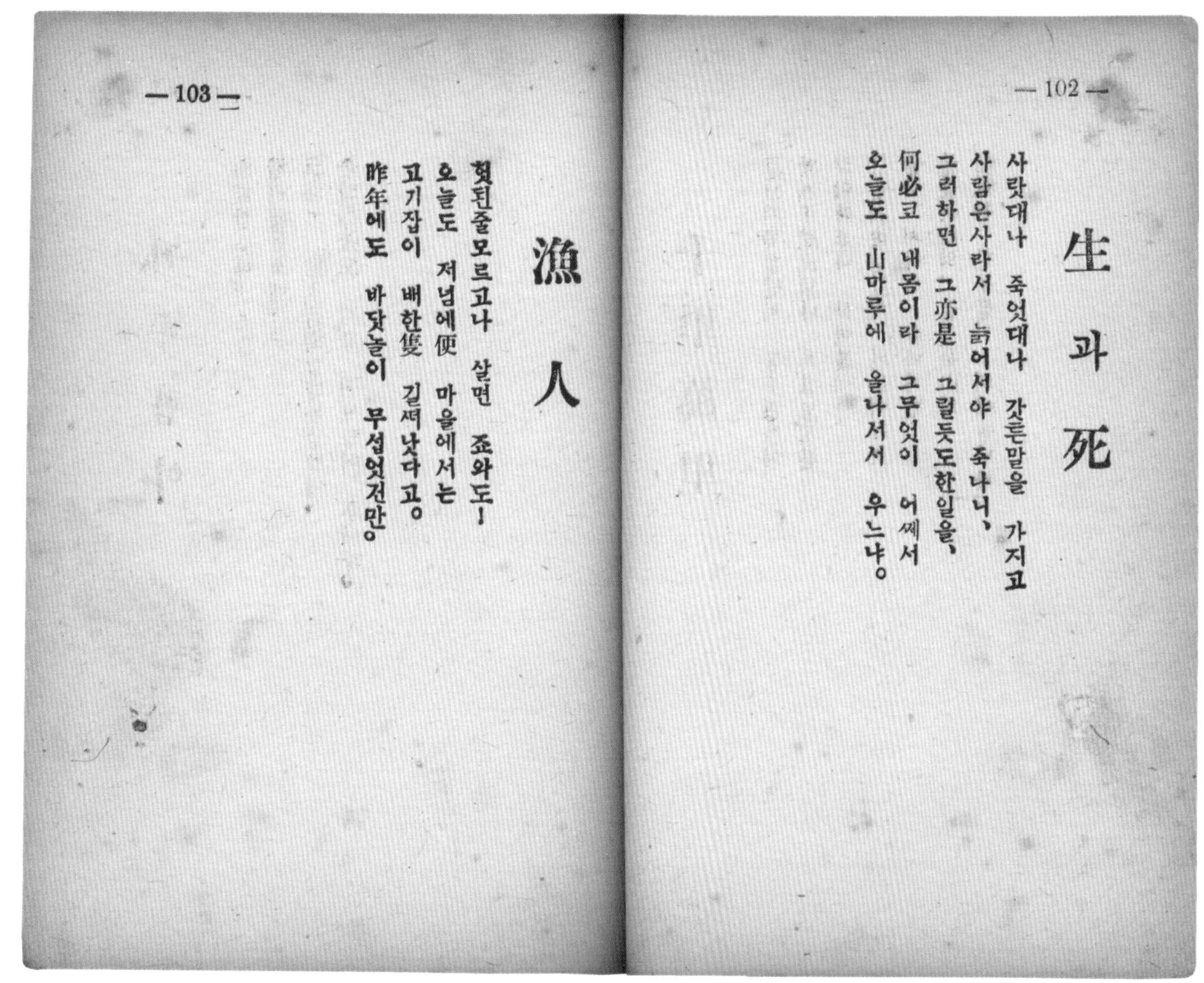

— 102 —

生과死

사랏대나 죽엇대나 갓튼말을 가지고
사람은사라서 늙어서야 죽나니,
그러하면 그亦是 그럴듯도한일을,
何必코 내몸이라 그무엇이 어쩨서
오늘도 山마루에 올나서서 우느냐。

— 103 —

漁人

헛된줄모르고나 살면 죠와도!
오늘도 저넉에便 마을에서는
고기잡이 배한隻 길떠낫다고。
昨年에도 바닷놀이 무섭엇건만。

生과死

사랏대나 죽엇대나 갓튼말을 가지고
사람은사라서 늙어서야 죽나니,
그러하면 그亦是 그럴듯도한일을,
何必코 내몸이라 그무엇이 어째서
오늘도 山마루에 올나서서 우느냐。

漁人

헛된줄모르고나 살면 죠와도!
오늘도 저넘에便 마을에서는
고기잡이 배한隻 길떠낫다고。
昨年에도 바닷놀이 무섭엇건만。

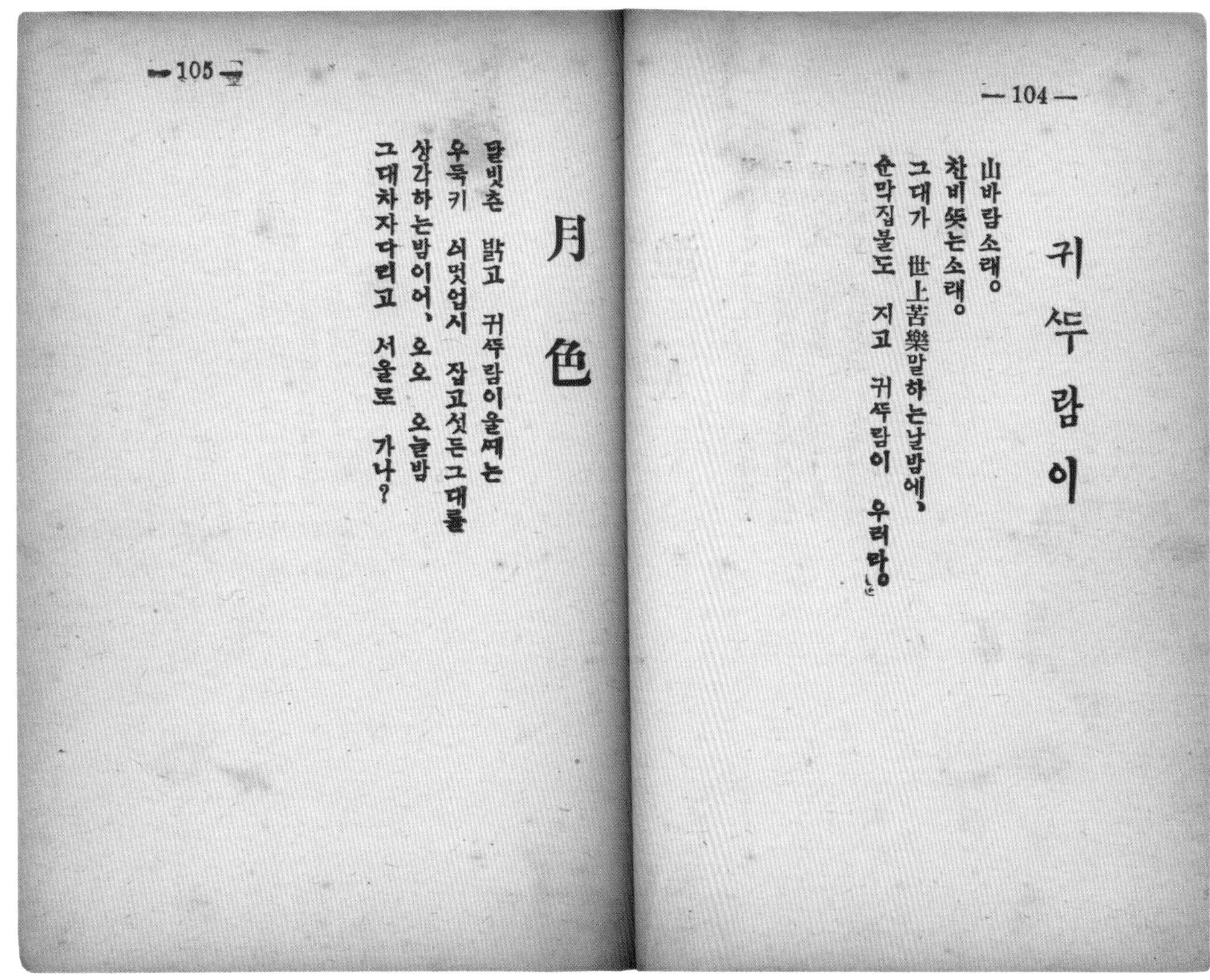

— 104 —

귀뚜람이

山바람소래。
찬비쏫는소래。
그대가 世上苦樂말하는날밤에,
순막집불도 지고 귀뚜람이 우러라。

— 105 —

月色

달빗츤 밝고 귀뚜람이울때는
우둑키 싀멋업시 잡고섯든그대를
생각하는밤이어, 오오 오늘밤
그대차자다리고 서울로 가나?

귀뚜람이

山바람소래。
찬비뜻는소래。
그대가 世上苦樂말하는날밤에、
순막집불도 지고 귀뚜람이 우러라。

月色

달빗츤 밝고 귀뚜람이울때는
우둑키 싀멋업시 잡고섯든그대를
생각하는밤이어、 오오 오늘밤
그대차자다리고 서울로 가나?

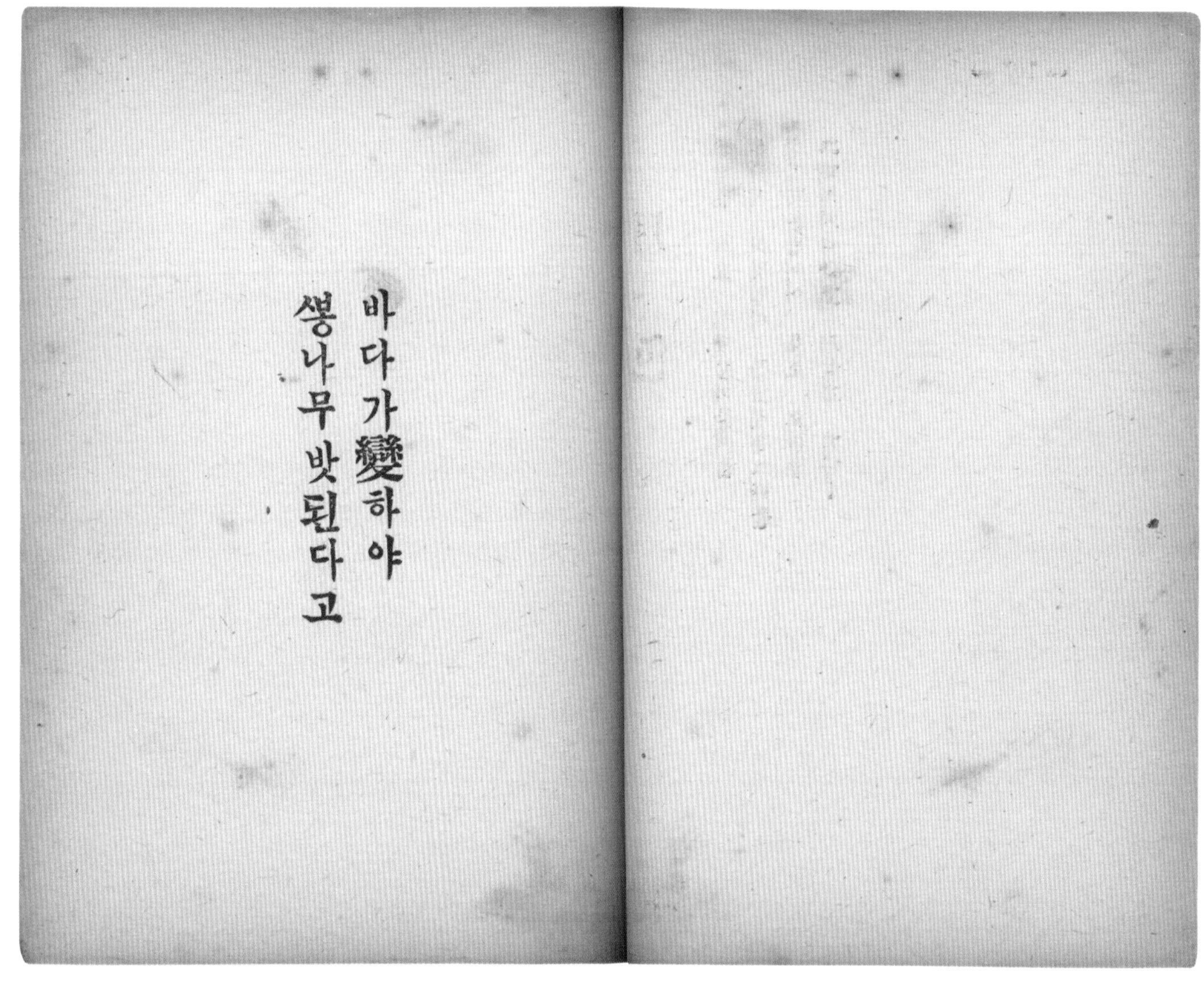

바다가變하야
뽕나무밧된다고

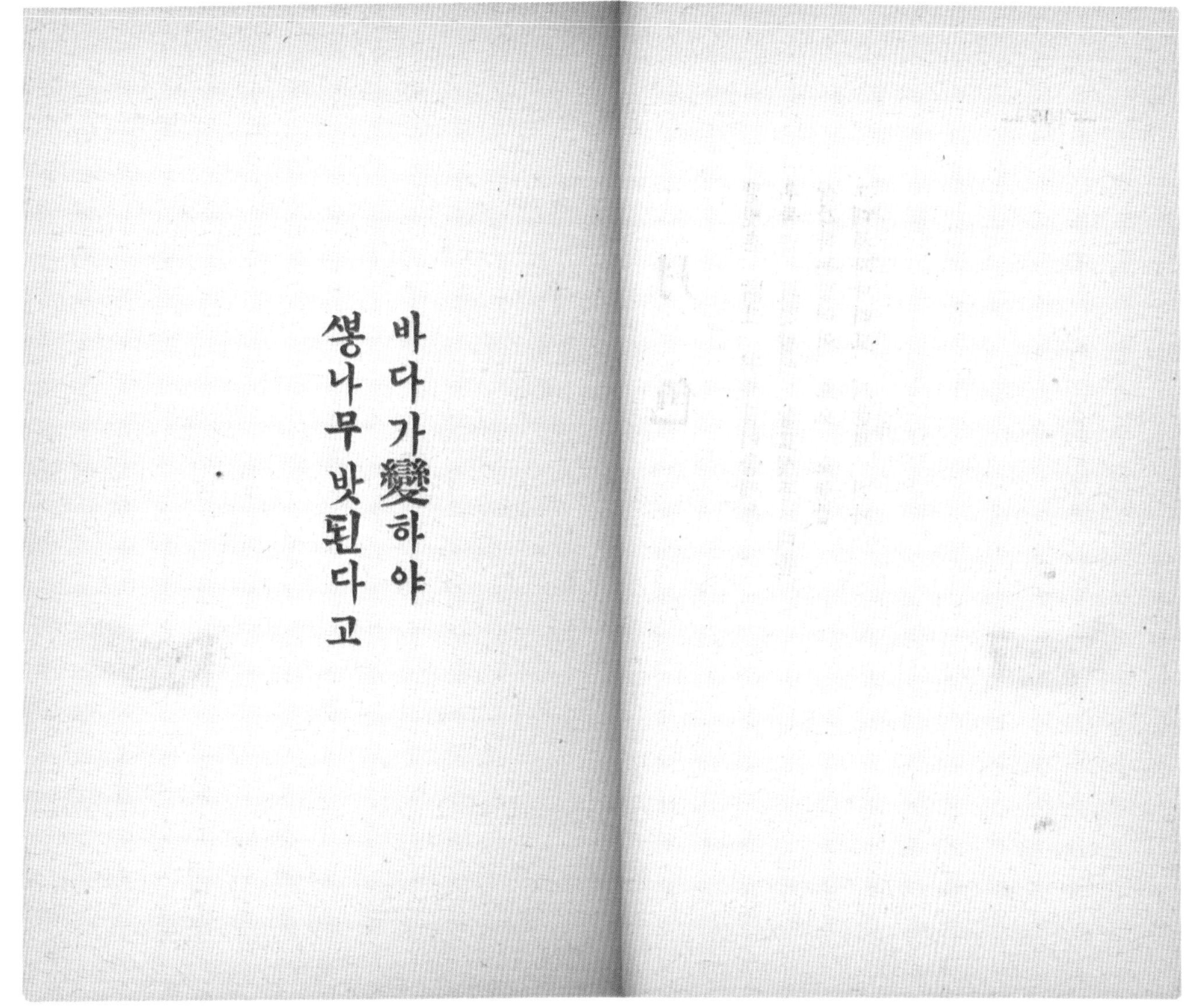
바다가變하야
뽕나무밧된다고

不運에우는그대여

不運에우는그대여、나는 아노라
무엇이 그대의不運을 지엇는지도、
부는바람에날녀、
밀물에흘너、
구더진그대의 가슴속도。
모다지나간 나의일이면。
다시금 또다시금
赤黃의泡沫은 북고여라、그대의가슴속의
暗靑의이기어、거츠른바위
치는물싸의。

— 109 —

不運에우는그대여

不運에우는그대여、나는 아노라
무엇이 그대의不運을 지엇는지도、
부는바람에날녀、
밀물에흘너、
구더진그대의 가슴속도。
모다지나간 나의일이면。
다시금 ᄯᅩ다시금
赤黃의泡沫은 북고여라、그대의가슴속의
暗靑의이기어、거츠른바위
치는물ᄭᆞ의。

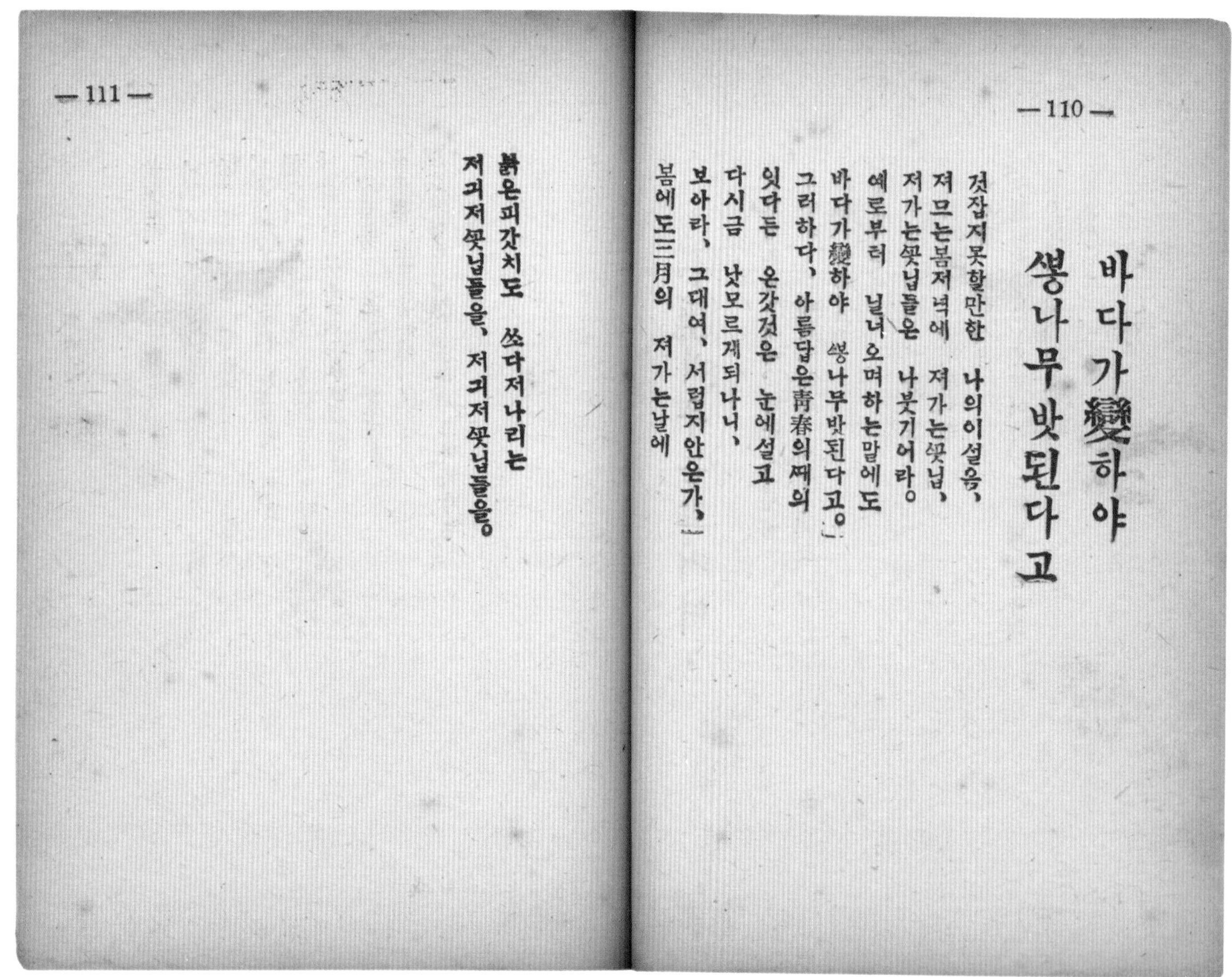

바다가變하야 뽕나무밧된다고

것잡지못할만한 나의이설음,
저므는봄저녁에 저가는꼿닙,
저가는꼿닙들은 나붓기어라。
예로부터 닐너오며하는말에도
「바다가變하야 뽕나무밧된다고。」
그러하다, 아름답은靑春의때의
잇다든 온갓것은 눈에설고
다시금 낫모르게되나니,
「보아라, 그대여, 서럽지안은가,」
봄에도三月의 저가는날에

붉은피갓치도 쏘다저나리는
저녁저꼿닙들을, 저녁저꼿닙들을。

바다가變하야 뽕나무밧된다고

것잡지못할만한 나의이설음、
져므는봄저녁에 져가는쏫닙、
저가는쏫닙들은 나붓기어라。
예로부터 닐너오며하는말에도
바다가變하야 뽕나무밧된다고。
그러하다、아름답은靑春의때의
잇다든 온갓것은 눈에설고
다시금 낫모르게되나니、
보아라、그대여、서럽지안은가。
봄에도三月의 져가는날에

붉은피갓치도 쏘다저나리는
저긔저쏫닙들을、저긔저쏫닙들을。

黃燭 불

黃燭불、 그저도섬앗케
스러저가는푸른窓을 기대고
소리조차업는 흰밤에、
나는혼자 거울에 얼골을 묫고
뜻업시 생각업시 드려다보노랑。
나는 니르노니、『우리사람들
첫날밤은 꿈속으로 보내고
죽음은 조는동안에 와서、
別죠흔일도업시 스러지고마러라』。

맘에잇는말이라고 다할까보냐

하소연하며 한숨을지우며
세상을괴롭어하는 사람들이어!
말을납부지안토록 죠히꿈임은
다라진이세상의 버릇이라고、오오 그대들!
맘에잇는말이라고 다할쌔보냐。
두세番 생각하라、爲先그것이
저부터 밋지고드러가는 장사일진댕。
사는法이 근심은 못갈은다고、
남의설음을 남은 몰나라。
말마라、세상、세상사람은

黃燭 불

黃燭불、 그저도깜앗케
스러저가는푸른窓을 기대고
소리조차업는 흰밤에、
나는혼자 거울에 얼골을 뭇고
끗업시 생각업시 드려다보노라。
나는 니르노니、『우리사람들
첫날밤은 꿈속으로 보내고
죽음은 조는동안에 와서、
別죠흔일도업시 스러지고마려라』。

맘에잇는말이라고 다할까보냐

하소연하며 한숨을지우며
세상을괴롭어하는 사람들이어!
말을납부지안토록 죠히꿈임은
다라진이세상의 버릇이라고、오오 그대들!
맘에잇는말이라고 다할까보냐。
두세番 생각하라、爲先그것이
저부터 밋지고드러가는 장사일진댄。
사는法이 근심은 못갈은다고、
남의설음을 남은 몰나라。
말마라、세상、세상사람은

세상에 죠흔이름죠흔말로서
한사람을 속옷마자 벗긴뒤에는
그를 네길거리에 세워노하라, 장승도 마치한가지。
이무슴일이냐, 그날로부터,
세상사람들은 제각금 제脾胃의 헐한갑스로
그의몸갑을 매마쟈고 덤벼들어라。
오오 그러면, 그대들은이후에라도
하눌을 우러르라, 그저혼자, 설써나피롭거나。

훗 길

어버이님네들이 외오는말이
『딸과아들을 기르기는
훗길을보쟈는 心誠이로라。』
그러하다, 分明히 그네들도
두어버이틈에서 생겻서라。
그러나 그무엇이냐, 우리사람!
손드러 가르치든 먼훗날에
그네들이 또다시 자라커서
한길갓치 외오는말이
『훗길을두고가쟈는 心誠으로
아들딸을 늙도록 기르노라。』

— 114 —

세상에　죠흔이름죠흔말로서
한사람을　속옷마자　벗긴뒤에는
그를　네길거리에　세워노하라、쟝승도　마치한가지。
이무슴일이냐、그날로부터、
세상사람들은　제각금　제脾胃의　헐한갑스로
그의몸갑을　매마쟈고　덤벼들어라。
오오그러면、그대들은이후에라도
하늘을　우러르라、그저혼자、섧써나피롭거나。

— 115 —

훗　길

어버이님네들이　외오는말이
『ᄯᅡᆯ파아들을　기르기는
훗길을보쟈는　心誠이로라。』
그러하다、分明히　그네들도
두어버이름에서　생겻서라。
그러나　그무엇이냐、우리사람!
손드려　가르치든　먼훗날에
그네들이　또다시　자라커서
한길갓치　외오는말이
『훗길을두고가쟈는　心誠으로
아들ᄯᅡᆯ을　늙도록　기르노라。』

夫婦

오오 안해여、나의사랑!
하눌이 무어준짝이라고
밋고사름이 맛당치안이한가。
아직다시그러랴、안그러랴?
이상하고 별납은사람의맘、
저몰나라、참인지、거즛인지?
情分으로얼근 션두몸이라면。
서로 어그점인들 쏘잇스랴。
限平生이라도半百年
못사는이人生에!
緣分의진실이 그무엇이랴?

나는 말하려노라、아무려나、
죽어서도 한곳에 무치더랑。

夫婦

오오 안해여、나의사랑!
하늘이 무어준짝이라고
밋고사름이 맛당치안이한가。
아직다시그러랴、안그러랴?
이상하고 별납은사람의맘、
저몰나라、참인지、거줏인지?
情分으로얼근 션두몸이라면。
서로 어그점인들 쏘잇스랴。
限平生이라도半百年
못사는이人生에!
緣分의진실이 그무엇이랴?

나는 말하려노라、아무러나、
죽어서도 한곳에 무치더라。

나 의 집

들까에떠러저 나가안즌메끼슭의
넓은바다의물까뒤에、
나는지으리、나의집을、
다시금 큰길을 압페다 두고。
길로지나가는 그사람들은
제각금 떠러저서 혼자가는길。
하이한여울턱에 날은점을때。
나는 門깐에 섯서 기다리리
새벽새가 울며지새는그늘로
세상은희게、또는 고요하게、
번쩍이며 오는아츰부터、

지나가는길손을 눈여겨보며、
그대인가고、그대인가고。

나의집

들까에떠러저 나가안즌메세슭의
넓은바다의물까뒤에、
나는지으리、나의집을、
다시금 큰길을 압페다 두고。
길로지나가는 그사람들은
제각금 떠러저서 혼자가는길。
하이한여울턱에 날은점을때。
나는 門깐에 섯서 기다리리
새벽새가 울며지새는그늘로
세상은희게、또는 고요하게、
번쩍이며 오는아츰부터、

지나가는길손을 눈틔여보며、
그대인가고、그대인가고。

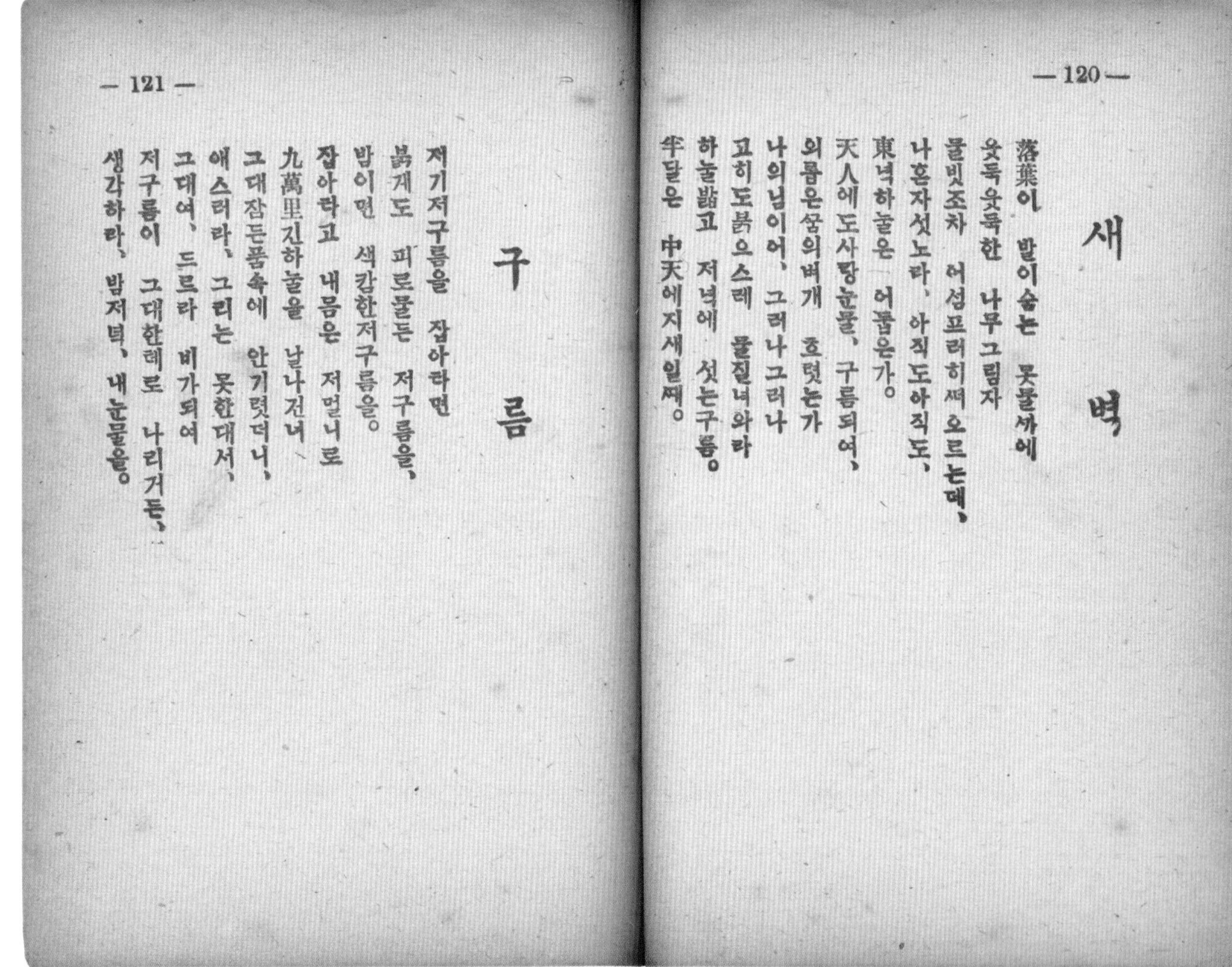

— 120 —

새 벽

落葉이 발이숨는 못물싸에
웃둑웃둑한 나무그림자
물빗조차 어섬프러히써오르는데,
나혼자섯노라, 아직도아직도,
東녁하눌은 어둡은가。
天人에도사랑눈물, 구름되여,
외롭은꿈의벼개 흐렷는가
나의님이어, 그러나그러나
고히도붉으스레 물질녀와라
하눌밟고 저녁에 섯는구름。
半달은 中天에지새일때。

— 121 —

구 름

저기저구름을 잡아타면
붉게도 피로물든 저구름을,
밤이면 색캄한저구름을。
잡아타고 내몸은 저멀니로
九萬里긴하눌을 날나건너
그대잠든품속에 안기렷더니,
애스러라, 그리는 못한대서,
그대여, 드르라 비가되여
저구름이 그대한테로 나리거든,
생각하라, 밤저녁, 내눈물을。

새 벽

落葉이 발이숨는 못물싸에
웃둑웃둑한 나무그림자
물빗조차 어섬프러히 써오르는데、
나혼자섯노라、아직도아직도、
東녁하눌은 어둡은가。
天人에도사랑눈물、구름되여、
외롭은삶의벼개 흐렷는가
나의님이어、그러나그러나
고히도붉으스레 물질녀와라
하눌밟고 저녁에 섯는구름。
半달은 中天에지새일때。

구 름

저기저구름을 잡아타면
붉게도 피로물든 저구름을、
밤이면 색캄한저구름을。
잡아타고 내몸은 저멀니로
九萬里긴하눌을 날나건너
그대잠든품속에 안기렷더니、
애스러라、그리는 못한대서、
그대여、드르라 비가되여
저구름이 그대한테로 나리거든、
생각하라、밤저녁、내눈물을。

녀름의달밤 外二篇

녀름의달밤
外二篇

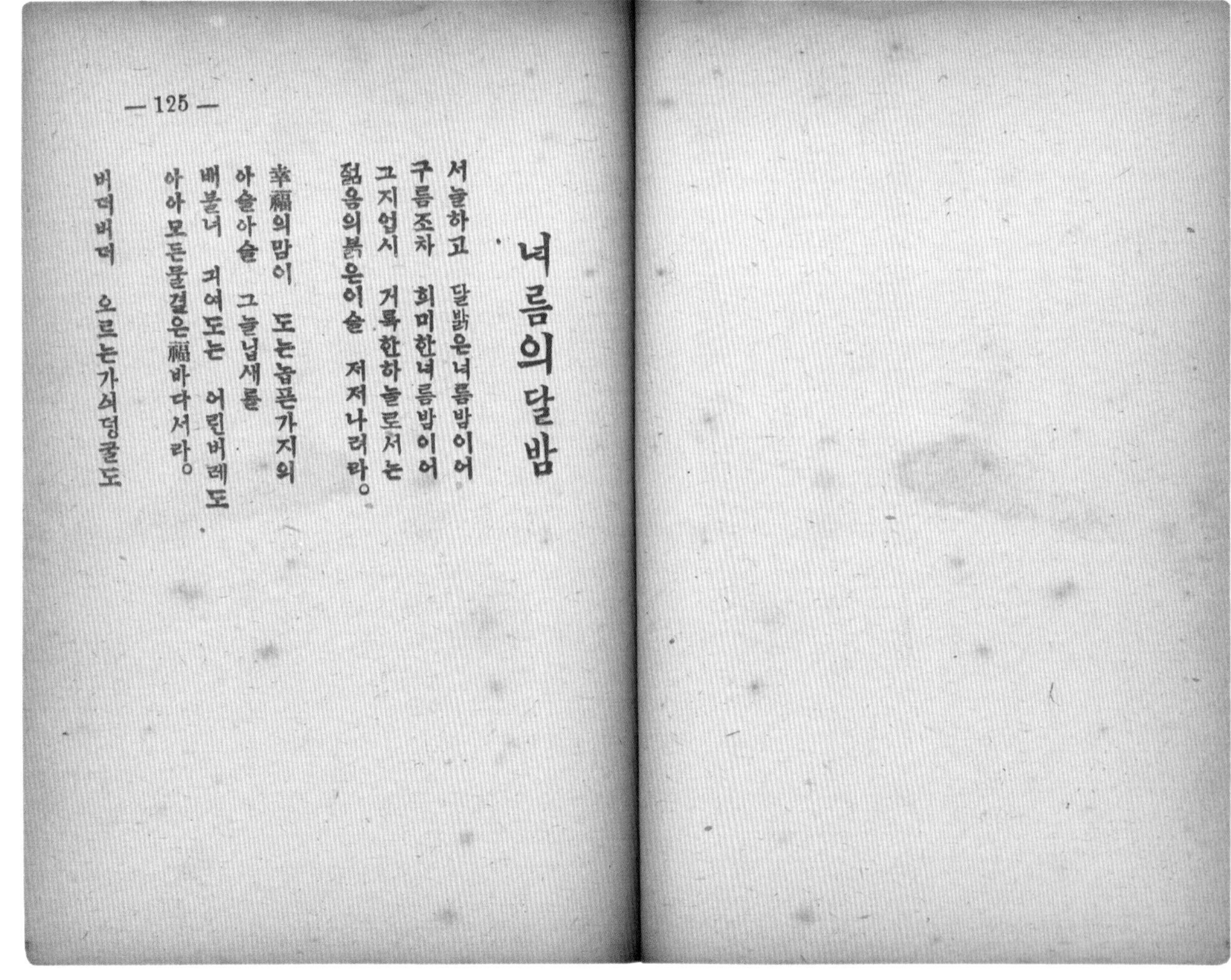

— 125 —

녀름의달밤

서늘하고 달밝은녀름밤이어
구름조차 희미한녀름밤이어
그지업시 거룩한하눌로서는
젊음의붉은이슬 저저나려라。

幸福의맘이 도는높픈가지의
아슬아슬 그늘닙새를
배불너 긔여도는 어린버레도
아아모든물결은福바다서라。

버더버더 오르는가시덩굴도

녀름의 달밤

서늘하고 달밝은녀름밤이어
구름조차 희미한녀름밤이어
그지업시 거룩한하늘로서는
젊음의붉은이슬 저저나려라。

幸福의맘이 도는놉픈가지의
아슬아슬 그늘닙새를
배불녀 귀여도는 어린버레도
아아 모든물결은福바다서라。

버더버더 오르는가싀덩굴도

稀微하게흐르는 푸른달빗치
기름가튼煙氣에 멱감을너라。
아아 너무죠와서 잠못드러라。

우굿한풀대들은 춤을추면서
갈닙들은 그윽한노래부를째。
오오 내려흔드는 달빗가운데
나타나는永遠을 말로새여라。

자라는 물베이삭 벌에서 불고
마을로 銀숫드시 오는바람은
눅잣추는香氣를 두고가는데
人家들은 잠드러 고요하여라。

하로終日 일하신아기아바지
農夫들도 便安히 잠드러서라。
녕시슭의 어득한그늘속에선
쇠서랑파호믜쌘 빗치픠여라。

이윽고 식새리의 우는소래는
밤이 드러가면서 더욱자즐째
나락밧가운데의 움물싸에는
農女의그림자가 아직잇서라。

달빗츤 그무리며 넓은宇宙에
일허젓다나오는 푸른별이요。
식새리의 울음의넘는曲調요。
아아 깁븜가득한 녀름밤이어。

稀微하게흐르는 푸른달빗치
기름가튼煙氣에 멕감을너라。
아아 너무죠와서 잠못드러라。

우긋한풀대들은 춤을추면서
갈닙들은 그윽한노래부를ᄶᅢ。
오오 내려흔드는 달빗가운데
나타나는永遠을 말로색여라。

자라는 물베이삭 벌에서 불고
마을로 銀숫드시 오는바람은
눅잣추는香氣를 두고가는데
人家들은 잠드러 고요하여라。

하로終日 일하신아기아바지
農夫들도 便安히 잠드러서라。
녕시슭의 어득한그늘속에선
쇠싀랑파호믜ᄲᅮᆫ 빗치픠여라。

이윽고 식새리의 우는소래는
밤이 드러가면서 더욱자즐ᄶᅢ
나락밧가운데의 움ᄲᅮᆯ새에는
農女의그림자가 아직잇서라。

달빗츤 그무리며 넓은宇宙에
일허젓다나오는 푸른별이요。
식새리의 울음의넘는曲調요。
아아 깁븜가득한 녀름밤이어。

삼간집에 불붓는젊은목숨의
情熱에목매치는 우리靑春은
서느럽은너름밤 닙새아래의
희미한달빗속에 나붓기어라。

한째의자랑만흔 우리들이어
農村에서 지나는너름보다도
너름의달밤보다 더죠흔것이
人間에 이세상에 다시잇스랴。

죠고만괴롭음도 내여바리고
고요한가운데서 귀기우리며
흰달의금물결에 櫓를저어라
푸른밤의하눌로 목을노하라。

아아 讚揚하여라 죠흔한째를
흘너가는목숨을 만흔幸福을。
너름의어스러 한달밤속에서
꿈갓튼 즐겁음의눈물 흘너라。

삽간집에 불붓는젊은목숨의
情熱에목매치는 우리靑春은
서느럽은녀름밤 닙새아래의
희미한달빗속에 나붓기어라。

한때의자랑만흔 우리들이어
農村에서 지나는녀름보다도
녀름의달밤보다 더죠흔것이
人間에 이세상에 다시잇스랴。

죠고만괴롭음도 내여바리고
고요한가운데서 귀기우리며
흰달의금물결에 櫓를저어라
푸른밤의하눌로 목을노하라。

아아 讚揚하여라 죠흔한때를
흘너가는목숨을 만흔幸福을。
녀름의어스러 한달밤속에서
꿈갓튼 즐겁음의눈물 흘너라。

오는 봄

봄날이 오리라고 생각하면서
쓸쓸한긴겨울을 지나보내라。
오늘보니 白楊의버든가지에
前에업시 흰새가 안자우러라。

그러나 눈이쌀닌 두던밋헤는
그늘이냐 안개냐 아즈랑이냐。
마을들은 곳곳이 움직임업시
저便하눌아레서 平和롭건만。

새들게 짓거리는쌔치의무리。

바다을바라보며 우는가마귀。
어듸로서 오는지 종경소래는
졂은아기 나가는吊曲일너라。

보라 때에길손도 머뭇거리며
지향업시 갈발이 곳을몰나라。
사뭇치는눈물은 씃치업서도
하눌을쳐다보는 살음의깁븜。

저마다 외롭음의깁픈근심이
오도가도못하는 망상거림에.
오늘은 사람마다 님을여이고
곳을 잡지못하는 서롬일너라。

오기를기다리는 봄의소래는

오는 봄

봄날이오리라고 생각하면서
쓸쓸한긴겨울을 지나보내라。
오늘보니 白楊의버든가지에
前에업시 흰새가 안자우러라。

그러나 눈이깔닌 두던밋테는
그늘이냐 안개냐 아즈랑이냐。
마을들은 곳곳이 움직임업시
저便하눌아래서 平和롭건만。

새들게 짓거리는까치의무리。

바다을바라보며 우는가마귀。
어듸로서 오는지 종경소래는
젊은아기 나가는吊曲일너라。
보라 때에길손도 머뭇거리며
지향업시 갈발이 꼿을몰나라。
사뭇치는눈물은 끗티업서도
하눌을쳐다보는 살음의깁븜。

저마다 외롭음의깁픈근심이
오도가도못하는 망상거림에
오늘은 사람마다 님을여이고
꼿을 잡지못하는 서름일너라。

오기를기다리는 봄의소래는

째로 여윈손꼿들 올닐지라도
수풀밋테 서리운머리셜들은
거름거름 피로히 발에감겨라。

물 마 름

주으린새무리는 마른나무의
해지는가지에서 재갈이든째。
온종일 흐르든물 그도困하여
놀지는골짝이에 목이메든째。

그누가 아랏스랴 한쪽구름도
걸녀서 흐득이는 외롭은嶺을
숨차게 올나서는 여윈길손이
달고쓴맛이라면 다격근줄을。

그곳이 어듸드냐 南怡將軍이

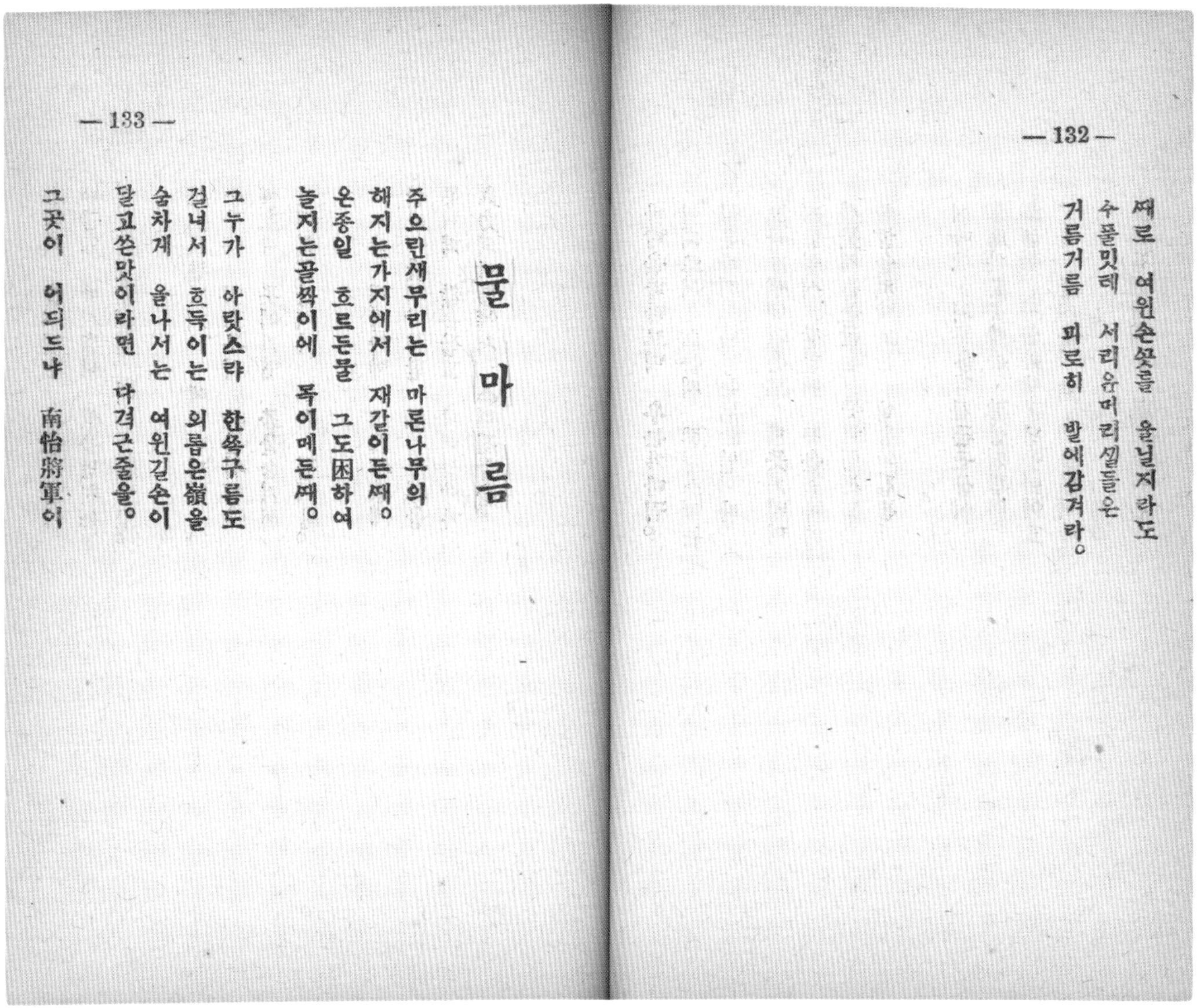

째로 여윈손쯧를 올닐지라도
수풀밋테 서리운머리셸들은
거름거름 피로히 발에감겨라。

물 마 름

주으린새무리는 마른나무의
해지는가지에서 재갈이든째。
온종일 흐르든물 그도困하여
놀지는골짝이에 목이메든째。

그누가 아랏스랴 한쪽구름도
걸녀서 흐득이는 외롭은嶺을
숨차게 올나서는 여윈길손이
달고쓴맛이라면 다격근줄을。

그곳이 어듸드냐 南怡將軍이

말먹여 물씨엇든 푸른江물이
지금에 다시흘녀 쏙을넘치는
千百里豆滿江이 예서 百十里。

茂山의큰고개가 예가아니냐
누구나 네로부터 義를위하야
싸호다 못이기면 몸을숨겨서
한쌔의못난이가 되는 법이라。

그누가 생각하랴 三百年來에
참아, 밧지다못할 恨과侮辱을
못니겨 칼을잡고 니러섯다가
人力의다함에서 스러진줄을。

부러진대쪽으로 활을메우고
녹쓸은호믜쇠로 칼을별녀서
茶毒된三千里에 북을울니며
正義의旗를들든 그사람이어。

그누가 記憶하랴 茶北洞에서
피물든 옷을닙고 웨치든일을
定州城하로밤의 지는달빗헤
애끈친 그가슴이 숫기된줄을。

물우의 뜬마름에 아츰이슬을
불붓는山마루에 픠엿든쏫츨
지금에 우러르며 나는 우노라
일우며 못일움에 薄한이름을。

맘먹여 물씨엇든 푸른江물이
지금에 다시흘녀 뚝을넘치는
千百里豆滿江이 예서 百十里。

茂山의큰고개가 예가아니냐
누구나 네로부터 義를위하야
싸호다 못이기면 몸을숨겨서
한째의못난이가 되는 법이라。

그누가 생각하랴 三百年來에
참아 밧지다못할 恨과侮辱을
못니겨 칼을잡고 니러섯다가
人力의다함에서 스러진줄을。

부러진대쪽으로 활을메우고
녹쓸은호믜쇠로 칼을별너서
茶毒된三千里에 북을울니며
正義의旗를들든 그사람이어。

그누가 記憶하랴 茶北洞에서
피물든 옷을닙고 웨치든일을
定州城하로밤의 지는달빗혜
애끈친그가슴이 숫기된줄을。

물우의 뜬마름에 아츰이슬을
불붓는山마루에 픠엿든꼿출
지금에 우러르며 나는 우노라
일우며 못일윰에 簿한이름을。

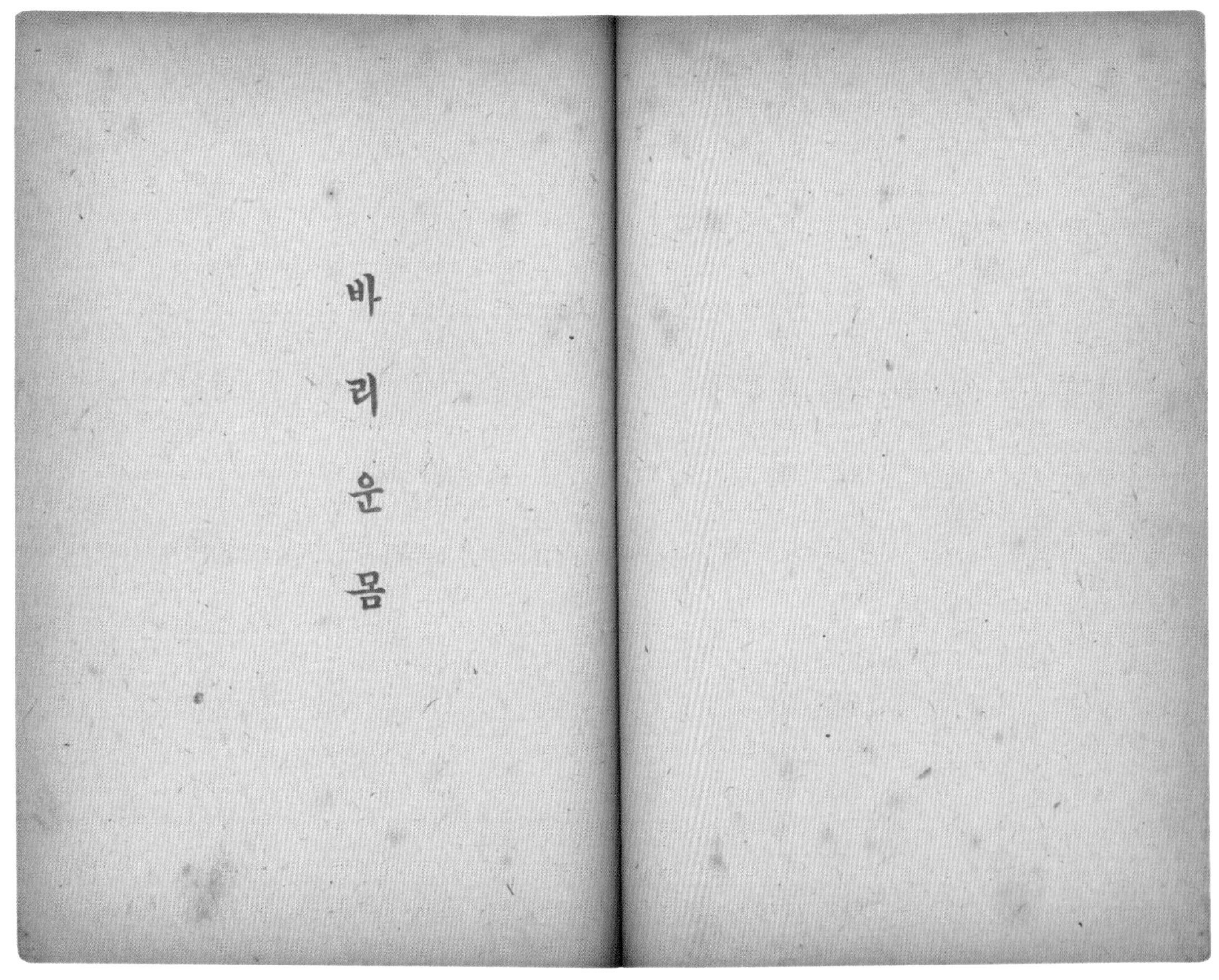
바리운몸

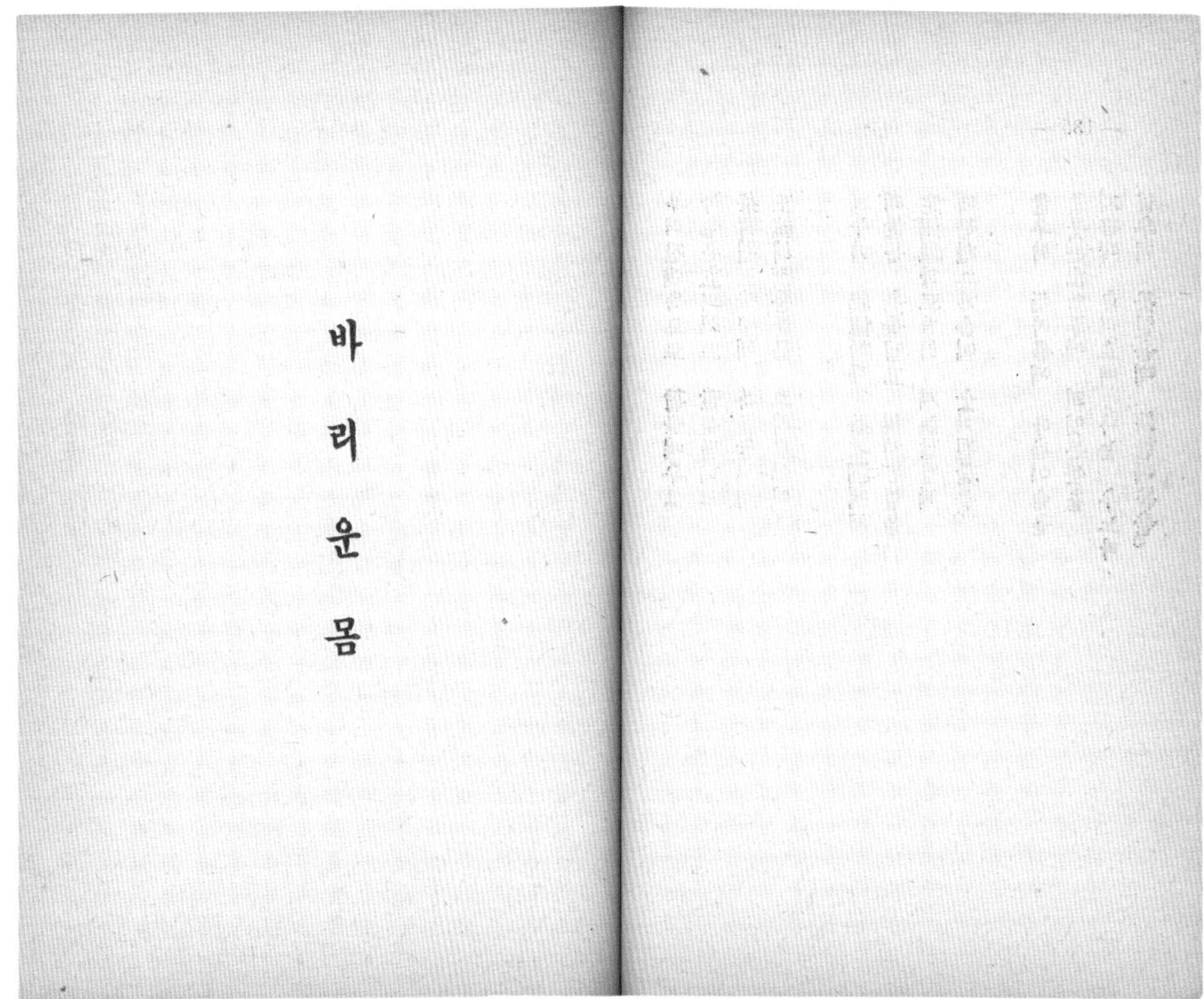
바
리
운
몸

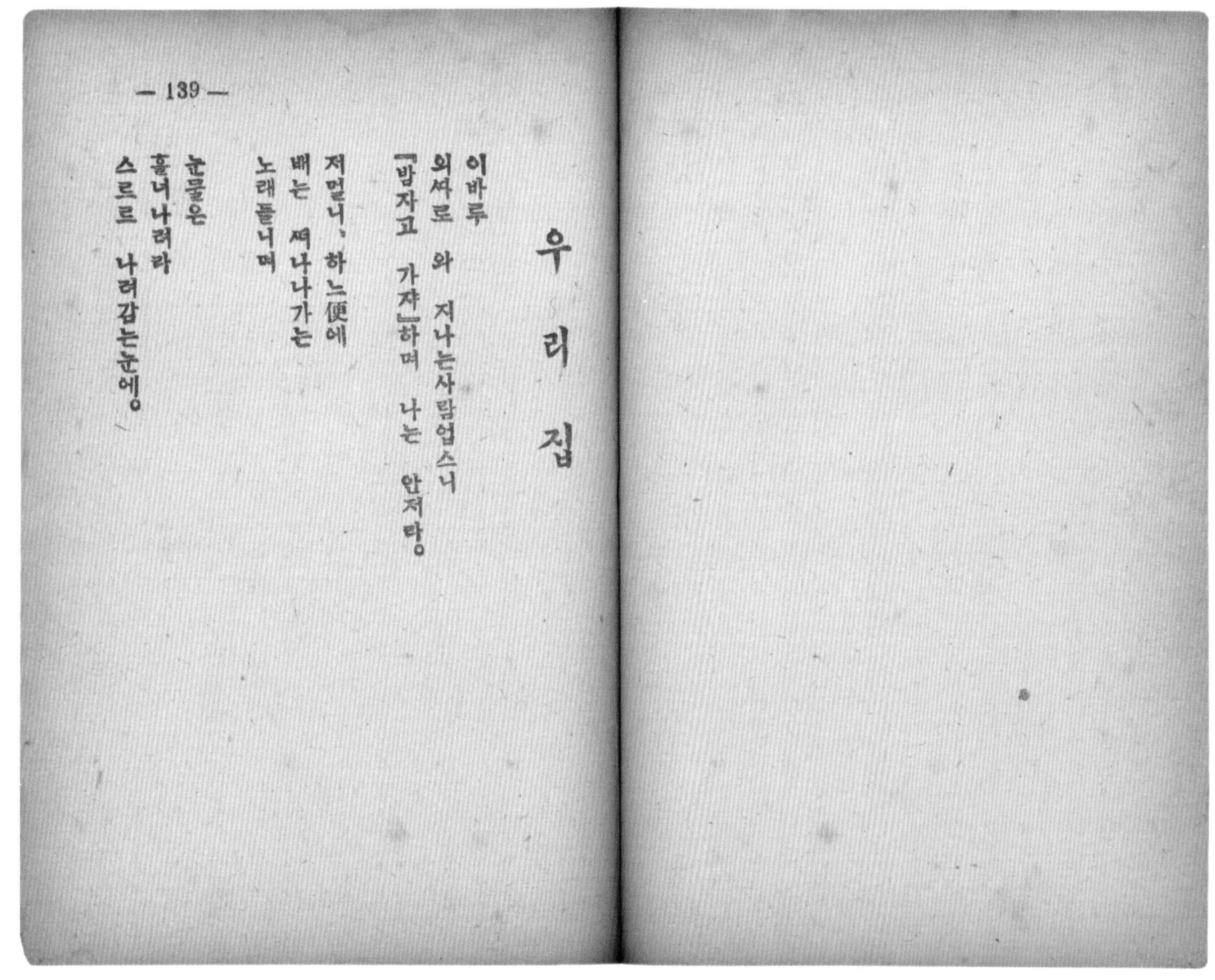

— 139 —

우리집

이바루
외ᄯᅡ로 와 지나는사람업스니
「밤자고 가쟈」하며 나는 안저라。

저멀니、하늘便에
배는 ᄯᅥ나나가는
노래들니며

눈물은
흘너나려라
스르르 나려감는눈에。

우리집

이바루
외싸로 와 지나는사람업스니
『밤자고 가쟈』하며 나는 안저라。

저멀니, 하느便에
배는 써나나가는
노래들니며

눈물은
흘너나려라
스르르 나려감는눈에。

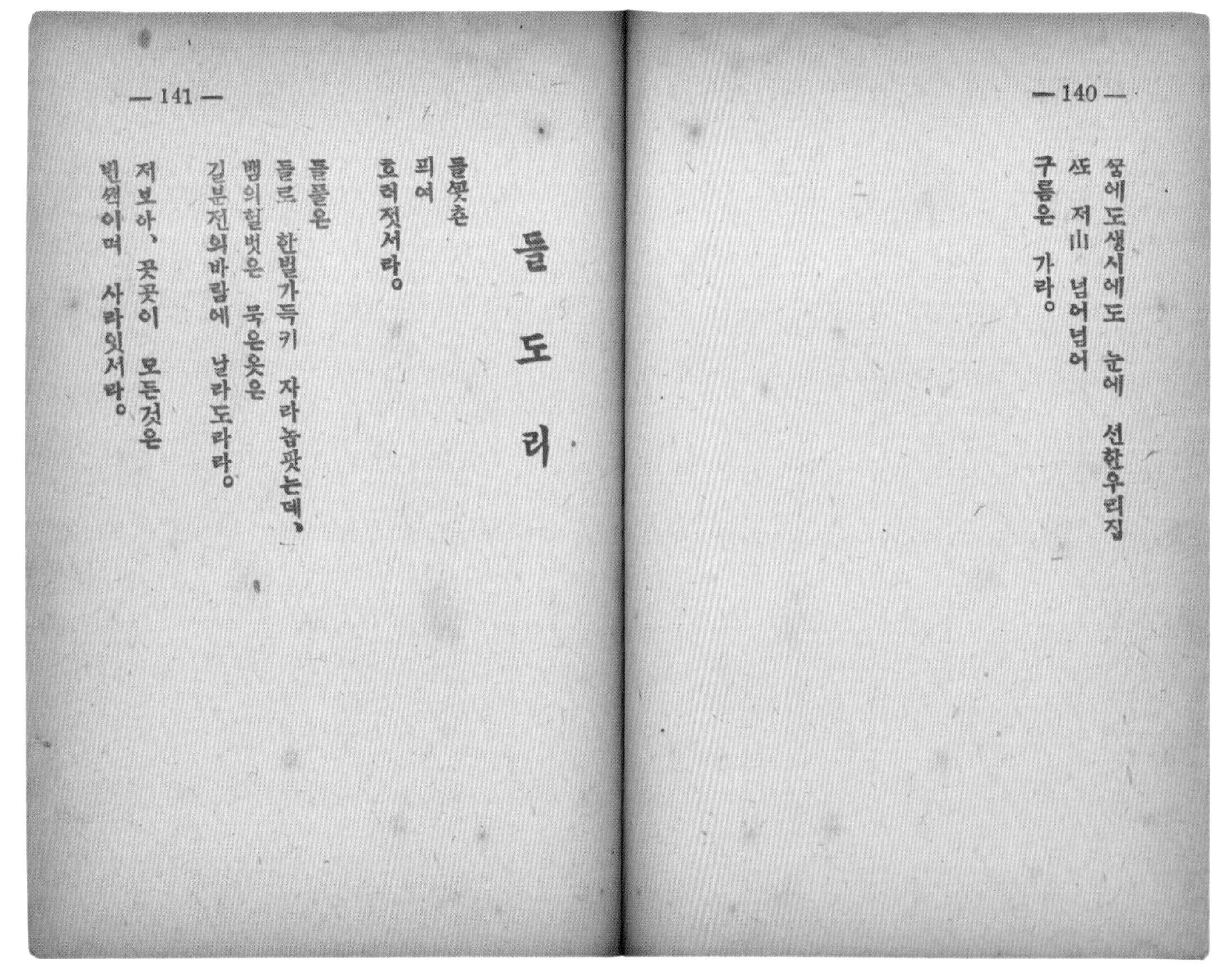

꿈에도생시에도 눈에 선한우리집
또 저山 넘어넘어
구름은 가라。

들 도 리

들꼿츤
피여
흐러젓서라。

들풀은
들로 한벌가득키 자라놉팟는데、
뱀의헐벗은 묵은옷은
길분전의바람에 날라도라라。

저보아、곳곳이 모든것은
번쩍이며 사라잇서라。

ᄭᅮᆷ에도생시에도 눈에 선한우리집
ᄯᅩ 저山 넘어넘어
구름은 가라。

들 도 리

들ᄭᅩᆺ츤
픠여
흐터젓서라。

들풀은
들로 한벌가득키 자라놉팟는데、
뱀의헐벗은 묵은옷은
길분전의바람에 날라도라라。

저보아、곳곳이 모든것은
번ᄶᅧᆨ이며 사라잇서라。

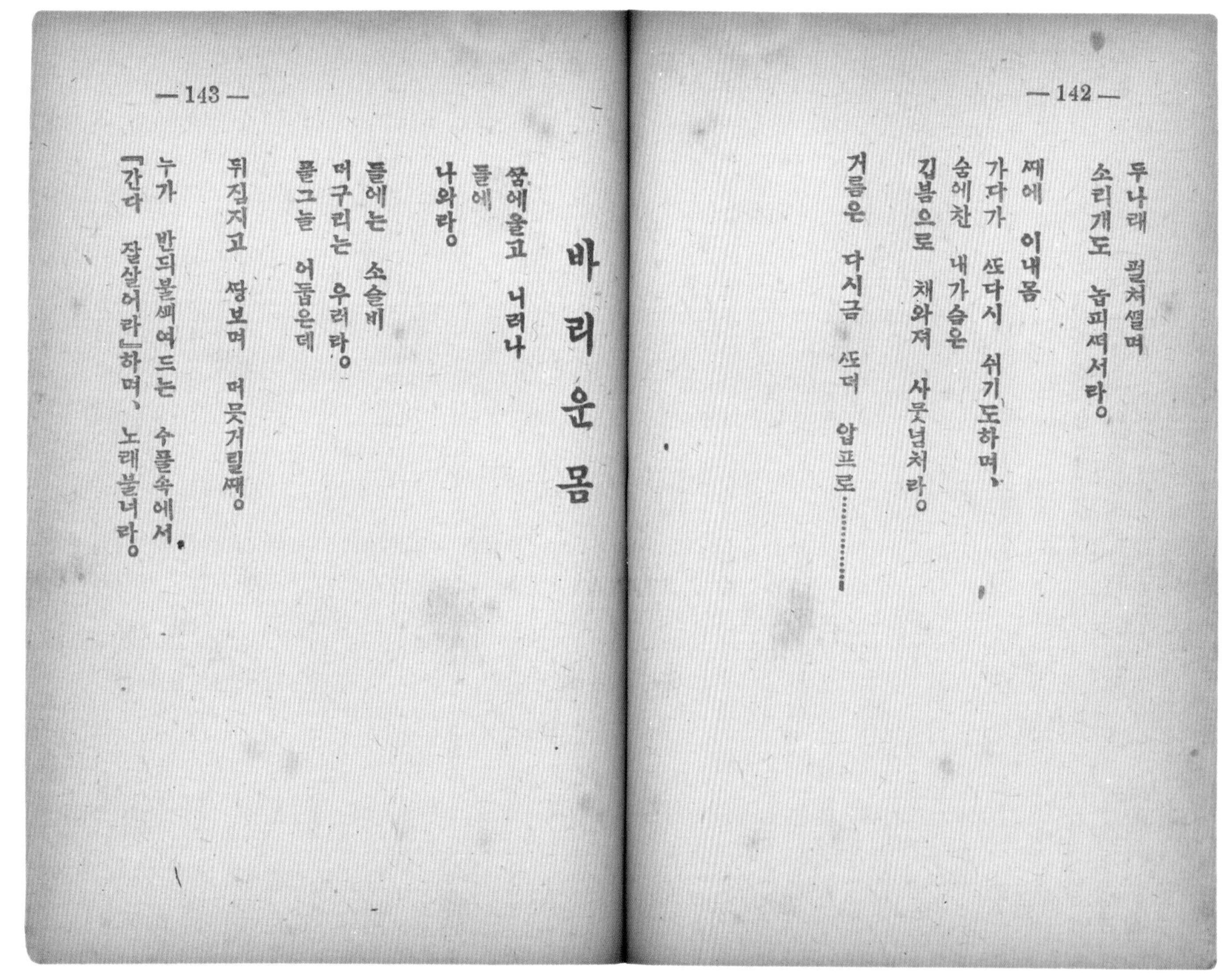

두나래 펄쳐쎌며
소리개도 놉피써서라。
쌔에 이내몸
가다가 쏘다시 쉬기도하며、
숨에찬 내가슴은
깁븜으로 채와져 사뭇넘치라。
거름은 다시금 쏘더 압프로……………

바리운몸

꿈에울고 니러나
들에
나와라。

들에는 소슬비
머구리는 우러라。
풀그늘 어둡은데

뒤짐지고 쌍보며 머뭇거릴쌔。

누가 반듸불쐬여드는 수풀속에서。
『간다 잘살어라』하며、노래불너라。

두나래 펼쳐썰며
소리개도 놉피써서라。

때에 이내몸
가다가 또다시 쉬기도하며、
숨에찬 내가슴은
깃븜으로 채와져 사뭇넘치라。

거름은 다시금 또더 압프로……

바리운몸

꿈에울고 니러나
들에
나와라。

들에는 소슬비
머구리는 우러라。
풀그늘 어둡은데

뒤짐지고 쌍보며 머뭇거릴때。

누가 반듸불꾀여드는 수풀속에서
『간다 잘살어라』하며、노래불너라。

— 144 —

엄 숙

나는혼자 뫼우헤 올나서라。
소사퍼지는 아츰햇볏헤
풀닙도 번쩍이며
바람은소삭여라。
그러나
아아 내몸의 傷處바든맘이어
맘은 오히려 저푸고압흠에 고요히썰녀라
또 다시금 나는 이한째에
사람에게잇는 엄숙을 모다늣기면서。

— 145 —

바라건대는 우리에게우리의 보섭대일쌍이 잇섯더면

나는 꿈꾸엿노라、동무들파내가 가즈란히
벌써의하로일을 다맛추고
夕陽에 마을로 도라오는꿈을、
즐거히、꿈가운데。

그러나 집일흔 내몸이어、
바라건대는 우리에게 우리의보섭대일쌍이 잇섯드면!
이처럼 떠도르랴、아츰에점을손에
새라새롭은歎息을 어드면서。

엄 숙

나는혼자 뫼우헤 올나서라。
소사퍼지는 아츰햇볏헤
풀닙도 번쩍이며
바람은소삭여라。
그러나
아아 내몸의 傷處바든맘이어
맘은 오히려 저푸고압픔에 고요히ᄯᅥᆯ니라
ᄯᅩ 다시금 나는 이한ᄯᅢ에
사람에게잇는 엄숙을 모다늣기면서。

바라건대는 우리에게우리의보섭대일ᄯᅡᆼ이 잇섯더면

나는 ᄭᅮᆷᄭᅮ엿노라、동무들과내가 가즈란히
벌써의하로일을 다맛추고
夕陽에 마을로 도라오는ᄭᅮᆷ을、
즐거히、ᄭᅮᆷ가운데。

그러나 집일흔 내몸이어、
바라건대는 우리에게 우리의보섭대일ᄯᅡᆼ이 잇섯드면!
이처럼 ᄯᅥ도르랴、아츰에점을손에
새라새롭은歎息을 어드면서。

東이랴、南北이랴、
내몸은 떠가나니、볼지어다、
希望의반짝임은、별빗치아득임은。
물결뿐 떠올나라、가슴에 팔다리에。

그러나 엇지면 황송한이心情을! 날로 나날이 내압페는
자츳가느른길이 니어가라。 나는 나아가리라
한거름、또한거름。 보이는山비탈엔
온새벽 동무들 저저혼자……山耕을김매이는。

밧고랑우헤서

우리두사람은
키놉피가득자란 보리밧、밧고랑우헤 안자서라。
일을畢하고 쉬이는동안의깃븜이어。
지금 두사람의니야기에는 꼿치필때。

오오 빗나는太陽은 나려쪼이며
새무리들도 즐겁은노래、노래불너라。
오오 恩惠여、사라잇는몸에는 넘치는恩惠여、
모든은근스럽음이 우리의맘속을 차지하여라。

世界의끗은 어듸? 慈愛의하눌은 넓게도덥혓는데、

東이랴, 南北이랴,
내몸은 ᄯᅥ가나니, 볼지어다,
希望의반ᄶᅡᆨ임은, 별빗치아득임은.
물결ᄲᅮᆫ ᄯᅥ을나라, 가슴에 팔다리에.

그러나 엇지면 황송한이心情을! 날로 나날이 내압페는
자츳가느른길이 니어가라. 나는 나아가리라
한거름, ᄯᅩ한거름. 보이는山비탈엔
온새벽 동무들 저저혼자……山耕을김매이는.

밧고랑우헤서

우리두사람은
키놉피가득자란 보리밧, 밧고랑우헤 안자서라.
일을畢하고 쉬이는동안의깃븜이어.
지금 두사람의니야기에는 ᄭᅩᆺ치필ᄯᅢ.

오오 빗나는太陽은 나려ᄶᅩ이며
새무리들도 즐겁은노래, 노래불너라.
오오 恩惠여, 사라잇는몸에는 넘치는恩惠여
모든은근스럽음이 우리의맘속을 차지하여라.

世界의ᄭᅩᆺ든 어듸? 慈愛의하눌은 넓게도덥혓는데,

우리두사람은 일하며、사라잇섯서、
하눌과太陽을 바라보아라、날마다날마다도、
새라새롭은歡喜를 지어내며、늘 갓튼ᄯᅡᆼ우헤서。

다시한番 活氣잇게 웃고나서、우리두사람은
바람에일니우는 보리밧속으로
호믜들고 드러갓서라、가즈란히가즈란히、
거러나아가는깃븜이어、오오 生命의向上이어。

저녁ᄯᅢ

마소의무리와 사람들은 도라들고、寂寂히빈들에、
엉머구리소래 욱어저라。
푸른하늘은 더욱낫추、먼山비탈길 어둔데
웃둑웃둑한 드놉픈나무、잘새도 깃드러라。

볼사록 넓은벌의
물빗츨 물ᄭᅳ럼히 드려다보며
고개숙우리고 박은드시 홀로섯서
긴한숨을 짓느냐。왜 이다지!

온것을 아주니젓서라、깁흔밤 예서함ᄭᅦ

우리두사람은 일하며、사라잇섯서、
하늘과太陽을 바라보아라、날마다날마다도、
새라새롭은歡喜를 지어내며、늘 갓튼짱우헤서。

다시한番 活氣잇게 웃고나서、우리두사람은
바람에일니우는 보리밧속으로
호믜들고 드러갓서라、가즈란히가즈란히、
거러나아가는깃븜이어、오오 生命의向上이어。

저녁 쌔

마소의무리와 사람들은 도라들고、寂寂히뷘들에、
엉머구리소래 욱어저라。
푸른하늘은 더욱낫추、먼山비탈길 어둔데
웃둑웃둑한 드놉픈나무、잘새도 깃드러라。

볼사록 넓은벌의
물빗츨 물끄럽히 드려다보며
고개숙우리고 박은드시 홀로섯서
긴한숨을 짓느냐。왜 이다지!

온것을 아주니젓서라、깁흔밤 예서합세

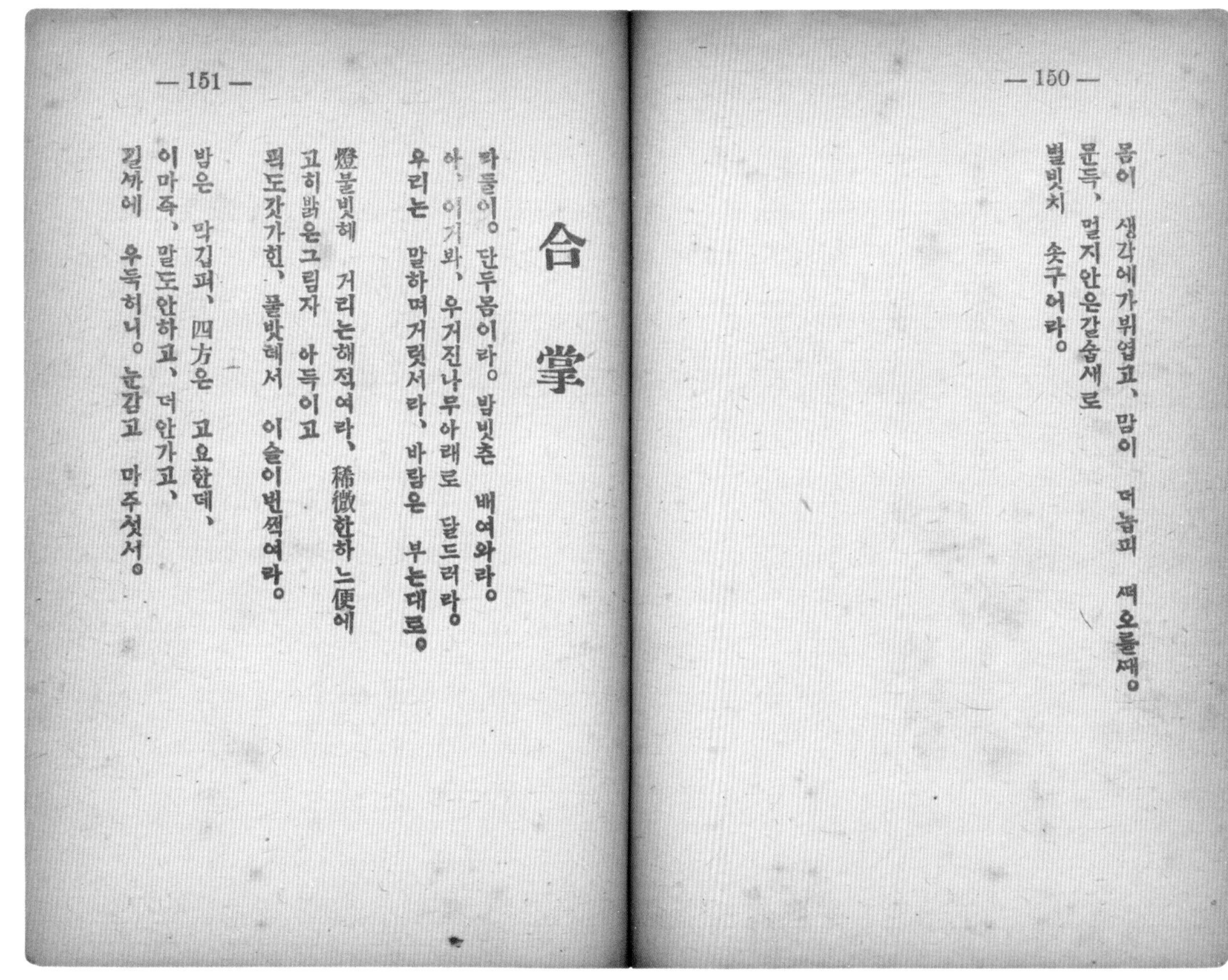

몸이 생각에가뷔엽고、맘이 더놉피 떠오를때。
문득、멀지안은갈숩새로
별빗치 솟구어라。

合掌

짝들이。단두몸이라。밤빗츤 배여와라。
아、이거봐、우거진나무아래로 달드러라。
우리는 말하며거릿서라、바람은 부는대로。

燈불빗헤 거리는해적여라、稀微한하느便에
고히밝은그림자 아득이고
퍽도갓가힌、풀밧헤서 이슬이번쩍여라。

밤은 막깁퍼、四方은 고요한데、
이마즉、말도안하고、더안가고、
길까에 우둑허니。눈감고 마주섯서。

몸이 생각에가뷔엽고、맘이 더눕피 떠오를때。
문득、멀지안은갈숩새로
별빗치 솟구어라。

合 掌

들이라。단두몸이라。밤빗츤 배여와라。
아、이거봐、우거진나무아래로 달드러라。
우리는 말하며거럿서라、바람은 부는대로。

燈불빗헤 거리는해적여라、稀微한하느便에
고히밝은그림자 아득이고
퍽도갓가힌、플밧테서 이슬이번쩍여라。

밤은 막깁퍼、四方은 고요한데、
이마즉、말도안하고、더안가고、
길까에 우둑허니。눈감고 마주섯서。

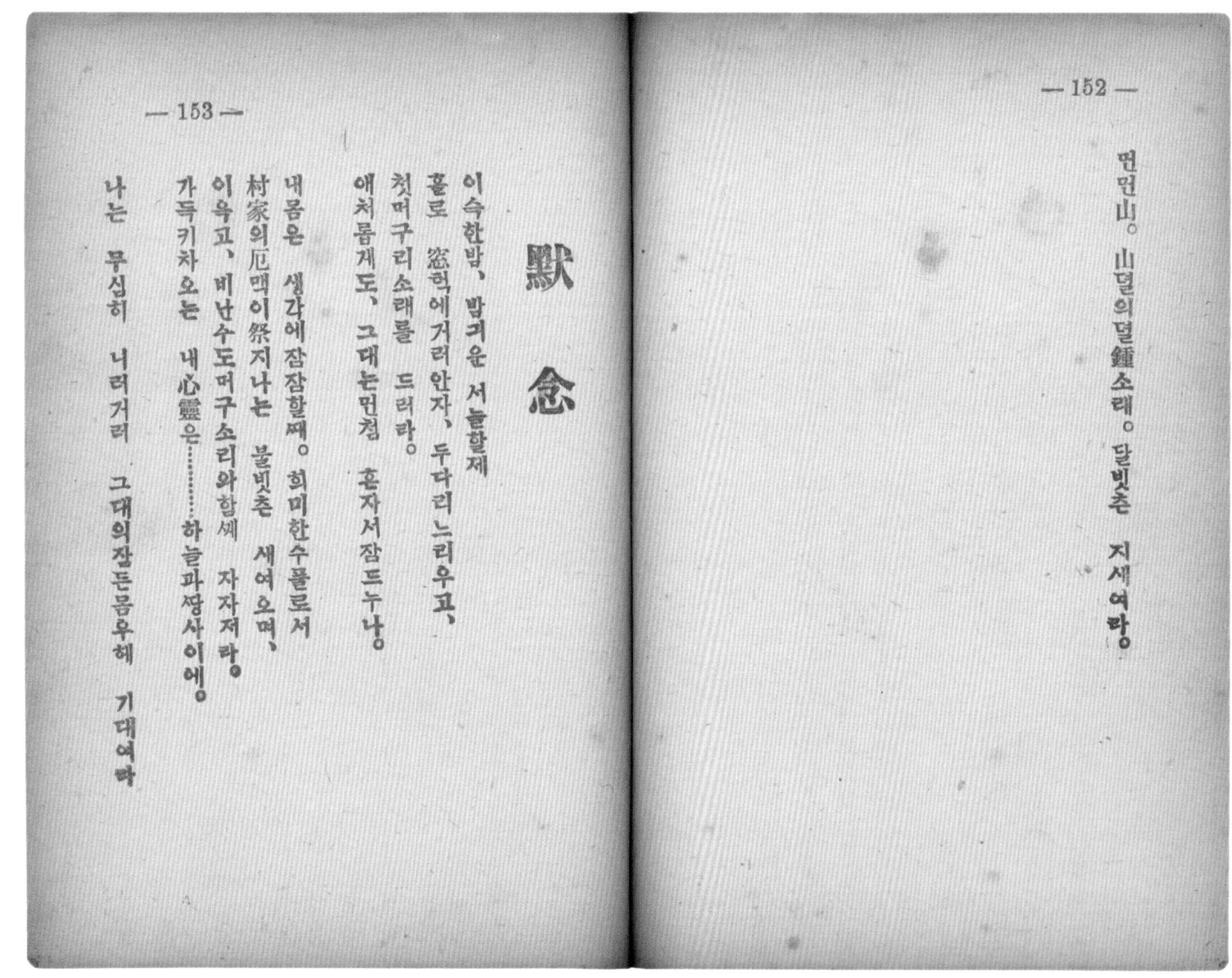

— 152 —

먼먼山。 山절의절鍾소래。 달빗츤 지새여라。

— 153 —

默念

이슥한밤、 밤긔운 서늘할제
홀로 窓턱에거러안자、 두다리 느리우고、
첫머구리소래를 드러라。
애처롭게도、 그대는먼첨 혼자서잠드누나。

내몸은 생각에잠잠할때。 희미한수풀로서
村家의厄맥이祭지나는 불빗츤 새여오며、
이윽고、 비난수도머구소리와함께 자자저라。
가득키차오는 내心靈은……… 하늘파쌍사이에。
나는 무심히 니러거러 그대의잠든몸우헤 기대여라

먼먼山。 山뎔의뎔鍾소래。 달빗촌 지새여라。

默 念

이슥한밤、 밤귀운 서늘할제
홀로 窓턱에거러안자、 두다리느리우고、
첫머구리소래를 드러라。
애처롭게도、 그대는먼첨 혼자서잠드누나。

내몸은 생각에잠잠할때。 희미한수풀로서
村家의厄맥이祭지나는 불빗촌 새여오며、
이욱고、 비난수도머구소리와함께 자자저라。
가득키차오는 내心靈은……하늘과땅사이에。

나는 무심히 니러거러 그대의잠든몸우헤 기대여라

—154—

움직임 다시업시, 萬籟는 俱寂한데、
照耀히 나려빗추는 별빗들이
내몸을 잇그러라、無限히 더갓갑게。

孤獨

— 154 —

움직임 다시업시、萬籟는 俱寂한데、
熙耀히 나려빗추는 별빗들이
내몸을 잇그러라、無限히 더갓갑게。

孤獨

— 157 —

悅樂

어둡게깁게 목메인하눌。
꿈의품속으로서 구러나오는
애달피잠안오는 幽靈의눈결。
그림자검은 개버드나무에
쏘다쳐나리는 비의줄기는
흘늣겨빗기는 呪文의소리。

식컴은머리채 풀어헷치고
아우성하면서 가시는따님。
헐버슨버레들은 꿈트릴째、
黑血의바다。枯木洞屈。

悅樂

어둡게깁게 목메인하눌。
쑴의품속으로서 구러나오는
애달피잠안오는 幽靈의눈결。
그렵자검은 개버드나무에
쏘다쳐나리는 비의줄기는
흘늣겨빗기는 呪文의소리。

식컴은머리채 푸러헷치고
아우성하면서 가시는싸님。
헐버슨버레들은 쑴트릴쌔、
黑血의바다。枯木洞屈。

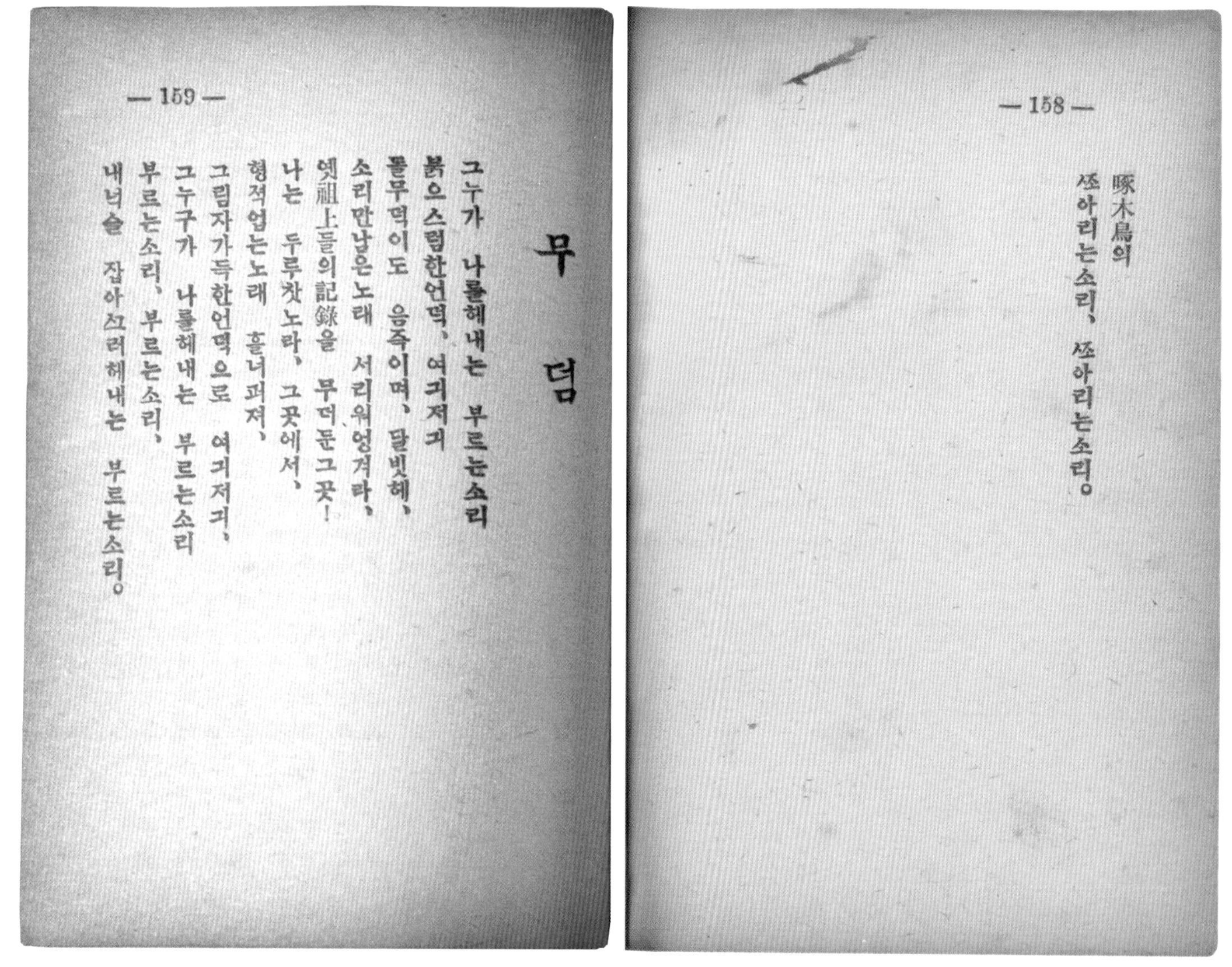

啄木鳥의
쪼아리는소리, 쪼아리는소리。

무 덤

그누가 나를헤내는 부르는소리
붉으스럽한언덕, 여긔저긔
돌무덕이도 음즉이며, 달빗헤,
소리만남은노래 서리워엉겨라,
옛祖上들의記錄을 무더둔그곳!
나는 두루찻노라, 그곳에서,
형적업는노래 흘너퍼져,
그림자가득한언덕으로 여긔저긔,
그누구가 나를헤내는 부르는소리
부르는소리, 부르는소리,
내넉슬 잡아끄러헤내는 부르는소리。

啄木鳥의
쪼아리는소리、쪼아리는소리。

무덤

그누가 나를헤내는 부르는소리
붉으스럼한언덕、여긔저긔
돌무덕이도 음즉이며、달빗헤、
소리만남은노래 서리워엉겨라、
옛祖上들의記錄을 무더둔그곳!
나는 두루찻노라、그곳에서、
형적업는노래 흘너퍼져、
그림자가득한언덕으로 여긔저긔、
그누구가 나를헤내는 부르는소리
부르는소리、부르는소리、
내넉슬 잡아쓰러헤내는 부르는소리。

비난수하는맘

함세하려노라, 비난수하는나의맘,
모든것을 한집에묵거가지고가기ᄭᅡ지,
아츰이면 이슬마즌 바위의붉은줄로,
긔여오르는해를 바라다보며, 입을버리고。

ᄯᅥ도러라, 비난수하는맘이어, 갈메기가치,
다만 무덤뿐이 그늘을얼는이는 하눌우홀,
바다ᄭᅡ의。일허바린세상의 잇다든모든것들은
차라리 내몸이죽어가서업서진것만도 못하건만。

ᄯᅩ는 비난수하는나의맘, 헐버슨山우헤서,
ᄯᅥ러진닙 타서오르는, 낸내의한줄기로,

바람에나붓기라 져녁은, 흐터진거믜줄의
밤에매든든이슬은 곳다시 ᄯᅥ러진다고 할지라도。

함세하려하노라, 오오 비난수하는나의맘이어,
잇다가업서지는세상에는
오직 날과날이 닭소래와함세 다라나바리며,
갓가웁는, 오오 갓가웁는 그대뿐이 내게잇거라!

비난수하는맘

함ᄭᅦ하려노라、 비난수하는나의맘、
모든것을 한집에묵거가지고가기ᄭᅡ지、
아츰이면 이슬마즌 바위의붉은줄로、
긔여오르는해를 바라다보며、 입을버리고。

ᄯᅥ도러라、 비난수하는맘이어、 갈메기가치、
다만 무덤ᄲᅮᆫ이 그늘을얼는이는 하눌우홀、
바다ᄭᅡ의。 일허바린세상의 잇다든모든것들은
차라리 내몸이죽어가서업서진것만도 못하건만。

ᄯᅩ는 비난수하는나의맘、 헐버슨山우헤서、
ᄯᅥ러진닙 타서오르는、 낸내의한줄기로、

바람에나붓기라 져녁은、 흐터진거믜줄의
밤에매든든이슬은 곳다시 ᄯᅥ러진다고 할지라도。

함ᄭᅦ하려하노라、 오오 비난수하는나의맘이어、
잇다가업서지는세상에는
오직 날파날이 닭소래와함ᄭᅦ 다라나바리며、
갓가웁는、 오오 갓가웁는 그대ᄲᅮᆫ이 내게잇거라!

찬저녁

퍼르스렷한달은、 성황당의
데군데군허러진 담모도리에
우둑키걸니웟고、 바위우의
가마귀한쌍、 바람에 나래를펴라。

엉긔한무덤들은 들먹거리며、
눈녹아 黃土드러난 멧기슭의、
여긔라、 거리불빗도 떠러저나와、
집짓고 드럿노라、 오오 가슴이어

세상은 무덤보다도 다시멀고

눈물은 물보다 더덥음이 업서라。
오오 가슴이어、 모닥불피여오르는
내한세상、 마당까의가을도 갓서라。

그러나 나는、 오히려 나는
소래를드러라、 눈석이물이 씩어리는、
땅우헤누엇서、 밤마다 누어、
담모도리에 걸닌달을 내가 또봄으로。

찬 저 녁

퍼르스럿한달은、 성황당의
데군데군허러진 담모도리에
우둑키걸니웟고、 바위우의
가마귀한쌍、 바람에 나래를펴라。

엉긔한무덤들은 들먹거리며、
눈녹아 黃土드러난 멧기슭의、
여긔라、 거리불빗도 ᄯᅥ러저나와、
집짓고 드럿노라、 오오 가슴이어

세상은 무덤보다도 다시멀고

눈물은 물보다 더덥음이 업서라。
오오 가슴이어、 모닥불피여오르는
내한세상、 마당ᄭᅡ의 가을도 갓서라。

그러나 나는、 오히려 나는
소래를드러라、 눈석이물에 씩어리는、
ᄯᅡᆼ우헤누엇서、 밤마다 누어、
담모도리에 걸닌달을 내가 ᄯᅩ봄으로。

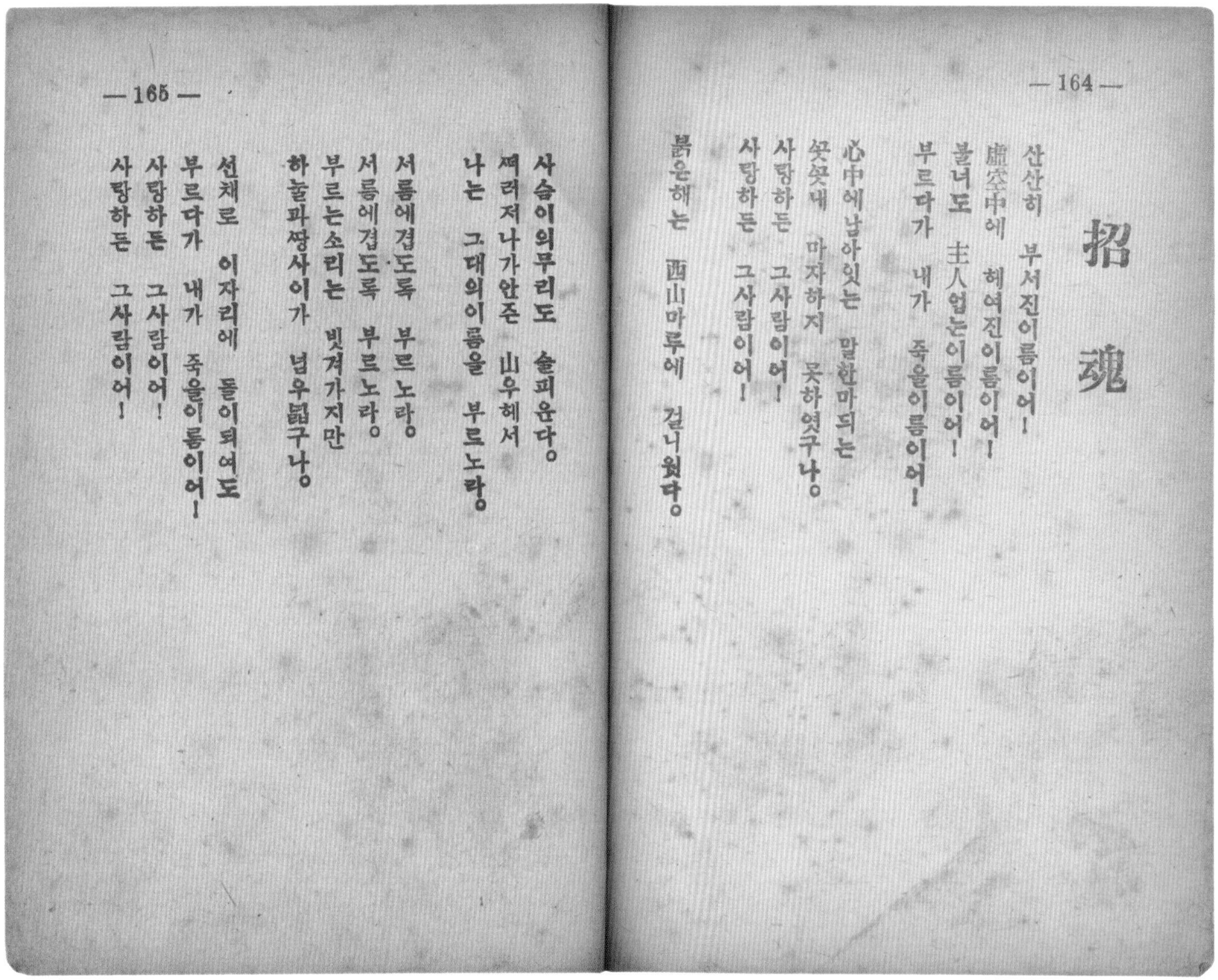

招魂

산산히 부서진이름이어!
虛空中에 헤여진이름이어!
불너도 主人업는이름이어!
부르다가 내가 죽을이름이어!

心中에남아잇는 말한마듸는
끗끗내 마자하지 못하엿구나。
사랑하든 그사람이어!
사랑하든 그사람이어!

붉은해는 西山마루에 걸니웟다。

사슴이의무리도 슬피운다。
써러저나가안즌 山우헤서
나는 그대의이름을 부르노라。

서름에겹도록 부르노라。
서름에겹도록 부르노라。
부르는소리는 빗겨가지만
하눌과짱사이가 넘우넓구나。

선채로 이자리에 돌이되여도
부르다가 내가 죽을이름이어!
사랑하든 그사람이어!
사랑하든 그사람이어!

招魂

산산히 부서진이름이어!
虛空中에 헤여진이름이어!
불너도 主人업는이름이어!
부르다가 내가 죽을이름이어!

心中에남아잇는 말한마듸는
끗끗내 마자하지 못하엿구나。
사랑하든 그사람이어!
사랑하든 그사람이어!

붉은해는 西山마루에 걸니웟다。

사슴이의무리도 슬피운다。
떠러저나가안즌 山우헤서
나는 그대의이름을 부르노라。

서름에겹도록 부르노라。
서름에겹도록 부르노라。
부르는소리는 빗겨가지만
하눌과땅사이가 넘우넓구나。

선채로 이자리에 돌이되여도
부르다가 내가 죽을이름이어!
사랑하든 그사람이어!
사랑하든 그사람이어!

旅
愁

旅愁

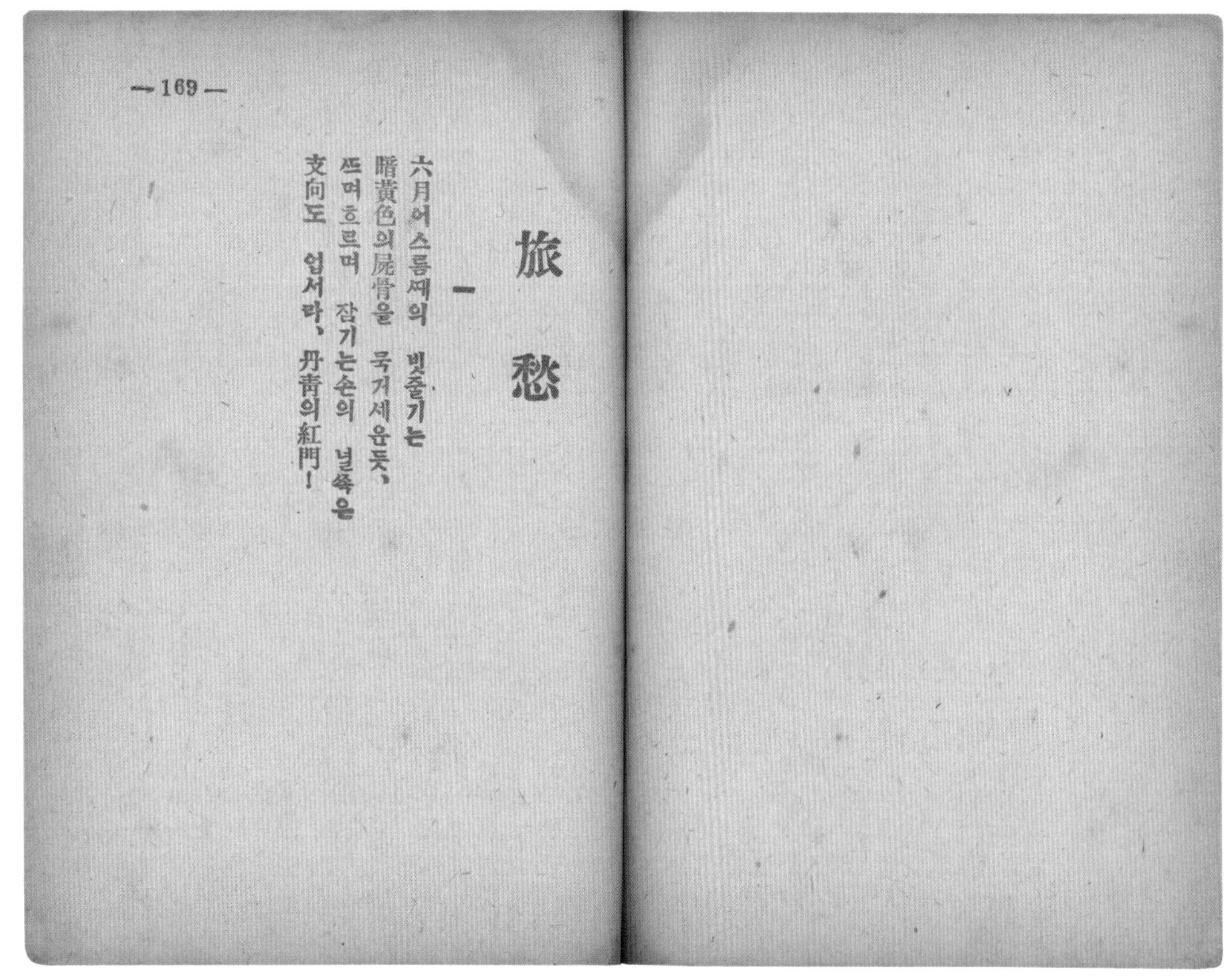

—169—

旅愁

一

六月어스름때의 빗줄기는
暗黃色의屍骨을 묵거세운듯、
뜨며흐르며 잠기는손의 널쪽은
支向도 업서라、丹靑의紅門!

旅愁

一

六月어스름때의 빗줄기는
暗黃色의屍骨을 묵거세운듯,
뜨며흐르며 잠기는손의 널쪽은
支向도 업서라, 丹靑의紅門!

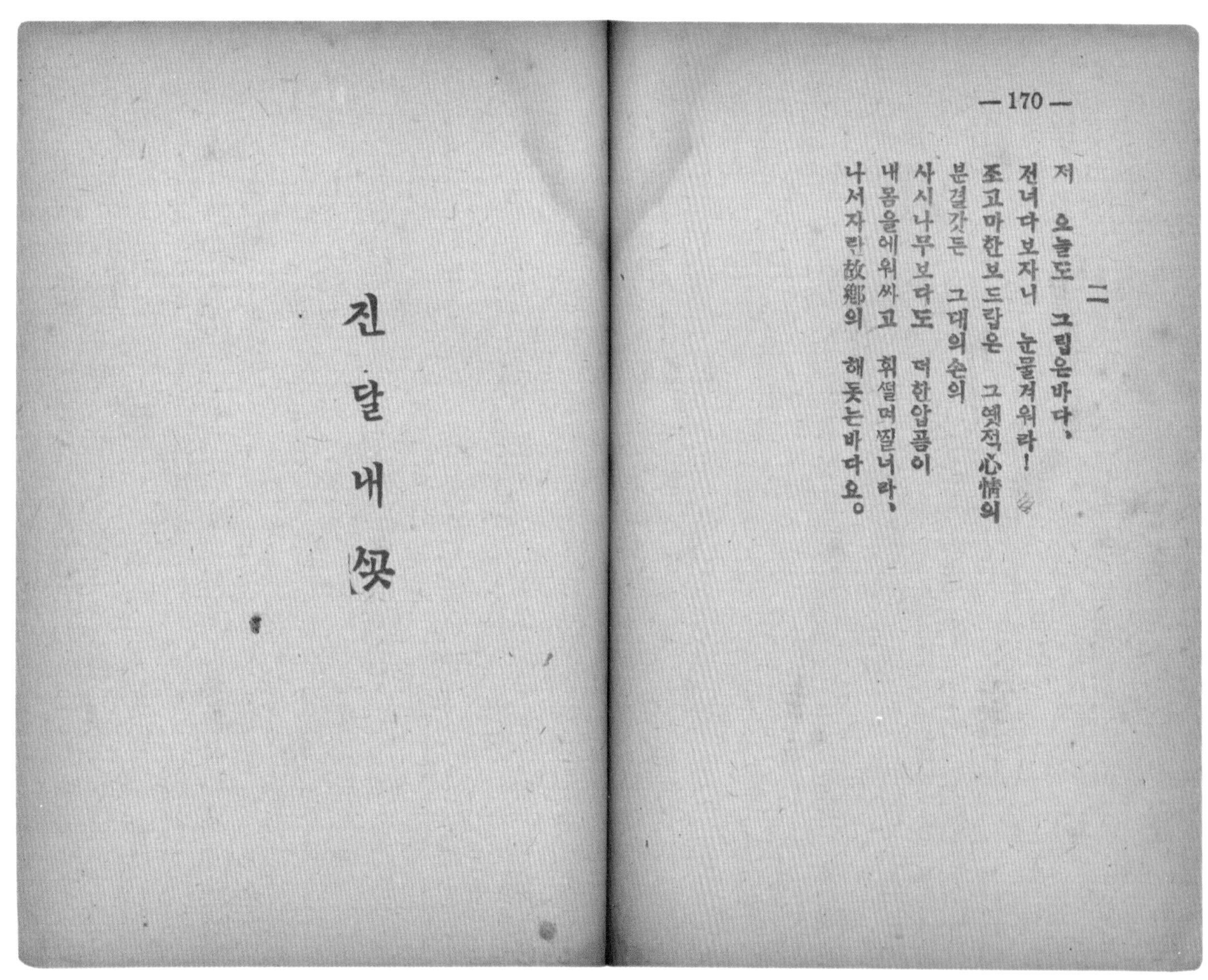

진달내꼿

二

저 오늘도 그립은바다、
건너다보자니 눈물겨워라！
조고마한보드랍은 그옛적心情의
분결갓든 그대의손의
사시나무보다도 더한압픔이
내몸을에워싸고 휘떨며찔너라、
나서자란故鄕의 해돗는바다요。

진달내쏫

二

저 오늘도 그립은바다、
건너다보자니 눈물겨워라!
조고마한보드랍은 그옛적心情의
분결갓든 그대의손의
사시나무보다도 더한압픔이
내몸을에워싸고 휘셜며찔녀라、
나서자란故鄕의 해돗는바다요。

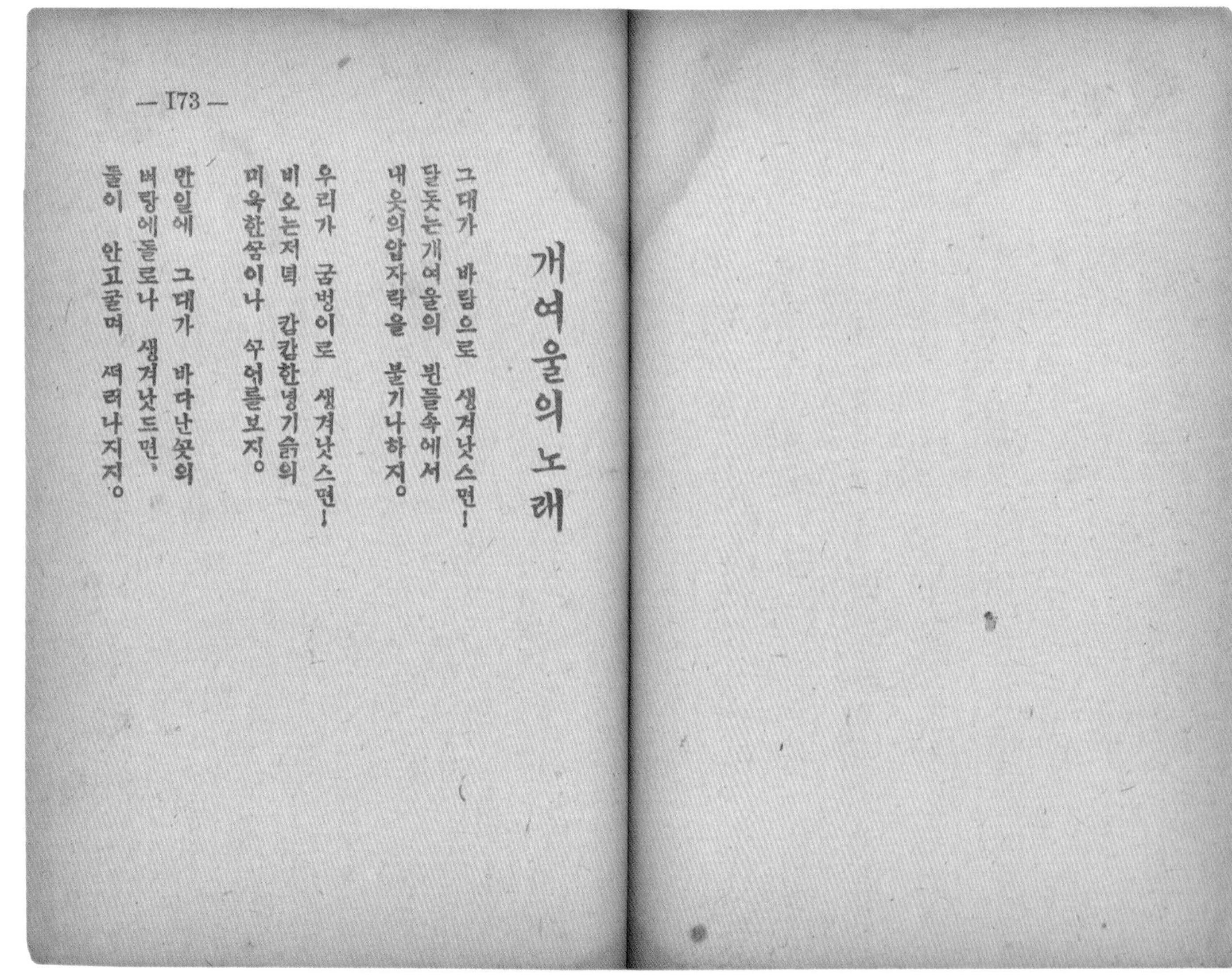

개여울의노래

그대가 바람으로 생겨낫스면!
달돗는개여울의 뷘들속에서
내옷의압자락을 불기나하지。

우리가 굼벙이로 생겨낫스면!
비오는저녁 캄캄한녕기슭의
미욱한꿈이나 꾸어를보지。

만일에 그대가 바다난끗의
벼랑에돌로나 생겨낫드면,
둘이 안고굴며 떠러나지지。

개여울의 노래

그대가 바람으로 생겨낫스면!
달돗는개여울의 뷘들속에서
내옷의압자락을 불기나하지。

우리가 굼벙이로 생겨낫스면!
비오는저녁 캄캄한녕기슭의
미욱한꿈이나 꾸어를보지。

만일에 그대가 바다난끗의
벼랑에돌로나 생겨낫드면,
둘이 안고굴며 떠러나지지。

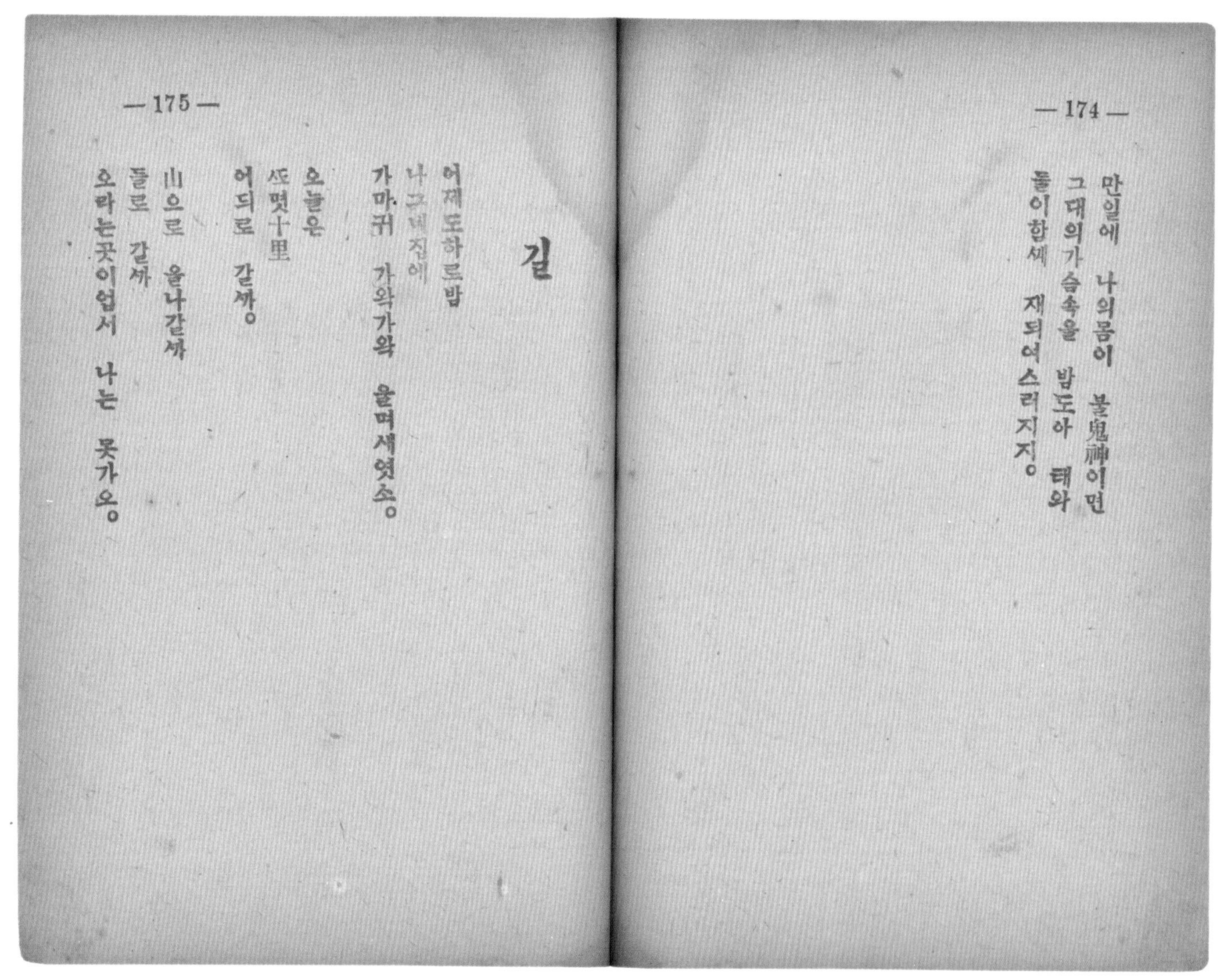

만일에 나의몸이 불鬼神이면
그대의가슴속을 밤도아 태와
둘이합세 재되여스러지지。

길

어제도하로밤
나그내집에
가마귀 가왁가왁 울며새엿소。

오늘은
ᄯᅩ멋十里
어듸로 갈ᄭᅡ。

山으로 올나갈ᄭᅡ
들로 갈ᄭᅡ
오라는곳이업서 나는 못가오。

만일에 나의몸이 불鬼神이면
그대의가슴속을 밤도아 태와
둘이합세 재되여스러지지。

길

어제도하로밤
나그네집에
가마귀 가왁가왁 울며새엿소。

오늘은
ᄯᅩ몃十里
어듸로 갈ᄭᅡ。

山으로 올나갈ᄭᅡ
들로 갈ᄭᅡ
오라는곳이업서 나는 못가오。

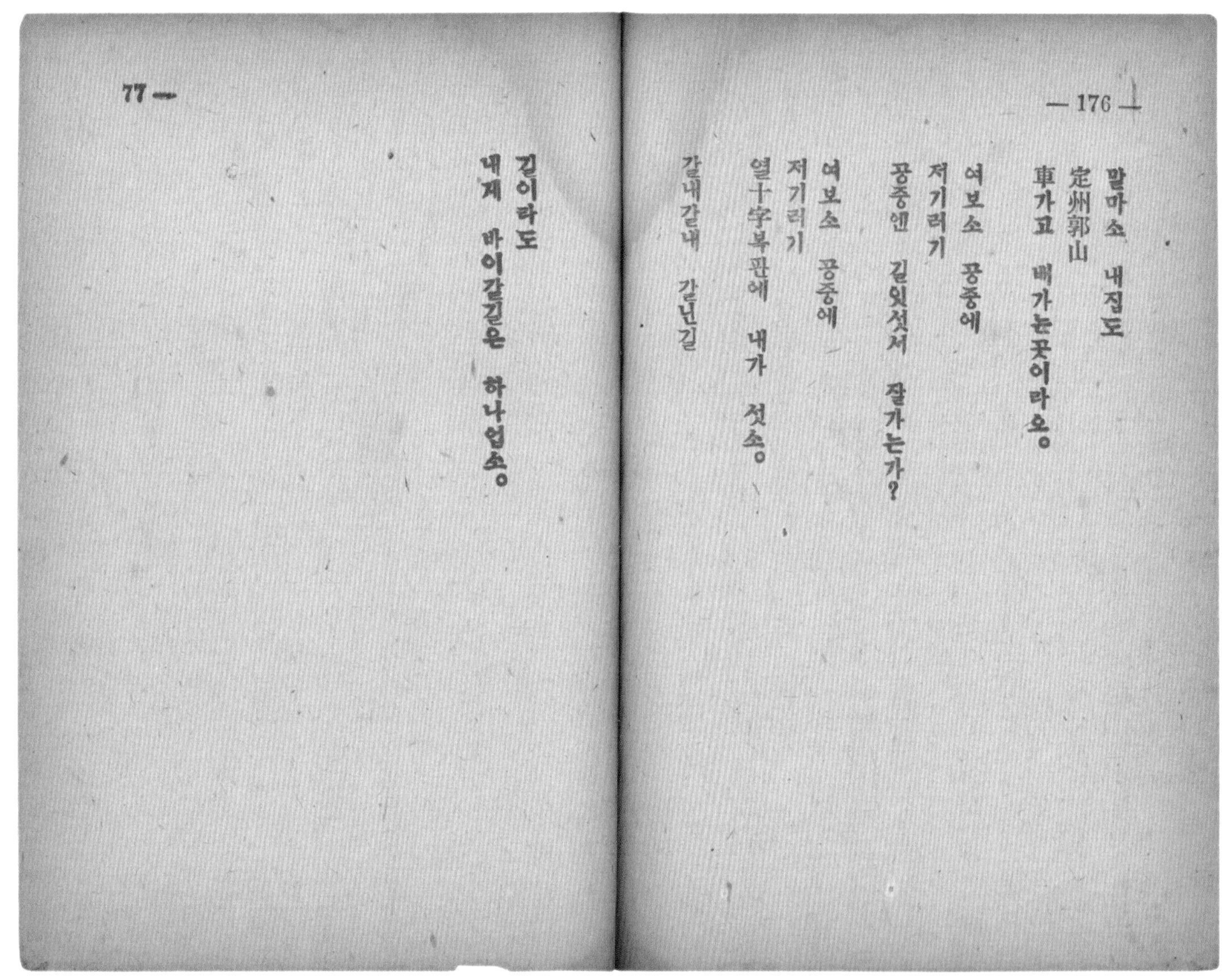

— 176 —

말마소 내집도
定州郭山
車가고 배가는곳이라오。

여보소 공중에
저기러기
공중엔 길잇섯서 잘가는가?

여보소 공중에
저기러기
열十字복판에 내가 섯소。

갈내갈내 갈닌길

77 —

길이라도
내게 바이갈길은 하나업소。

말마소 내집도
定州郭山
車가고 배가는곳이라오。

여보소 공중에
저기러기
공중엔 길잇섯서 잘가는가?

여보소 공중에
저기러기
열十字복판에 내가 섯소。

갈내갈내 갈닌길

길이라도
내게 바이갈길은 하나업소。

개 여 울

당신은 무슨일로
그러합니까?
홀로히 개여울에 주저안자서

파릇한풀포기가
도다나오고
잔물은 봄바람에 해적일때에

가도 아주가지는
안노라시든
그러한約束이 잇섯겟지요

날마다 개여울에
나와안자서
하염업시 무엇을생각합니다

가도 아주가지는
안노라심은
구지닛지말라는 부탁인지요

개여울

당신은 무슨일로
그리합니까?
훌로히 개여울에 주저안자서

파릇한풀포기가
도다나오고
잔물은 봄바람에 헤적일때에

가도 아주가지는
안노라시든
그러한約束이 잇섯겟지요

날마다 개여울에
나와안자서
하염업시 무엇을생각합니다

가도 아주가지는
안노라심은
구지닛지말라는 부탁인지요

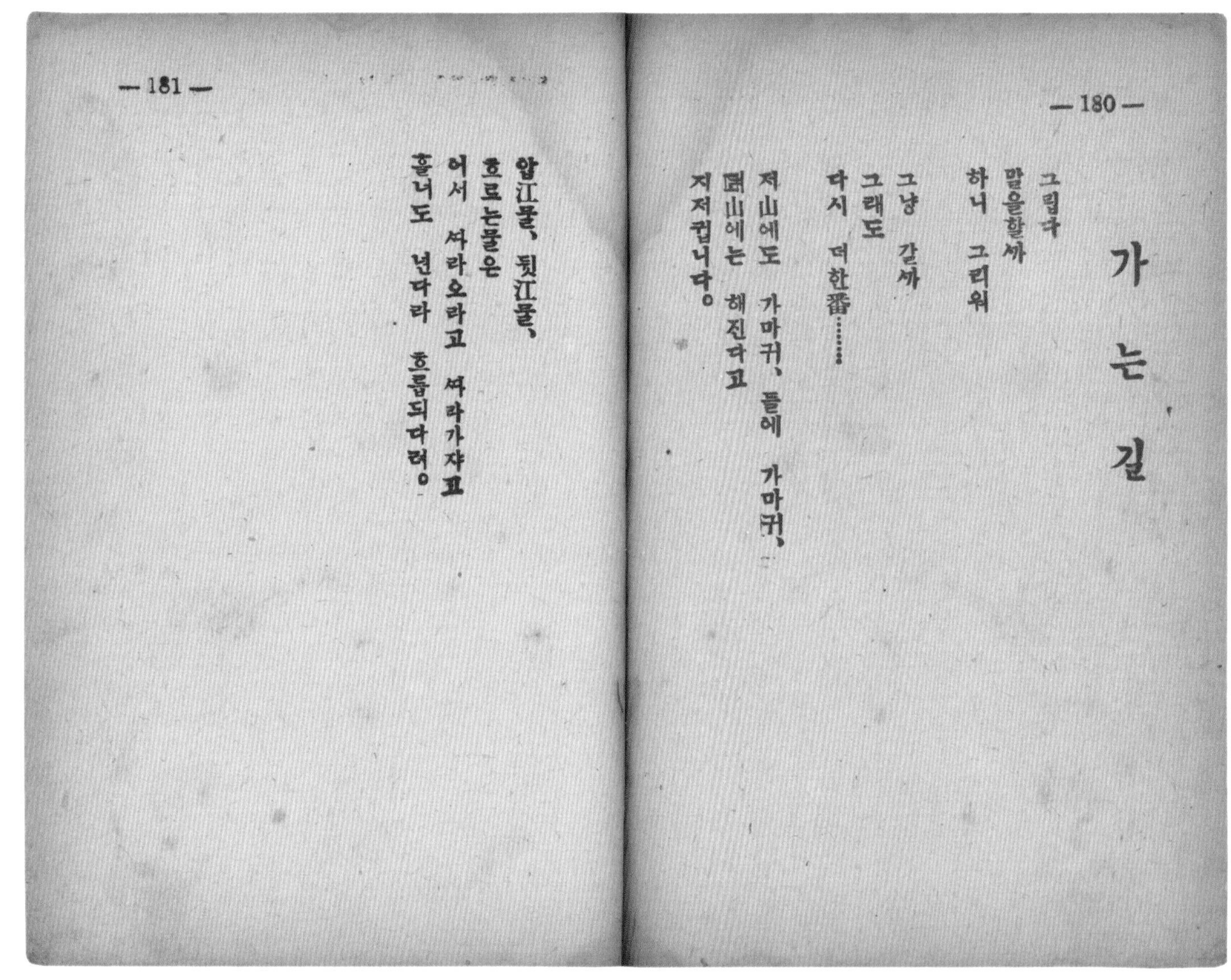

가는길

그립다
말을할싸
하니 그리워

그냥 갈싸
그래도
다시 더한番……

저山에도 가마귀, 들에 가마귀,
西山에는 해진다고
지저귑니다。

압江물, 뒷江물,
흐르는물은
어서 ᄯᅡ라오라고 ᄯᅡ라가쟈고
흘너도 년다라 흐릅듸다려。

가 는 길

그립다
말을할까
하니 그리워

그냥 갈까
그래도
다시 더한番……

저山에도 가마귀, 들에 가마귀,
西山에는 해진다고
지저귑니다。

압江물, 뒷江물,
흐르는물은
어서 따라오라고 따라가쟈고
흘너도 년다라 흐릅듸다려。

往十里

비가 온다
오누나
오는비는
올지라도 한닷새 왓스면죠치。

여드래 스무날엔
온다고 하고
초하로 朔望이면 간다고햇지。
가도가도 往十里 비가오네。

웬걸, 저새야

울냐거든
往十里건너가서 울어나다고,
비마자 나른해서 벌새가 운다。

天安에삼거리 실버들도
촉촉히저젓서 느러젓다데。
비가와도 한닷새 왓스면죠치。
구름도 山마루에 걸너서 운다。

往十里

비가 온다
오누나
오는비는
올지라도 한닷새 왓스면죠치。

여드래 스무날엔
온다고 하고
초하로 朔望이면 간다고햇지。
가도가도 往十里 비가오네。

웬걸、저새야
울나거든
往十里건너가서 울어나다고、
비마자 나른해서 벌새가 운다。

天安에삽거리 실버들도
축축히저젓서 느러젓다데。
비가와도 한닷새 왓스면죠치。
구름도 山마루에 걸녀서 운다。

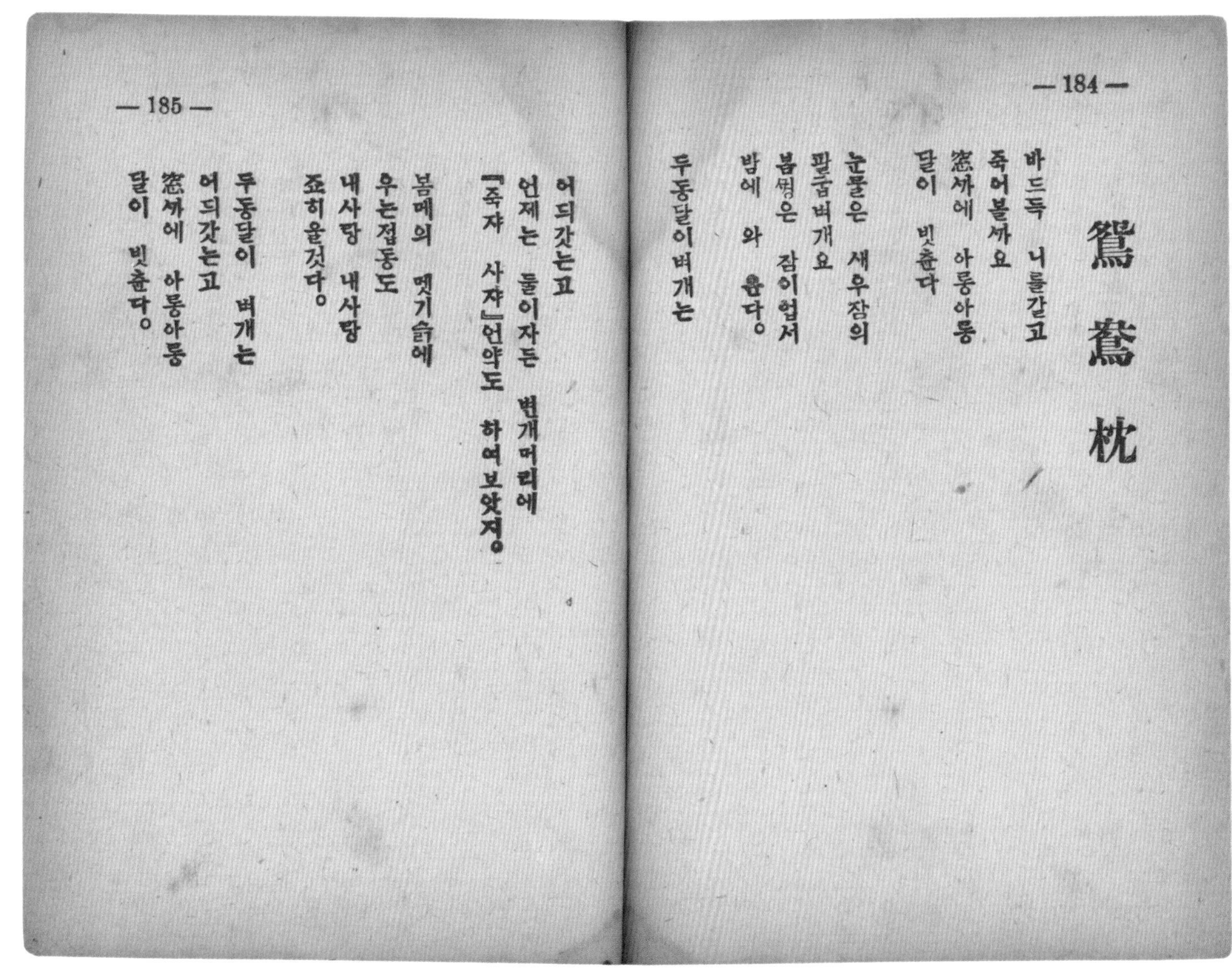

— 184 —

鴛鴦枕

바드득 니를갈고
죽어볼싸요
窓싸에 아롱아롱
달이 빗츈다

눈물은 새우잠의
팔굽벼개요
봄꿩은 잠이업서
밤에 와 운다。

두동달이벼개는

— 185 —

어듸갓는고
언제는 둘이자든 벼개머리에
『죽쟈 사쟈』언약도 하여보앗지。

봄메의 멧기슭에
우는접동도
내사랑 내사랑
죠히울것다。

두동달이 벼개는
어듸갓는고
窓싸에 아롱아롱
달이 빗츈다。

鴛鴦枕

바드득 니를갈고
죽어볼까요
窓까에 아롱아롱
달이 빗츤다

눈물은 새우잠의
팔굽벼개요
봄꼉은 잠이업서
밤에 와 운다。

두동달이벼개는

어듸갓는고
언제는 둘이자든 벼개머리에
「죽쟈 사쟈」언약도 하여보앗지。

봄메의 멧기슭에
우는접동도
내사랑 내사랑
죠히울것다。

두동달이 벼개는
어듸갓는고
窓까에 아롱아롱
달이 빗츤다。

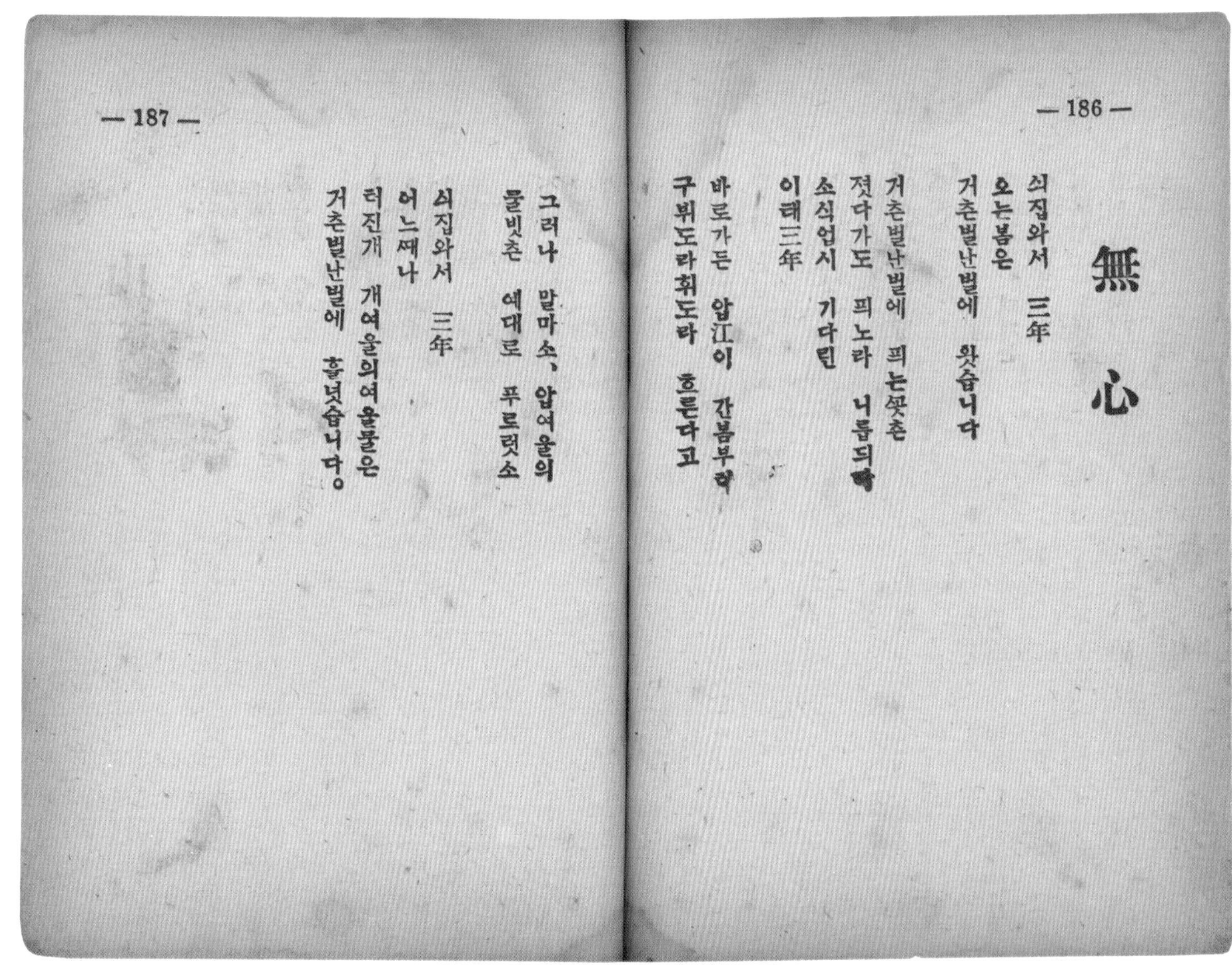

無心

쇠집와서 三年
오는봄은
거츤벌난벌에 왓습니다

거츤벌난벌에 픠는쏫츤
젓다가도 픠노라 니릅되다
소식업시 기다린
이태三年

바로가든 압江이 간봄부터
구뷔도라휘도라 흐른다고

그러나 말마소, 압여울의
물빗츤 예대로 푸르럿소

쇠집와서 三年
어느때나
터진개 개여울의여울물은
거츤벌난벌에 흘넛습니다。

無 心

싀집와서 三年
오는봄은
거츤벌난벌에 왓습니다

거츤벌난벌에 픠는쏫츤
졋다가도 픠노라 니릅되다
소식업시 기다린
이태三年

바로가든 압江이 간봄부터
구뷔도라휘도라 흐른다고

그러나 말마소、압여울의
물빗츤 예대로 푸르렀소

싀집와서 三年
어느쌔나
터진개 개여울의여울물은
거츤벌난벌에 흘넛습니다。

山

山새도 오리나무
우헤서 운다
山새는 왜우노、 시메山골
嶺넘어 갈나고 그래서 울지。

눈은나리네、 와서덥피네。
오늘도 하롯길
七八十里
도라섯서 六十里는 가기도햇소。

不歸、不歸、 다시不歸、

三水甲山에 다시不歸。
사나희속이라 니즈련만、
十五年정분을 못닛겟네

산에는 오는눈、 들에는 녹는눈。
山새도 오리나무
우헤서 운다。
三水甲山가는길은 고개의길。

山

山새도 오리나무
우헤서 운다
山새는 왜우노、시메山골
嶺넘어 갈나고 그래서 울지。

눈은나리네、와서덥피네。
오늘도 하롯길
七八十里
도라섯서 六十里는 가기도햇소。

不歸、不歸、다시不歸、

三水甲山에 다시不歸。
사나희속이라 니즈련만、
十五年정분을 못닛겟네

산에는 오는눈、들에는 녹는눈。
山새도 오리나무
우헤서 운다。
三水甲山가는길은 고개의길。

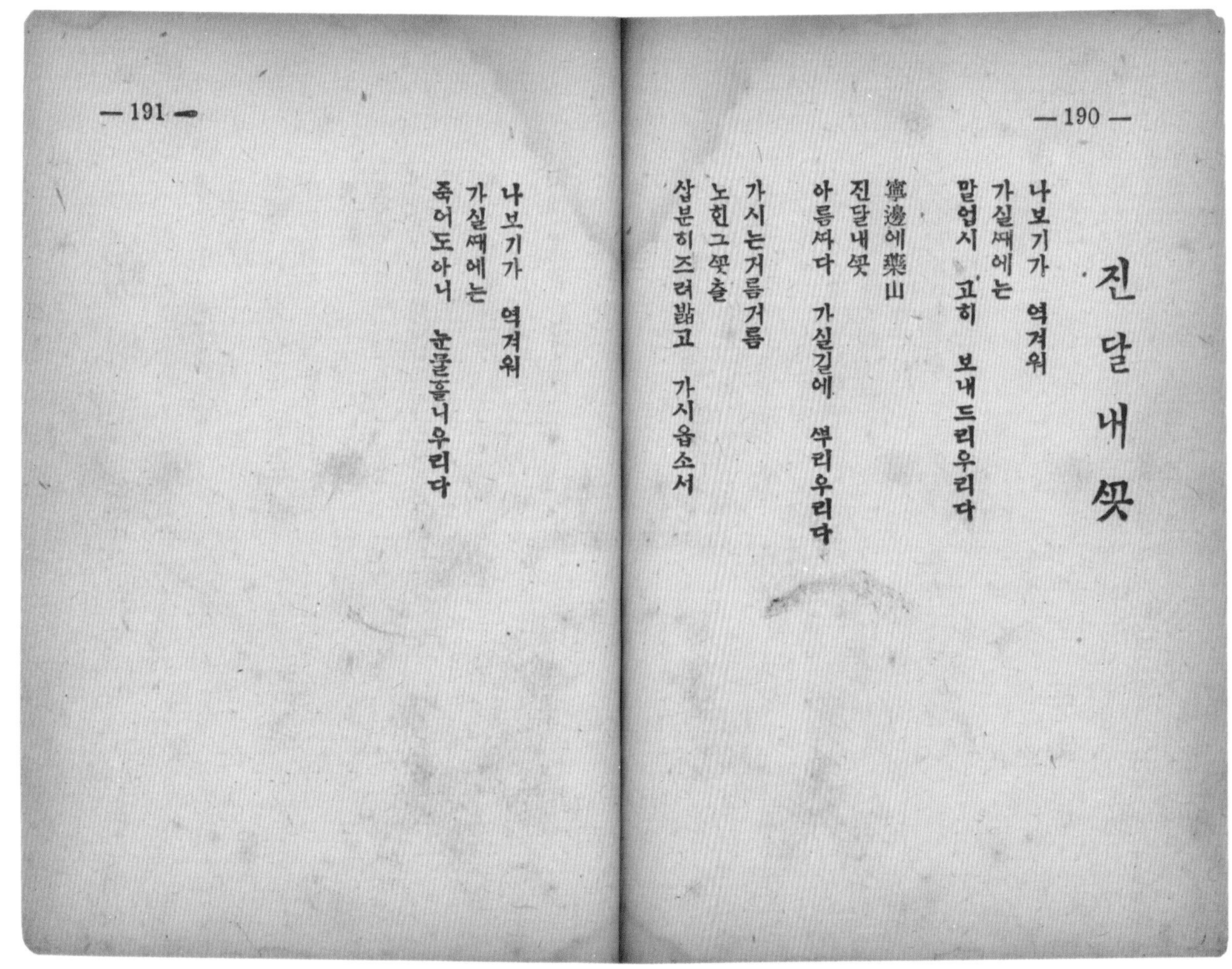

— 190 —

진달내쏫

나보기가 역겨워
가실때에는
말업시 고히 보내드리우리다

寧邊에藥山
진달내쏫
아름따다 가실길에 뿌리우리다

가시는거름거름
노힌그쏫츨
삽분히즈려밟고 가시옵소서

— 191 —

나보기가 역겨워
가실때에는
죽어도아니 눈물흘니우리다

진달내쏫

나보기가 역겨워
가실때에는
말업시 고히 보내드리우리다

寧邊에藥山
진달내쏫
아름따다 가실길에 뿌리우리다

가시는거름거름
노힌그쏫츨
삽분히즈려밟고 가시옵소서

나보기가 역겨워
가실때에는
죽어도아니 눈물흘니우리다

朔州龜城

물로사흘 배사흘
먼三千里
더더구나 거러넘는 먼三千里
朔州龜城은 山을넘은六千里요

물마자 함빡히저즌 제비도
가다가 비에걸녀 오노랍니다
저녁에는 놉픈山
밤에 놉픈山

朔州龜城은 山넘어

먼六千里
각금각금 쑴에는 四五千里
가다오다 도라오는길이겟지요

서로 떠난몸이길내 몸이그리워
님을 둔곳이길내 곳이그리워
못보앗소 새들도 집이그리워
南北으로 오며가며 안이합듸까

들끗헤 나라가는 나는구름은
밤쯤은 어듸 바로 가잇슬텐고
朔州龜城은 山넘어
먼六千里

朔州龜城

물로사흘 배사흘
먼三千里
더더구나 거러넘는 먼三千里
朔州龜城은 山을넘은六千里요

물마자 함빡히저즌 제비도
가다가 비에걸녀 오노랍니다
저녁에는 놉픈山
밤에 놉픈山

朔州龜城은 山넘어

먼六千里
각금각금 꿈에는 四五千里
가다오다 도라오는길이겟지요

서로 떠난몸이길내 몸이그리워
님을 둔곳이길내 곳이그리워
못보앗소 새들도 집이그리워
南北으로 오며가며 안이합듸까

들끗테 나라가는 나는구름은
밤쯤은 어듸 바로 가잇슬텐고
朔州龜城은 山넘어
먼六千里

널

城村의 아가씨들
널뛰노나
초파일 날이라고
널을뛰지요

바람부러요
바람이 분다고!
담안에는 垂楊의버드나무
彩色줄 層層그네 매지를마라요
담밧게는垂楊의느러진가지

느러진가지는
오오 누나!
휘젓이 느러저서 그늘이깁소。」

죠타 봄날은
몸에겹지
널뛰는 城村의아가씨네들
널은 사랑의 버릇이라오

널

城村의 아가씨들
널뛰노나
초파일 날이라고
널을뛰지요

바람부러요
바람이 분다고!
담안에는 垂楊의버드나무
彩色줄 層層그네 매지를마라요

담밧게는垂楊의느러진가지

느러진가지는
오오 누나!
휘젓이 느러저서 그늘이깁소。

죠타 봄날은
몸에겹지
널뛰는 城村의아가씨네들
널은 사랑의 버릇이라오

春香과李道令

平壤에大同江은
우리나라에
곱기로 엇듬가는 가람이지요

三千里가다가다 한가운데는
웃독한三角山이
솟기도햇소

그래 올소 내누님, 오오 누이님
우리나라섬기든 한옛적에는
春香과 李道令도 사랏다지요

이便에는咸陽, 저便에潭陽,
꿈에는 각금각금 山을넘어
烏鵲橋차자차자 가기도햇소

그래 올소 누이님 오오 내누님
해돗고 달도다 南原땅에는
成春香아가씨가 사랏다지요

春香과李道令

平壤에大同江은
우리나라에
곱기로 엇듬가는 가람이지요

三千里가다가다 한가운데는
웃둑한三角山이
솟기도햇소

그래 올소 내누님, 오오 누이님
우리나라섬기든 한옛적에는
春香과 李道令도 사랏다지요

이便에는咸陽、저便에潭陽、
꿈에는 각금각금 山을넘어
烏鵲橋차자차자 가기도햇소

그래 올소 누이님 오오 내누님
해돗고 달도다 南原땅에는
成春香아가씨가 사랏다지요

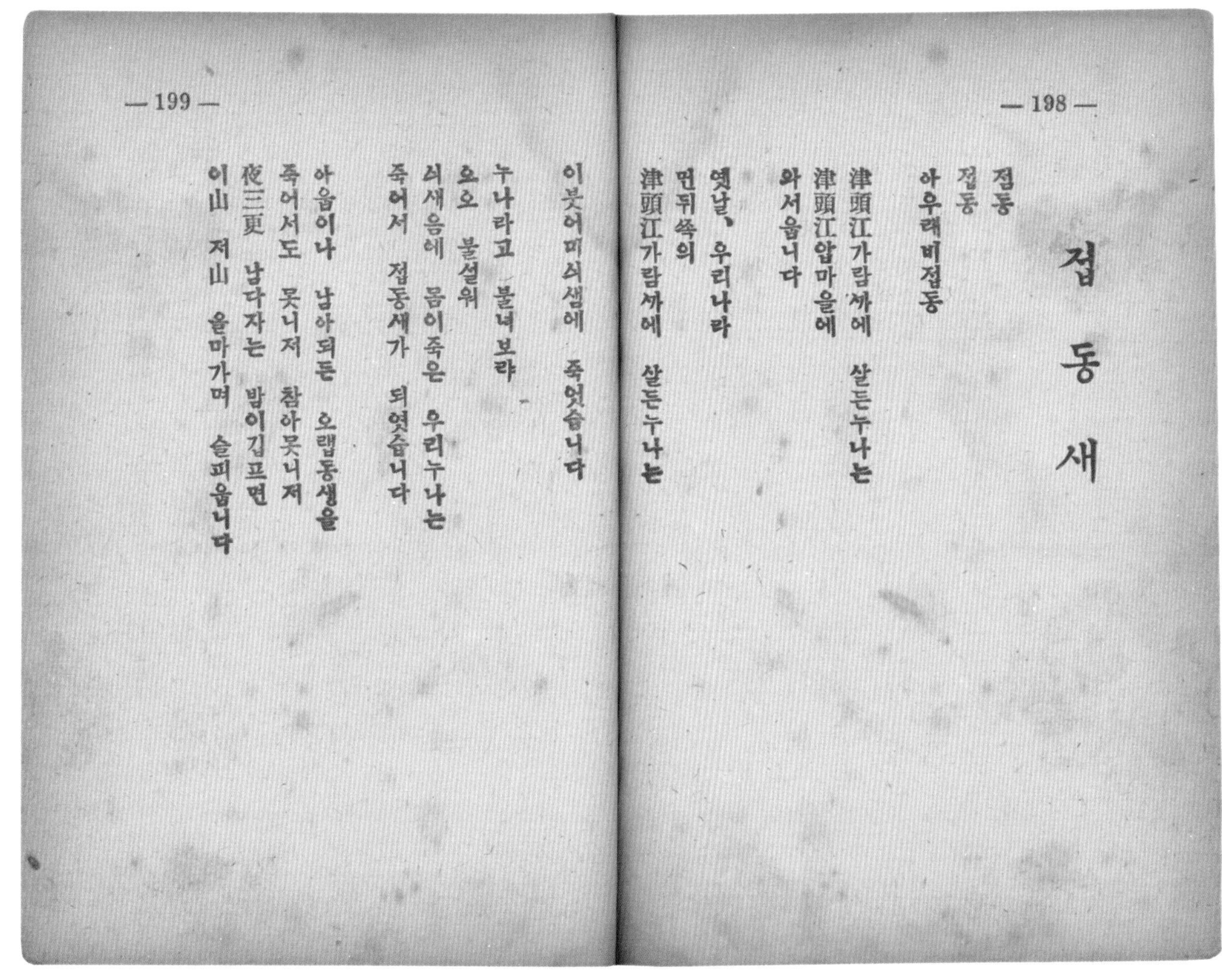

— 198 —

접동새

접동
접동
아우래비접동

津頭江가람까에 살든누나는
津頭江압마을에
와서웁니다

옛날, 우리나라
먼뒤쪽의
津頭江가람까에 살든누나는

— 199 —

이붓어미싀샘에 죽엇습니다

누나라고 불너보랴
오오 불설워
싀새음에 몸이죽은 우리누나는
죽어서 접동새가 되엿습니다

아웁이나 남아되든 오랩동생을
죽어서도 못니저 참아못니저
夜三更 남다자는 밤이깁프면
이山 저山 올마가며 슯피웁니다

접 동 새

접동
접동
아우래비접동

津頭江가람싸에 살든누나는
津頭江압마을에
와서웁니다

옛날, 우리나라
먼뒤쪽의
津頭江가람싸에 살든누나는

이붓어미싀샘에 죽엇습니다

누나라고 불너보랴
오오 불설워
싀새음에 몸이죽은 우리누나는
죽어서 접동새가 되엿습니다

아웁이나 남아되든 오랩동생을
죽어서도 못니저 참아못니저
夜三更 남다자는 밤이깁프면
이山 저山 올마가며 슬피웁니다

집 생 각

山에나 올나섯서
바다를 보라
四面에 百열里、滄波중에
客船만 중중……써나간다。

名山大刹이 그 어듸메냐
香案、香榻、대그릇에、
夕陽이 山머리넘어가고
四面에 百열里、물소래라

『젊어서 뭇갓든 오늘날로

錦衣로 還故鄕하옵소사。』
客船만 중중……써나간다
四面에 百열里、나어찌갈싸

싸토리도 山속에 색기치고
他關萬里에 와잇노라고
山중만 바라보며 목메인다
눈물이 압플가리운다고

들에나 나려오면
치어다 보라
헤님과달님이 넘나든고개
구름만 첩첩……써도라간다

— 200 —

집 생 각

山에나 올나섯서
바다를 보라
四面에 百열里、滄波중에
客船만 중중……써나간다。

名山大刹이 그 어듸메냐
香案、香榻、대그릇에、
夕陽이 山머리넘어가고
四面에 百열里、물소래라

『젊어서 못갓든 오늘날로

— 201 —

錦衣로 還故鄕하옵소사。』
客船만 중중……써나간다
四面에 百열里、나어찌갈싸

싸토리도 山속에 색기치고
他關萬里에 와잇노라고
山중만 바라보며 목메인다
눈물이 압플가리운다고

들에나 나려오면
치어다 보라
해님과달님이 넘나든고개
구름만 첩첩……써도라간다

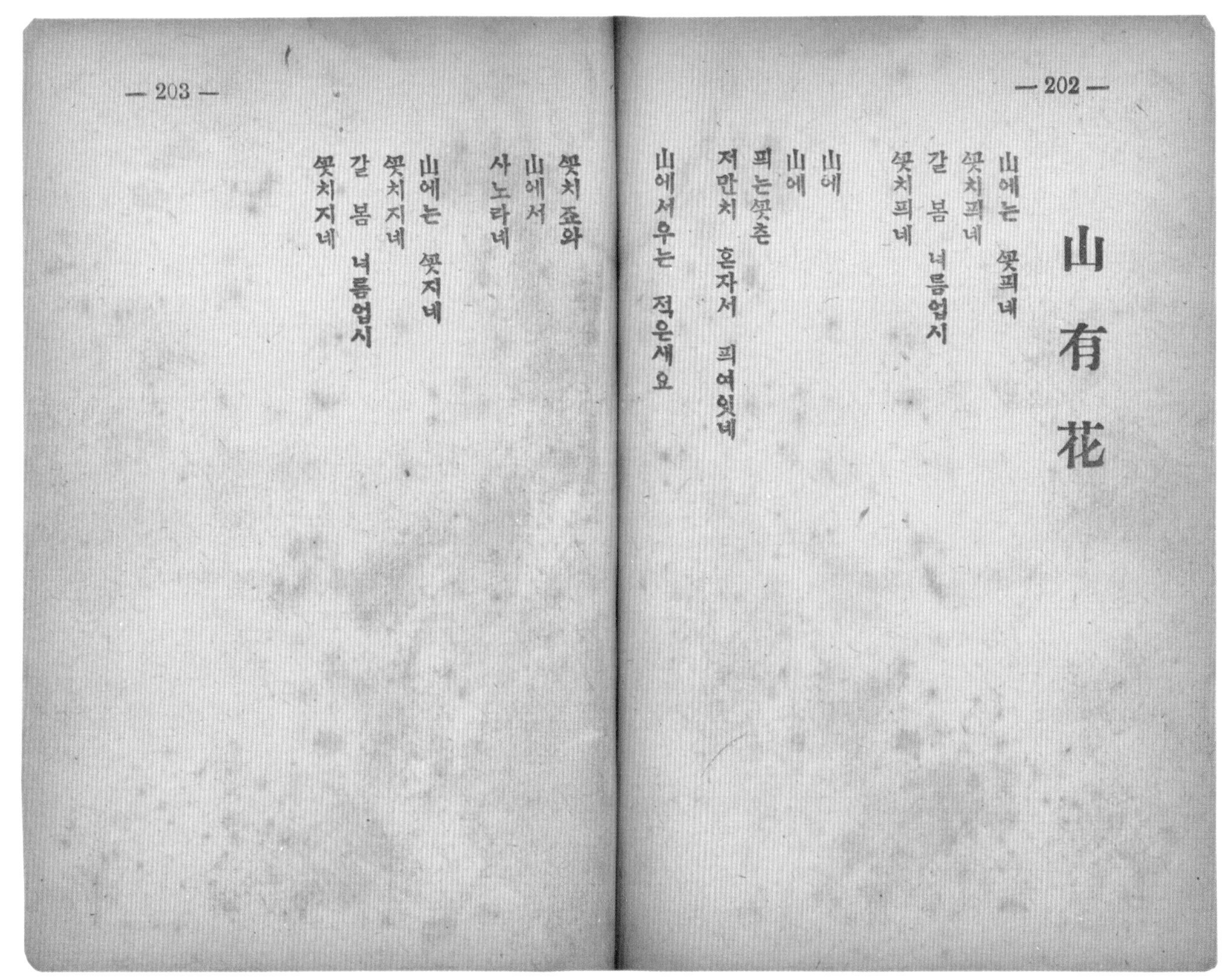

山有花

山에는 쏫픠네
쏫치픠네
갈 봄 녀름업시
쏫치픠네

山에
山에
픠는쏫츤
저만치 혼자서 픠여잇네

山에서우는 적은새요

쏫치죠와
山에서
사노라네

山에는 쏫지네
쏫치지네
갈 봄 녀름업시
쏫치지네

山有花

山에는 쏫픠네
쏫치픠네
갈 봄 녀름업시
쏫치픠네

山에
山에
픠는쏫츤
저만치 혼자서 픠여잇네

山에서우는 적은새요

쏫치죠와
山에서
사노라네

山에는 쏫지네
쏫치지네
갈 봄 녀름업시
쏫치지네

ᄭᅩᆺ燭불 켜는밤

쏫燭불 켜는밤

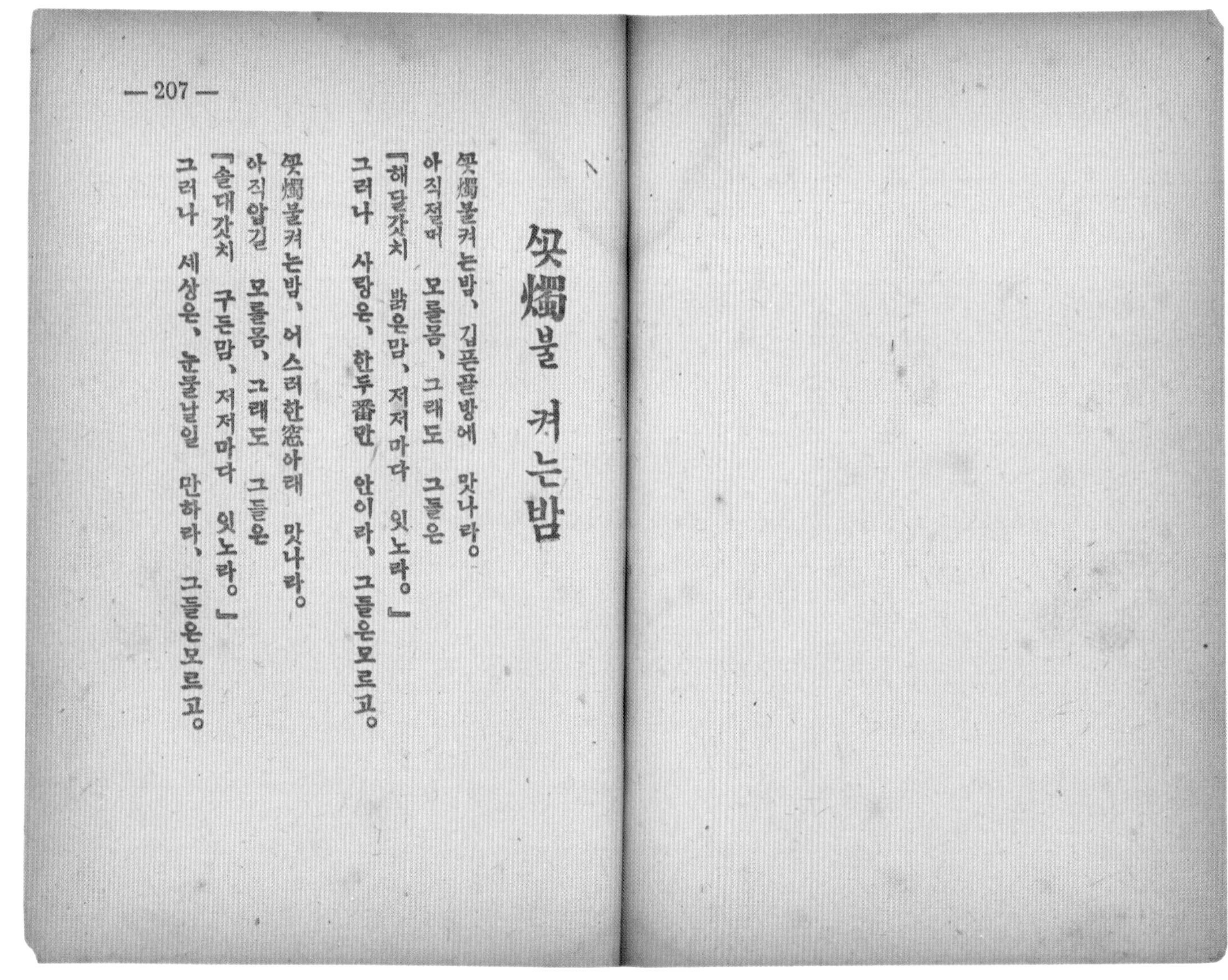

꼿燭불 켜는밤

꼿燭불켜는밤、깁흔골방에 맛나라。
아직절머 모를몸、그래도 그들은
『해달갓치 밝은맘、저저마다 잇노라。』
그러나 사랑은、한두番만 안이라、그들은모르고。

꼿燭불켜는밤、어스러한窓아래 맛나라。
아직압길 모를몸、그래도 그들은
『솔대갓치 구든맘、저저마다 잇노라。』
그러나 세상은、눈물날일 만하라、그들은모르고。

쏫燭불 켜는밤

쏫燭불켜는밤、 깁픈골방에 맛나라。
아직절머 모를몸、 그래도 그들은
『해달갓치 밝은맘、 저저마다 잇노라。』
그러나 사랑은、 한두番만 안이라、 그들은모르고。

쏫燭불켜는밤、 어스러한窓아래 맛나라。
아직압길 모를몸、 그래도 그들은
『솔대갓치 구든맘、 저저마다 잇노라。』
그러나 세상은、 눈물날일 만하라、 그들은모르고。

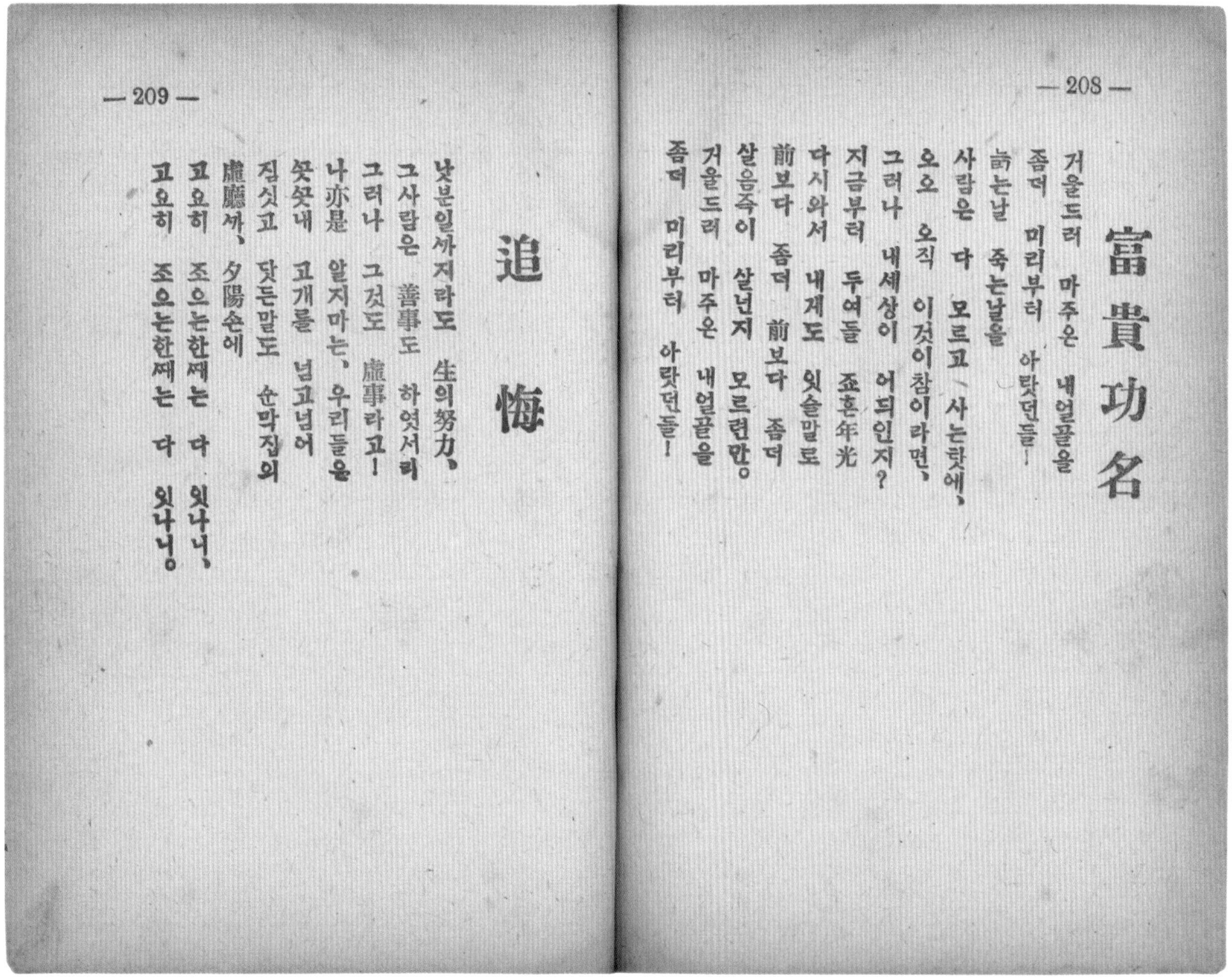

富貴功名

거울드려 마주온 내얼골을
좀더 미리부터 아랏던들!
늙는날 죽는날을
사람은 다 모르고 사는탓에,
오오 오직 이것이 참이라면,
그러나 내세상이 어듸인지?
지금부터 두여들 죠흔年光
다시와서 내게도 잇슬말로
前보다 좀더 前보다 좀더
살음즉이 살넌지 모르련만。
거울드려 마주온 내얼골을
좀더 미리부터 아랏던들!

追悔

낫분일싸지라도 生의努力,
그사람은 善事도 하엿서라
그러나 그것도 虛事라고!
나亦是 알지마는, 우리들은
씃씃내 고개를 넘고넘어
짐싯고 닷든말도 순막집의
虛廳싸, 夕陽손에
고요히 조으는한때는 다 잇나니,
고요히 조오는한때는 다 잇나니。

富貴功名

거울드러 마주온 내얼골을
좀더 미리부터 아랏던들!
늙는날 죽는날을
사람은 다 모르고 사는탓에,
오오 오직 이것이참이라면,
그러나 내세상이 어되인지?
지금부터 두여들 죠흔年光
다시와서 내게도 잇슬말로
前보다 좀더 前보다 좀더
살음즉이 살넌지 모르련만。
거울드러 마주온 내얼골을
좀더 미리부터 아랏던들!

追悔

낫분일싸지라도 生의努力,
그사람은 善事도 하엿서라
그러나 그것도 虛事라고!
나亦是 알지마는, 우리들은
쏫쏫내 고개를 넘고넘어
짐싯고 닷든말도 순막집의
虛廳싸, 夕陽손에
고요히 조으는한쌔는 다 잇나니,
고요히 조으는한쌔는 다 잇나니。

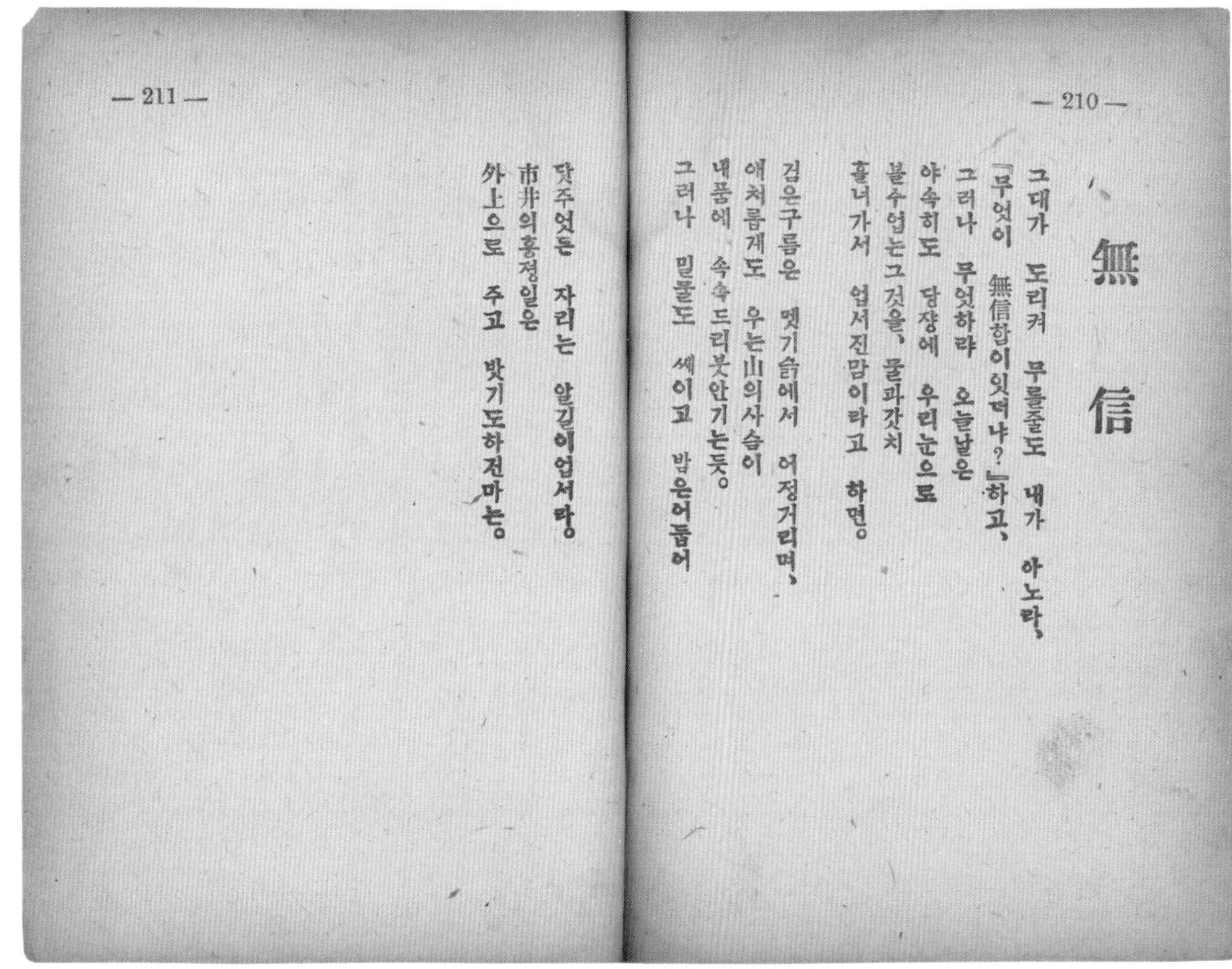

— 210 —

無信

그대가 도리켜 무를줄도 내가 아노라,
「무엇이 無信함이 잇더냐?」하고,
그러나 무엇하랴 오늘날은
야속히도 당장에 우리눈으로
볼수업는그것을, 물과갓치
흘너가서 업서진맘이라고 하면。

검은구름은 멧기슭에서 어정거리며,
애처롭게도 우는山의사슴이
내품에 속속드리붓안기는듯。
그러나 밀물도 쎄이고 밤은어둡어

— 211 —

닷주엇든 자리는 알길이업서라。
市井의흥정일은
外上으로 주고 밧기도하전마는。

無信

그대가 도리켜 무를줄도 내가 아노라、
『무엇이 無信함이잇더냐?』하고、
그러나 무엇하랴 오늘날은
야속히도 당장에 우리눈으로
볼수업는그것을、물과갓치
흘너가서 업서진맘이라고 하면。

검은구름은 멧기슭에서 어정거리며、
애처롭게도 우는山의사슴이
내품에 속속드리붓안기는듯。
그러나 밀물도 쎄이고 밤은어둡어

닷주엇든 자리는 알길이업서라。
市井의홍정일은
外上으로 주고 밧기도하건마는。

꿈길

물구슬의봄새벽 아득한길
하늘이며 들사이에 넓븐숩
저즌香氣 붉읏한닙우의길
실그물의 바람비처 저즌숩
나는 거러가노라 이러한길
밤저녁의그늘진 그대의꿈
흔들니는 다리우 무지개길
바람조차 가을봄 거츠는꿈

사노라면 사람은죽는것을

하로라도 몃番식 내생각은
내가 무엇하랴고 살랴는지?
모르고 사랏노라、그럴말로
그러나 흐르는 저냇물이
흘너가서 바다로 든댈진댄。
일로조차 그러면、이내몸은
애쓴다고는 말부터 니즈리라。
사노라면 사람은 죽는것을
그러나、다시 내몸、
봄빗의불붓는 사래흙에
집짓는 저개아미

꿈 길

물구슬의봄새벽 아득한길
하늘이며 들사이에 넓븐숩
저즌香氣 붉읏한닙우의길
실그물의 바람비처 저즌숩
나는 거러가노라 이러한길
밤저녁의그늘진 그대의꿈
흔들니는 다리우 무지개길
바람조차 가을봄 거츠는꿈

사노라면 사람은죽는것을

하로라도 멧番식 내생각은
내가 무엇하랴고 살랴는지?
모르고 사랏노라, 그럴말로
그러나 흐르는 저냇물이
흘너가서 바다로 든댈진댄。
일로조차 그러면, 이내몸은
애쓴다고는 말부터 니즈리라。
사노라면 사람은 죽는것을
그러나, 다시 내몸,
봄빗의불붓는 사태흙에
집짓는 저개아미

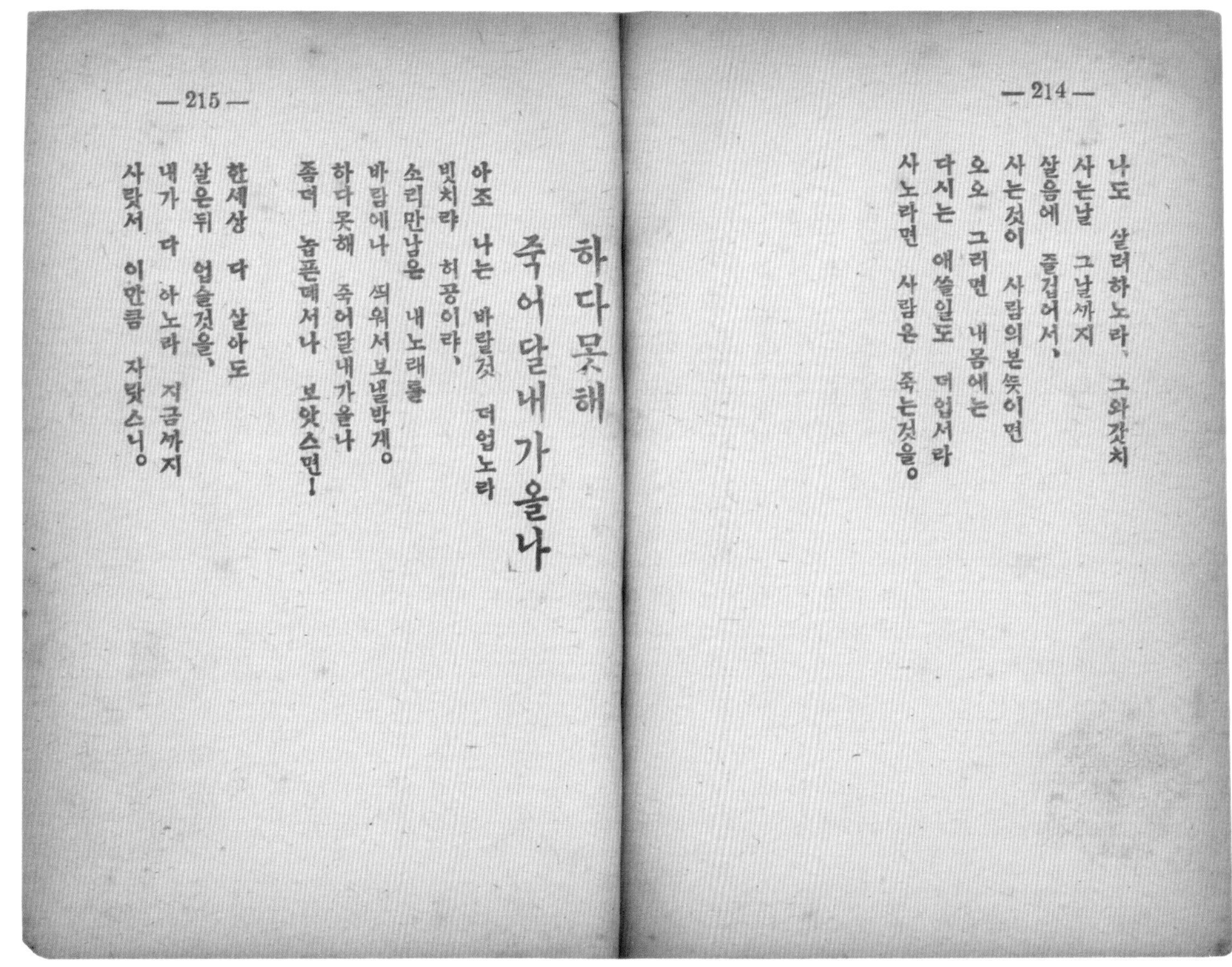

나도 살려하노라、 그와갓치
사는날 그날까지
살음에 즐겁어서、
사는것이 사람의본뜻이면
오오 그러면 내몸에는
다시는 애쓸일도 더업서라
사노라면 사람은 죽는것을。

하다못해 죽어달내가올나

아조 나는 바랄것 더업노라
빗치랴 허공이랴、
소리만남은 내노래를
바람에나 씌워서보낼박게。
하다못해 죽어달내가올나
좀더 놉픈데서나 보앗스면!

한세상 다 살아도
살은뒤 업슬것을、
내가 다 아노라 지금까지
사랏서 이만큼 자랏스니。

나도 살려하노라、그와갓치
사는날 그날ᄭᅡ지
살음에 즐겁어서、
사는것이 사람의본뜻이면
오오 그러면 내몸에는
다시는 애쓸일도 더업서라
사노라면 사람은 죽는것을。

하다못해 죽어달내가올나

아조 나는 바랄것 더업노라
빗치랴 허공이랴、
소리만남은 내노래를
바람에나 씌워서보낼박게。
하다못해 죽어달내가올나
좀더 놉픈데서나 보앗스면!

한세상 다 살아도
살은뒤 업슬것을、
내가 다 아노라 지금ᄭᅡ지
사랏서 이만큼 자랏스니。

예전에 지나본모든일을
사랏다고 니를수잇슬진댄!

물까의 다라저널닌 굴껍풀에
붉은가시덤불 버더늙고
어득어득 점은날을
비바람에울지는 돌무덕이
하다못해 죽어달내가을나
밤의고요한때라도 직켯스면!

希　望

날은저물고 눈이나려라
낫서른물까으로 내가왓슬때。
山속의올뱀이 울고울며
떠러진닙들은 눈아래로 깔녀라。

아아 蕭殺스럽은風景이어
智慧의눈물을 내가 어들때!
이제금 알기는 알앗전만은!
이세상 모든것을
한갓 아름답은눈얼님의
그림자뿐인줄을。

예전에 지나본모든일을
사랏다고 니를수잇슬진댄!

물싸의 다라저널닌 굴껍풀에
붉은가시덤불 버더늙고
어득어득 점우날을
비바람에울지는 돌무덕이
하다못해 죽어달내가올나
밤의고요한째라도 직켯스면!

希望

날은저물고 눈이나려라
낫서른물싸으로 내가왓슬째。
山속의올뱀이 울고울며
떠러진닙들은 눈아래로 쌀녀라

아아 蕭殺스럽은風景이어
智慧의눈물을 내가 어들째!
이제금 알기는 알앗건만은!
이세상 모든것을
한갓 아름답은눈얼님의
그림자뿐인줄을。

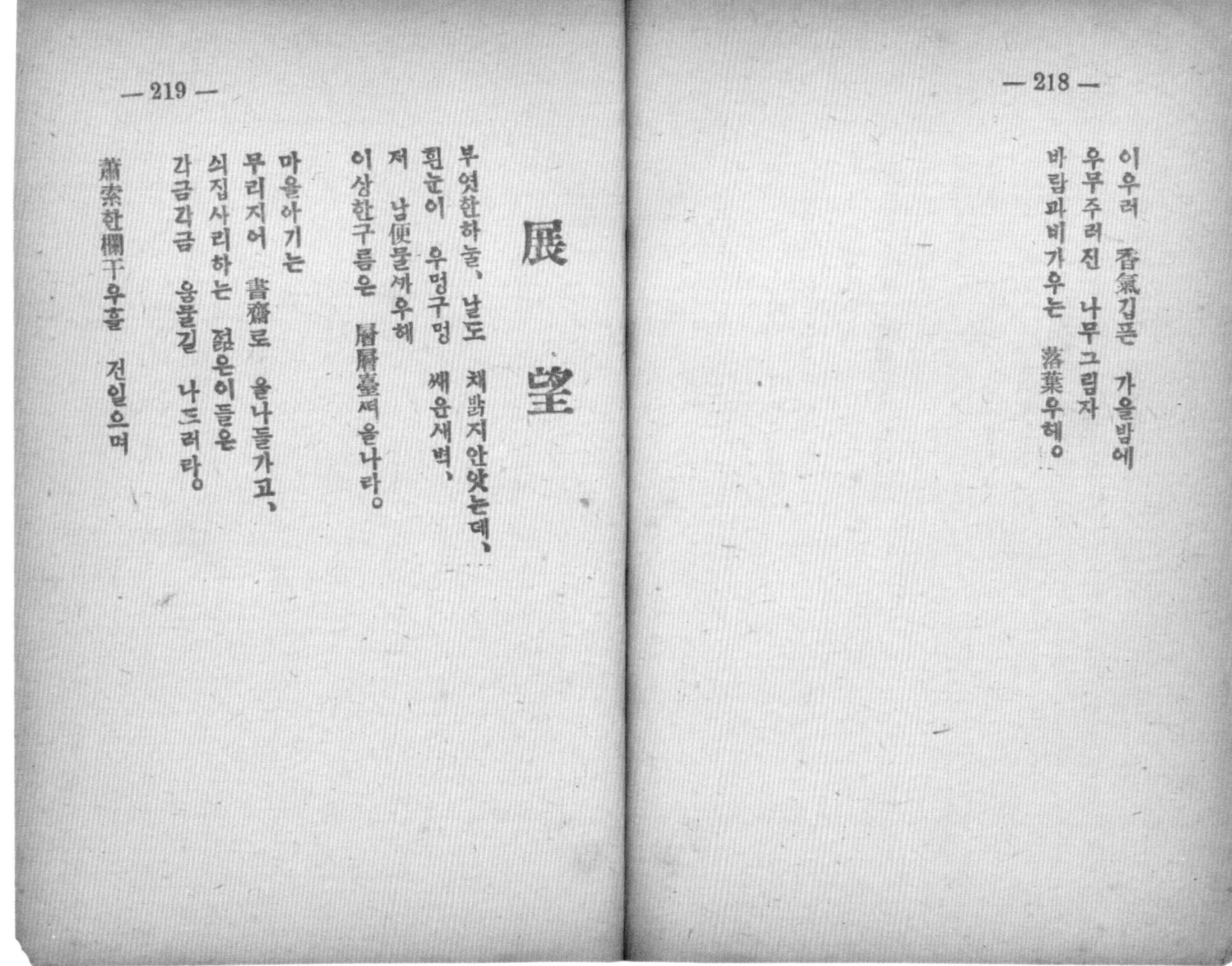

이우러 香氣깁픈 가을밤에
우무주러진 나무그림자
바람파비가우는 落葉우헤。

展 望

부엿한하눌、날도 채밝지안앗는데、
흰눈이 우멍구멍 쌔운새벽、
저 남便물가우헤
이상한구름은 層層臺써 올나라。

마을아기는
무리지어 書齋로 올나들가고、
싀집사리하는 젊은이들은
각금각금 움물길 나드러라。

蕭索한欄干우흘 건일으며

— 218 —

이우러 香氣깁픈 가을밤에
우무주러진 나무그림자
바람파비가우는 落葉우헤。

— 219 —

展望

부엿한하눌、날도 채밝지안앗는데、
흰눈이 우멍구멍 쌔운새벽、
저 남便물싸우헤
이상한구름은 層層臺써올나라。

마을아기는
무리지어 書齋로 올나들가고、
싀집사리하는 젊은이들은
각금각금 움물길 나드러라。

蕭索한欄干우훌 건일으며

— 220 —

내가 볼때 온아츰, 내가슴의,
좁펴옴긴 그림張이 한녑풀,
한갓 더운눈물로 어룽지게。

억개우헤 銃메연산양바치
半白의머리털에 바람불며
한번 다름박질。 올길 다왓서라。
흰눈이 滿山遍野 쌔운아츰。

— 221 —

나는 세상 모르고 사랏노라

『가고 오지못한다』 하는 말을
철업든 내귀로 드럿노라。
萬壽山을나서서
옛날에 갈나선 그내님도
오늘날 뵈올수잇섯스면

나는 세상모르고 사랏노라,
苦樂에 겨운입술로는
갓튼말도 죠곰더怜悧하게
말하게도 지금은 되엿건만。
오히려 세상모르고 사랏스면!

내가 볼때 온아츰、내가슴의、
좁펴옴긴 그림張이 한녑풀、
한갓 더운눈물로 어룽지재。

억개우헤 銃메인산양바치
半白의머리털에 바람불며
한번 다름박질。올길 다왓서라。
흰눈이 滿山遍野 쌔운아츰。

나는 세상 모르고 사랏노라

『가고 오지못한다』하는 말을
철업든 내귀로 드렷노라。
萬壽山올나서서
옛날에 갈나선 그내님도
오늘날 뵈올수잇섯스면

나는 세상모르고 사랏노라、
苦樂에 겨운입술로는
갓튼말도 죠곰더怜悧하게
말하게도 지금은 되엿건만。
오히려 세상모르고 사랏스면!

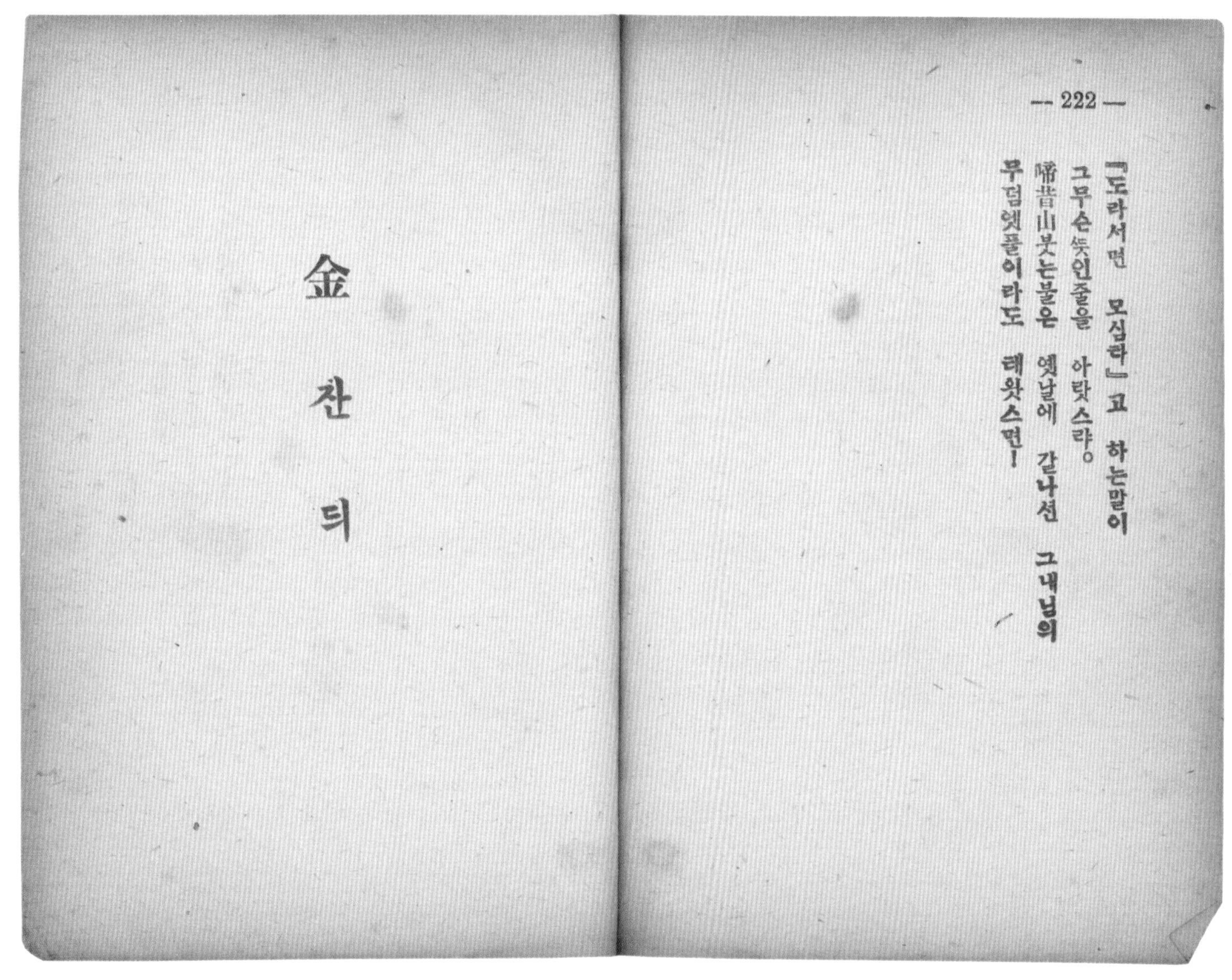

『도라서면 모심타』고 하는말이
그무슨뜻인줄을 아랏스랴。
啼昔山붓는불은 옛날에 갈나션 그내님의
무덤엣풀이라도 태왓스면!

金찬듸

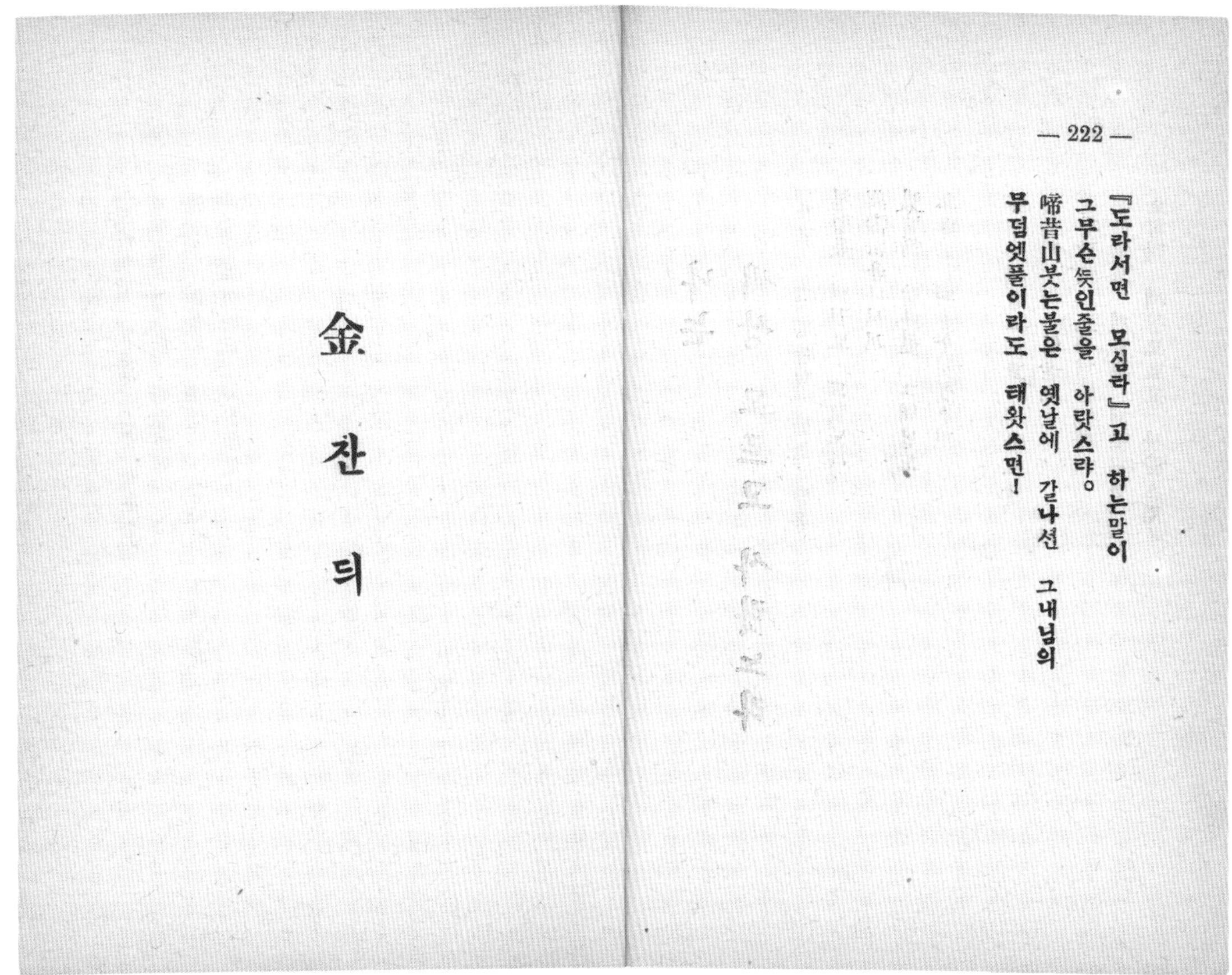

『도라서면 모심타』고 하는말이
그무슨뜻인줄을 아랏스랴。
啼昔山붓는불은 옛날에 갈나션 그내님의
무덤엣풀이라도 태왓스면!

金잔듸

— 225 —

金잔듸

잔듸、
잔듸、
금잔듸、
深深山川에 붓는불은
가신님 무덤싸에 금잔듸
봄이 왓네、봄빗치 왓네
버드나무씃테도실가지에。
봄빗치 왓네、봄날이 왓네
深深山川에도 금잔듸에。

金잔듸

잔듸、
잔듸、
금잔듸、
深深山川에 붓는불은
가신님 무덤싸에 금잔듸
봄이 왓네、봄빗치 왓네
버드나무씃테도실가지에。
봄빗치 왓네、봄날이 왓네
深深山川에도 금잔듸에。

江 村

날저믈고 돗는달에
흰물은 솰솰……
금모래 반짝……。
青노새 몰고가는郎君！
여기는 江村
江村에、내몸은 홀로 사네。
말하자면、나도 나도
느즌봄 오늘이 다 盡토록
百年妻眷을 울고가네。
길쎄 저믄 나는 선배、
당신은 江村에 홀로된몸。

첫 치 마

봄은 가나니 저믄날에、
쏫츤 지나니 저믄봄에、
속업시 우나니、지는쏫츨、
속업시 늣기나니 가는봄을。
쏫지고 닙진가지를 잡고
밋친듯 우나니、집난이는
해다지고 저믄봄에
허리에도 감은첫치마를
눈물로 함쌕히 쥐여짜며
속업시 우노나 지는쏫츨、
속업시 늣기노나、가는봄을。

— 226 —

江村

날저물고 돗는달에
흰물은 솰솰………
금모래 반짝………。
靑노새 몰고가는郎君!
여긔는 江村
江村에 내몸은 홀로 사네。
말하자면, 나도 나도
느즌봄 오늘이 다 盡토록
百年妻眷을 울고가네。
길세 저믄 나는 선배,
당신은 江村에 홀로된몸。

— 227 —

첫치마

봄은 가나니 저믄날에,
꼿촌 지나니 저믄봄에,
속업시 우나니, 지는꼿출,
속업시 늣기나니 가는봄을。
꼿지고 닙진가지를 잡고
밋친듯 우나니, 집난이는
해다지고 저믄봄에
허리에도 갑은첫치마를
눈물로 합빡히 쥐여짜며
속업시 우노나 지는꼿출,
속업시 늣기노나, 가는봄을。

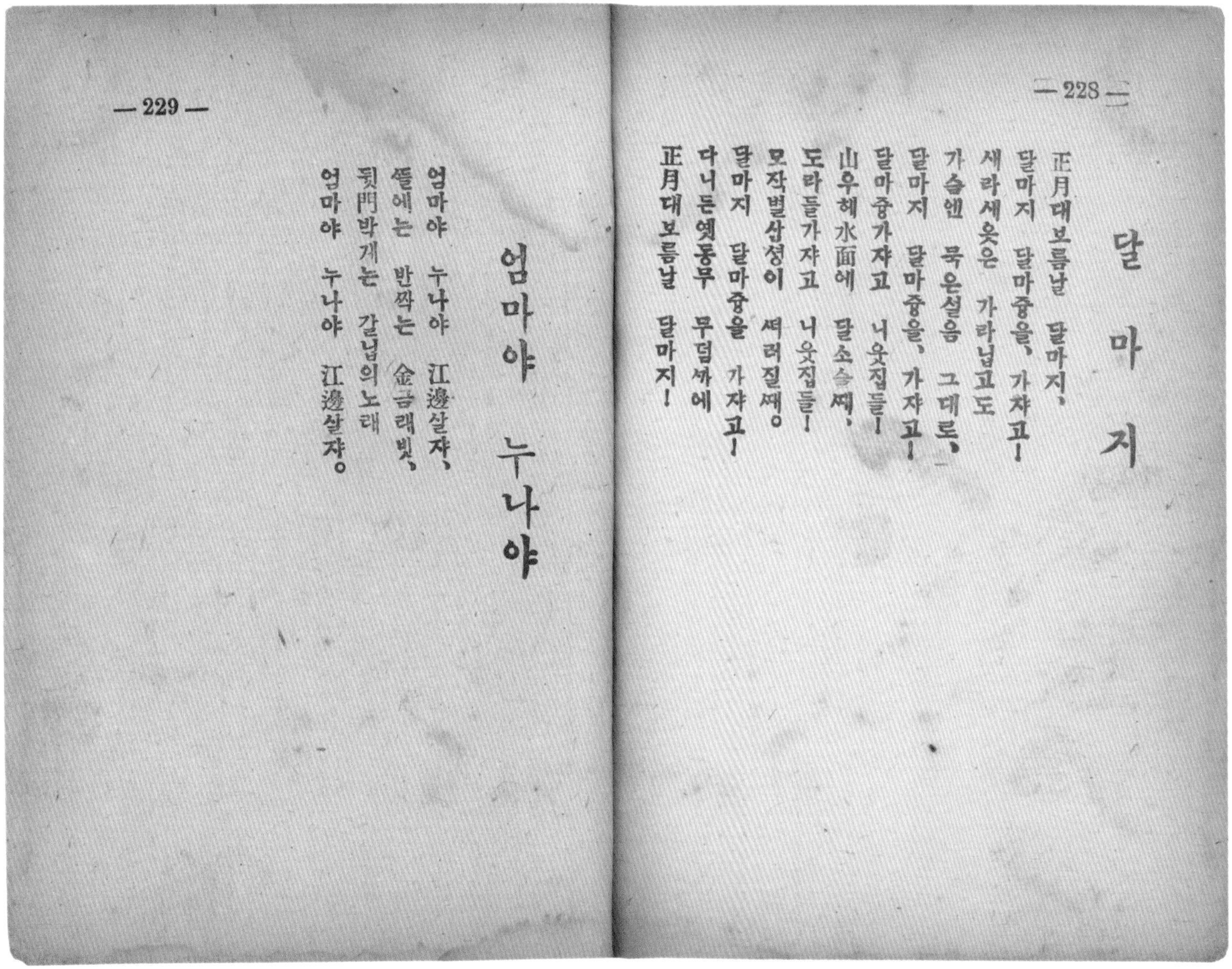

달 마 지

正月대보름날 달마지,
달마지 달마중을, 가쟈고!
새라새옷은 가라닙고도
가슴엔 묵은설음 그대로,
달마지 달마중을, 가쟈고!
달마중가쟈고 니웃집들!
山우헤水面에 달소슬때,
도라들가쟈고 니웃집들!
모작별삽성이 떠러질때。
달마지 달마중을 가쟈고!
다니든옛동무 무덤싸에
正月대보름날 달마지!

엄마야 누나야

엄마야 누나야 江邊살쟈,
뜰에는 반짝는 金금래빗,
뒷門박게는 갈닙의노래
엄마야 누나야 江邊살쟈。

달 마 지

正月대보름날 달마지、
달마지 달마중을、가쟈고!
새라새옷은 가라닙고도
가슴엔 묵은설음 그대로、
달마지 달마중을、가쟈고!
달마중가쟈고 니웃집들!
山우헤水面에 달소슬때、
도라들가쟈고、니웃집들!
모작별삼성이 떠러질때。
달마지 달마중을 가쟈고!
다니든옛동무 무덤싸에
正月대보름날 달마지!

엄마야 누나야

엄마야 누나야 江邊살쟈、
뜰에는 반짝는 金금래빗、
뒷門박게는 갈닙의노래
엄마야 누나야 江邊살쟈。

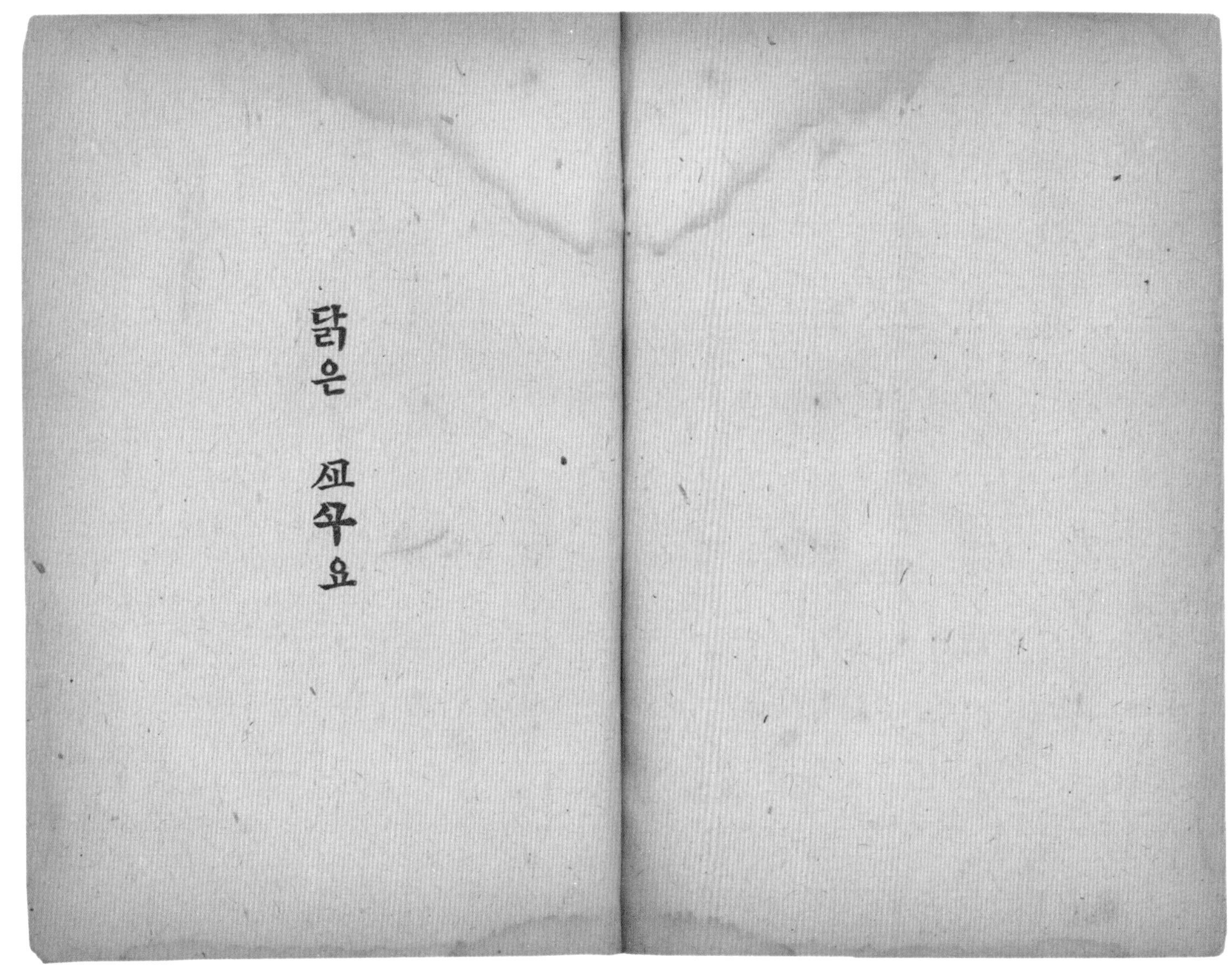

닭은 꼬꾸요

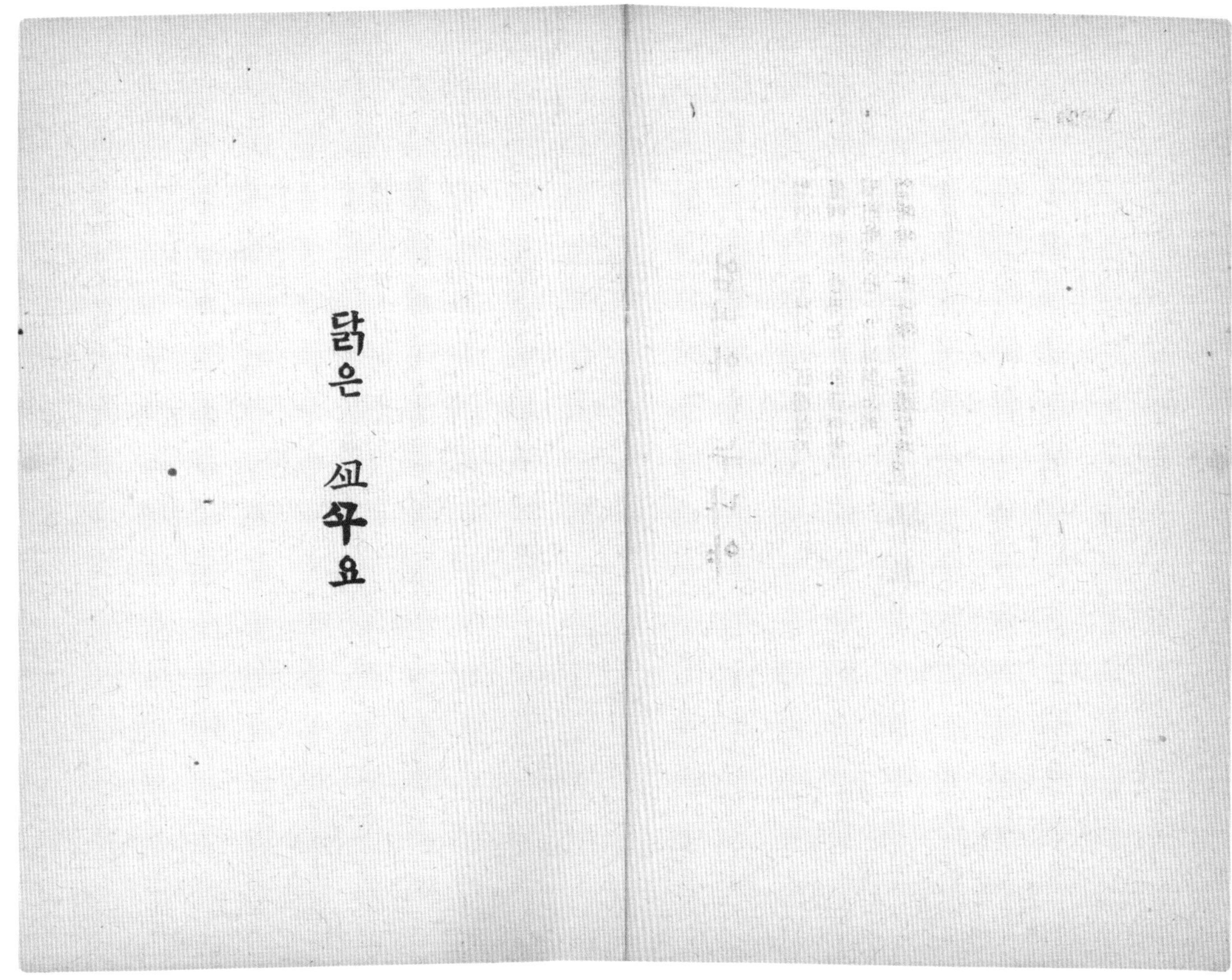
닭은 꼬꾸요

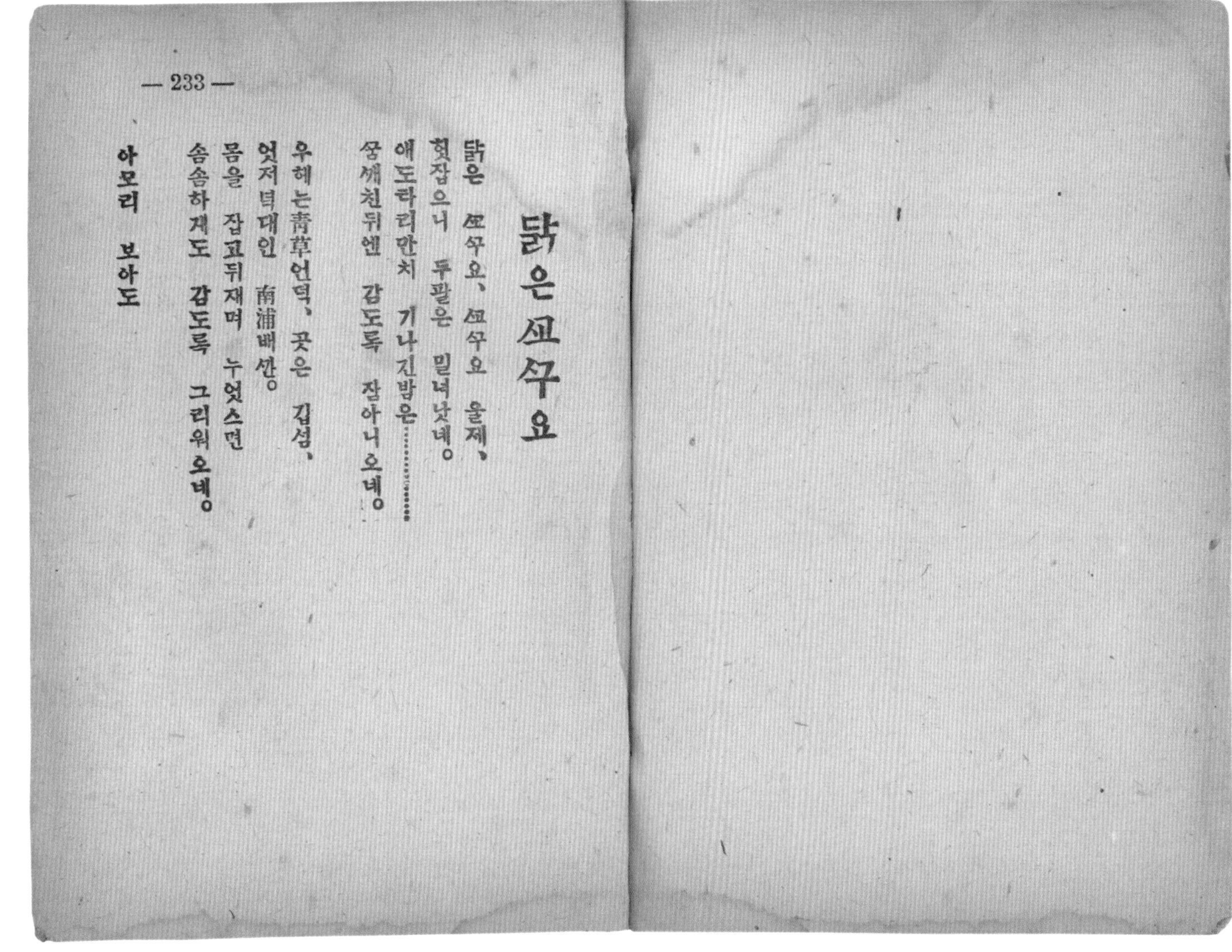

— 233 —

닭은 ᄭᅩᄭᅮ요

닭은 ᄭᅩᄭᅮ요, ᄭᅩᄭᅮ요 울제,
헛잡으니 두팔은 밀녀낫네.
애도라리만치 기나진밤은…………
ᄭᅮᆷᄭᅢ친뒤엔 감도록 잠아니오네.

우헤는靑草언덕, 곳은 깁섬,
엇저녁대인 南浦배샨.
몸을 잡고뒤재며 누엇스면
솜솜하재도 감도록 그리워오네.

아모리 보아도

— 233 —

닭은 ᄭᅩᄭᅮ요

닭은 ᄭᅩᄭᅮ요、ᄭᅩᄭᅮ요 울제、
헛잡으니 두팔은 밀녀낫네。
애도타리만치 기나긴밤은……
ᄭᅮᆷᄭᅢ친뒤엔 감도록 잠아니오네。

우헤는靑草언덕、곳은 깁섬、
엇저녁대인 南浦배ᄭᅡᆫ。
몸을 잡교뒤재며 누엇스면
솜솜하게도 감도록 그리워오네。

아모리 보아도

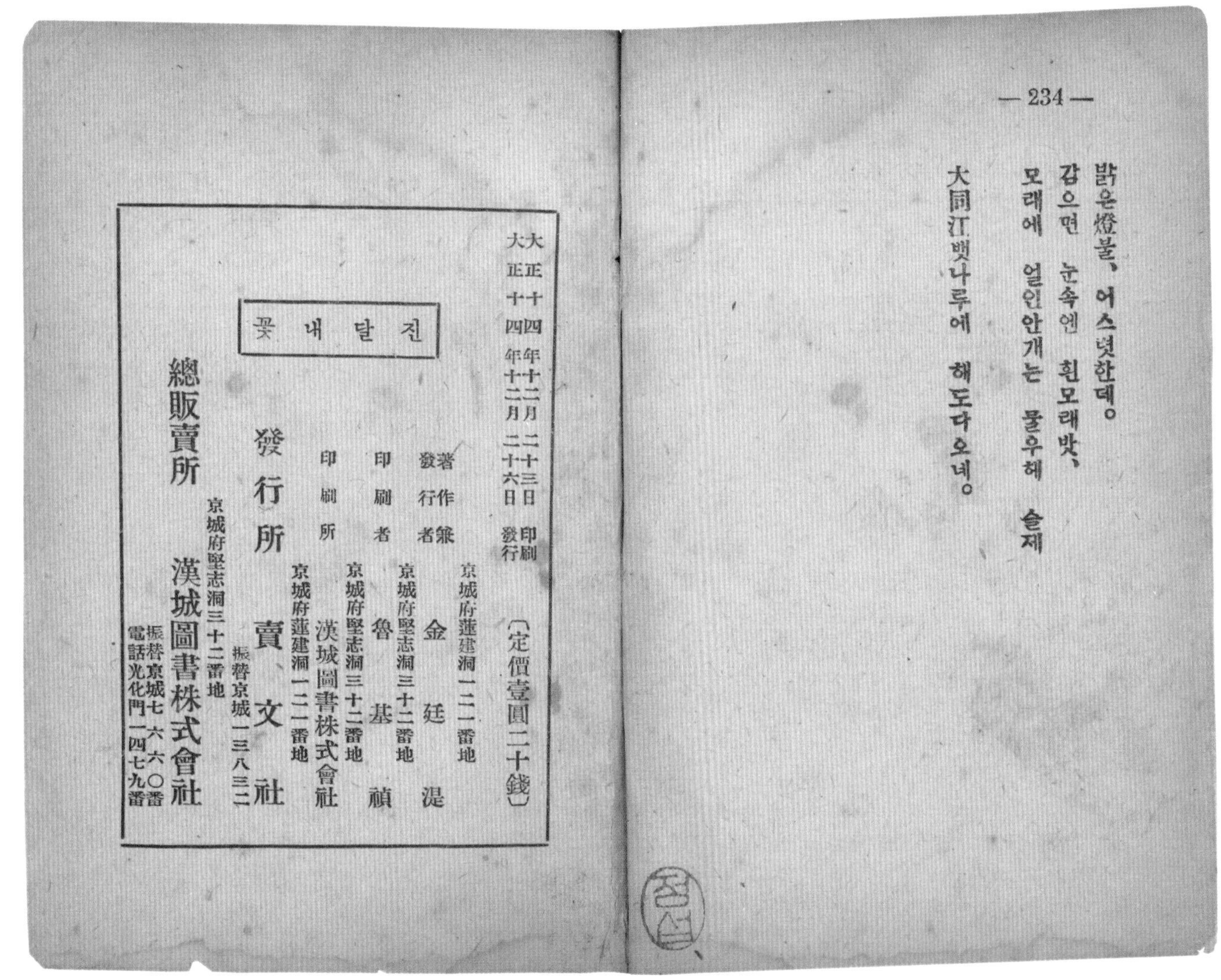

大正十四年十二月二十三日 印刷
大正十四年十二月二十六日 發行

(定價壹圓二十錢)

著作兼發行者 京城府蓮建洞一二一番地 金 廷 湜

印刷者 京城府堅志洞三十二番地 魯 基 禎

印刷所 京城府堅志洞三十二番地 漢城圖書株式會社

진달내꽃

發行所 京城府蓮建洞一二一番地 賣 文 社
振替京城一三八三二

總販賣所 京城府堅志洞三十二番地 漢城圖書株式會社
振替京城七六六〇番
電話光化門一四七九番

— 234 —

밝은燈불, 어스녁한데。
감으면 눈속엔 흰모래밧,
모래에 얼인안개는 물우헤 슬제
大同江 뱃나루에 해도다오네。

밝은燈불、어스렷한데。
감으면 눈속엔 흰모래밧、
모래에 얼인안개는 물우헤 슬제
大同江뱃나루에 해도다오네。

大正十四年十二月二十三日 印刷
大正十四年十二月二十六日 發行
（定價壹圓二十錢）

진달내쏫

著作兼發行者 京城府蓮建洞一二一番地 金廷湜
印刷者 京城府堅志洞三十二番地 魯基禎
印刷所 京城府堅志洞三十二番地 漢城圖書株式會社
發行所 京城府蓮建洞一二一番地 賣文社 振替京城一三八三三
總販賣所 京城府鍾路二丁目四十二番地 中央書林 振替京城七四五一番 電話光化門一六三七番